grafit

Krimis mit Martin Nettelbeck (alle auch als E-Books erhältlich):
Schneckenkönig. ISBN 978-3-89425-416-2
Kalter Hund. ISBN 978-3-89425-430-8
Frettchenland. ISBN 978-3-89425-457-5
Stumme Hechte. ISBN 978-3-89425-469-8
Hyänengesang. ISBN 978-3-89425-486-5

Chemnitzer Str. 31, D-44139 Dortmund
Internet: http://www.grafit.de
E-Mail: info@grafit.de

Umschlagfoto: Carsten246 / istockphoto.com
Druck und Bindearbeiten: CPI – Clausen & Bosse, Leck
ISBN 978-3-89425-486-5
1. 2. 3. / 2019 18 17

Rainer Wittkamp

Hyänengesang

Kriminalroman

5

grafit

Rainer Wittkamp wurde in Münster/Westfalen geboren und lebt in Berlin. Er führte bei diversen Fernsehserien Regie und betätigte sich als Producer, Dramaturg, Headwriter und Stoffentwickler für namhafte Produktionsfirmen. Seit Mitte der Neunzigerjahre schreibt er auch Drehbücher. Als Kriminalschriftsteller debütierte Wittkamp 2013 mit dem ersten Fall für Martin Nettelbeck, *Schneckenkönig.* Für *Kalter Hund* wurde er mit dem ›Krimiblitz‹ ausgezeichnet und für *Stumme Hechte* mit dem ›Krimifuchs‹, der für »herausragende Leistungen von Autoren der Kriminalliteratur« vergeben wird.

www.rainerwittkamp.de

In Memoriam

Andreas Wittkamp

06.06.1957–31.01.2017

Blutig, das bist du, blutig wirst du enden.
Wie du dein Leben, wird dein Tod dich schänden.

William Shakespeare, Richard III

1

Das Unheil hatte sich bereits am frühen Nachmittag angekündigt. Kurz nach halb drei verspürte Violetta die ersten Anzeichen. Vage, gespenstische Irritationen. Alles war anders, ein wenig versetzt, leicht neben dem gewohnten Gleis. Nichts Gewaltiges im Grunde. Wenn man es mit etwas Abstand betrachtete.

Aber ihre Bewegungen waren allmählich langsamer geworden, unkontrollierter. Als hätte ihr jemand eine schreckliche, unbekannte Droge eingeflößt. Sie versuchte, das als Unsinn abzuschütteln. Was es ja auch war.

Beim Betreten des *Hotel de Rome* wurde ihr jedoch schlagartig klar, dass diese Nacht nicht so verlaufen würde wie üblich. Nichts würde so sein wie bei den dreiundfünfzig Aufträgen zuvor, die sie bereits erledigt hatte. Und dieses Gefühl machte Violetta Angst.

Sie fragte sich, ob es richtig gewesen war, dass sie ihr Medikament abgesetzt hatte. Die Krämpfe waren in den letzten Wochen immer öfter aufgetreten, waren heftiger geworden, schließlich schier unerträglich. Erst bekam sie spasmische Attacken, die sie die Nächte durchwachen ließ. Dann lähmte der Schmerz ihre Kiefermuskulatur, sodass ihr der Speichel an den Mundwinkeln herablief. Schließlich ähnelten ihre Bewegungen durch die Körperzuckungen mehr und mehr denen einer Marionette. Ganz so, alles würde ein imaginärer Puppenspieler sich mit ihr einen Scherz erlauben, sie an seinen Fäden zappeln lassen. Nein, sie hatte handeln müssen.

Zum Glück kam in wenigen Tagen ihr Arzt von seinem Auslandsaufenthalt zurück, er würde ihr sicher ein verträglicheres Neuroleptika verschreiben. In ihrer Wohnung hatte Violetta lange überlegt, den Auftrag abzusagen, sich dann aber dagegen entschieden. Das wäre nicht professionell gewesen, nicht das, was man von ihr erwartete. Stattdessen hatte sie sich unendlich lange im Bad aufgehalten und zurechtgemacht. Sorgfältiger als gewöhnlich. Schließlich fand sie sich schöner als je zuvor.

Bist du Studentin? Suchst du einen Nebenjob, der dir Freiheit, Geld und Anerkennung bringt? Bist du neugierig auf andere Menschen? Sehnst du dich vielleicht sogar nach einem Abenteuer? Liebst du Reisen zu den schönsten Destinations? Aufregende Wochenenden in den vornehmsten Luxushotels? So lautete die Jobanzeige des *Prussia VIP Escort-Service*, auf dessen Homepage sie irgendwann gelandet war.

Mit unserem Test wirst du herausfinden, ob du dich als Escort-Dame eignest. Wenn du jedoch noch nicht volljährig bist oder du dir eine Begleitung nicht vorstellen kannst, dann verlasse besser unsere Homepage.

Violetta war geblieben, hatte aus Langeweile den Test der Escortagentur gemacht und ihn mit der vollen Punktzahl bestanden. Offensichtlich war sie die geborene Begleiterin für die wohlhabenden Kunden, die sich den exklusiven Service von *Prussia VIP* leisten konnten.

Ihre Mindestbuchzeit betrug drei Stunden, wofür von der Agentur tausend Euro in Rechnung gestellt wurden. Mit jeder weiteren Stunde erhöhte sich die Gage, sodass Violetta für eine Nacht von bis zu zwölf Stunden zweitausend Euro erhielt. Abzüglich der Agenturprovision natürlich. Reisekosten, Speisen, Getränke, Konzert- und Theaterkarten oder sonstige Extraposten musste ebenfalls der Kunde übernehmen. So viel Geld wie in den letzten acht Monaten hatte sie jedenfalls noch niemals zuvor auch nur annähernd verdient.

Von Beginn an bevorzugte Violetta ältere Herren. Sie waren höflicher, charmanter und wussten sich in jeder Situation zu benehmen. Die meisten waren Anfang fünfzig bis Mitte sechzig, fast immer Geschäftsreisende, seltener wohlhabende Touristen. Intime Fragen zu ihrem Privatleben wurden ihr kaum gestellt. Den Kunden der Escortagentur war klar, dass dies nicht erwünscht war. So blieb Violetta das Lügen erspart.

Als sie Unter den Linden aus dem Taxi gestiegen war und über den Bebelplatz zum *Hotel de Rome* ging, kam ihr ein Stadtstreicher entgegen. Stinkend, schmutzig, mit dreckigen verfilzten Haaren. Trotz des Sommerwetters trug er einen langen Wintermantel. Er grinste sie an, schnalzte mit der Zunge, gab quiekende Laute von sich.

»Einen Euro, schöne Frau? Einen Euro für den Messias?«

Violetta schaute den Stadtstreicher an. Sie sah, wie sich seine Augäpfel aus dem Gesicht lösten und ihre Plätze tauschten. Plötzlich schielte er. Schielte von oben nach unten, von rechts nach links. Schielte im Kreis. Verwirrend.

»Es dürfen auch gern zwei Euro sein, schöne Frau. Oder drei!«

Violetta rannte über den Platz und verschwand im Hotelportal.

Sie hatte sich zwar noch nie im *Hotel de Rome* mit Kunden getroffen, aber der Portier war über ihr Kommen informiert, teilte ihr sofort mit, dass sie in der Suite *Scheidemann* im obersten Stock erwartet wurde.

Violetta dankte ihm und ging zum Fahrstuhl.

Saif Mohamed Zekri hatte Violetta das erste Mal gebucht. Sie war blond, besaß eine Haut wie Milch und Honig und große Brüste. Das sprach für sie. Außerdem amüsierte sie ihn. Was nicht viel bedeutete. All die westlichen Nutten amüsierten ihn.

Der Omaner hatte das übliche Anfangsspielchen abgespult, eine Flasche Roederer Cristal Rose geöffnet und seinem Date Canapés mit Beluga Kaviar offeriert.

Dann hatte er sie gefickt. Erst anal, anschließend vaginal. Besonders berauschend war es nicht gewesen.

Nachdem Violetta den Rest Champagner ausgetrunken hatte, verschwand sie im Bad.

Saif Mohamed Zekri war auf dem Bett liegen geblieben und hatte nach draußen geschaut. Die Sonne war inzwischen untergegangen. Unter den Linden lagen die historischen Gebäude im Dunkeln.

Nach einer Weile fragte sich der Omaner, wo die Nutte blieb. »Violetta?«

Er bekam keine Antwort und stand auf.

Als er ins Bad kam, stand Violetta vor dem wandgroßen Badezimmerspiegel. Ihr Blick war abwesend, die Fingerspitzen umtänzelten ihr Gesicht auf der Glasfläche, versuchten, die Konturen einzufangen.

»Was machst du da?«

Violetta reagierte nicht, bemühte sich, mit den Händen die gespiegelten Augen abzudecken.

»Komm zurück und blas mir einen.«

»Meine Augen … sie wollen die Seite wechseln.«

»Was?«

»Die Augen, schau doch …!«

Saif Mohamed Zekri griff nach ihrer Hand, um sie aus dem Bad zu ziehen.

»Los, wofür bezahle ich dich, Fotze!«

Violetta schrie auf. Durchdringend, schrill, schmerzhaft laut. »Meine Augen … meine Augen!«

Sie schlug mit ihrer freien Hand um sich, traf Zekri an der Halsschlagader.

»Verdammte Scheißnutte!«

Der Omaner riss Violetta herum, rammte ihr die Faust in den Unterleib. Dort, wo es besonders schmerzhaft war.

Seine zweitausend Euro teure Escort-Dame kippte zur Seite, ihr Schädel schlug auf die Kante des Waschtisches, sie sackte zu Boden.

»Du kranke perverse Fixer-Stute!«

Auf Violettas Schläfe wurde ein kleines Blutrinnsal sichtbar.

Sie schrie nicht mehr, wimmerte nur leise.

Der Omaner schaute auf sein Date hinab. In seinem Blick lag die ganze Verachtung, die er für die westlichen Frauen empfand.

Für alle.

Für jede Einzelne von ihnen.

Dann ging Saif Mohamed Zekri zurück in den Wohnraum, zog sich an und warf den Umschlag mit dem Honorar auf das Bett. Er verließ die Suite und stieg in den Fahrstuhl.

2

Was reimt sich auf Herz? Was reimt sich auf Schmerz?

März? ... Nerz? ... Terz? ... Scherz?

Roman Weiden saß auf der Rückbank des Taxis und grübelte. Das tat er schon die ganze Zeit, seit er am Flughafen Tegel in den Wagen gestiegen war. Er bastelte am Text seines neuen Monsterhits, der ihn wieder nach ganz oben katapultieren würde, in die erste Reihe zurück. Wo er schließlich hingehörte. Aber irgendwie hatte er noch nicht die richtigen Worte gefunden. Nicht mal einen vernünftigen Chorus gab es. Von der Strophe oder der Bridge ganz zu schweigen. Was ihn von jeher frustrierte: Der Anfang war immer holprig. Bei jedem seiner Songs.

Er kam direkt von einer Mittelmeerkreuzfahrt, auf der er mit Kollegen zweieinhalb Monate lang in einer täglichen Musikshow aufgetreten war. Ein Horrorprogramm. Zehn Mal sieben Tage Mucke, drei Vorstellungen pro Tag. Jede Show dauerte eine Stunde und zehn Minuten. Alle sieben Tage gab es reihum einen Tag Pause. Trotzdem ging das gewaltig an die Substanz. Selbst bei einem alten Zirkuspferd wie ihm.

Der Taxler lenkte seinen Mercedes mit gerade mal zwanzig Stundenkilometern durch den dichten Verkehr, schwamm gelassen im Strom der genervten Autofahrer dahin. Am Tempelhofer Ufer hatte es einen Unfall mit mehreren Beteiligten gegeben und die Polizei die Situation noch nicht völlig unter Kontrolle. Der Blick des Taxlers wechselte ständig zwischen dem stockenden Verkehr und dem Fahrgast auf der Rückbank. Plötzlich grinste er breit.

»Jetzt weiß ich es. Sie sind dieser Roman … Roman Weiden, ja? Der vor zehn Jahren diesen Riesenhit hatte. Stimmt's oder habe ich recht?«

Roman Weiden lächelte, so eine Situation erlebte er zum tausendsten Mal.

»Meine Frau hat den monatelang rauf und runter geträllert. Wie ging der noch mal? Warten Sie … Nichts sagen …«

Der Taxler räusperte sich und begann mit kratziger Raucherstimme zu singen. *»Jetzt kommt der Augenblick, den du bekennen musst. Jetzt kommt der Augenblick, jetzt gibt es kein Zurück. Die Frage aller Fragen …«*

Der Taxler stockte, suchte nach weiteren Worten.

Roman Weiden sprang ihm bei. *»Die Frage aller Fragen, du musst die Antwort sagen und jedes Wort muss ehrlich sein.«*

Begeistert stimmte der Taxler in Romans Gesang mit ein. »*Denn sagst du ja zu mir, dann sag ich ja zu dir, und sag ich ja zu dir, dann sagst du ja zu mir!*«

Der Mercedes passierte die Unfallstelle.

»Wahre Worte, sind das, Meister, wahre Worte«, der Taxler zwinkerte Roman Weiden im Rückspiegel zu und beschleunigte den Wagen.

»Sie haben sich übrigens bestens gehalten. Kompliment«, der Taxler klopfte auf seinen beachtlichen Bauch. »Da kann unsereiner richtig neidisch werden.«

»Danke«, sagte Roman und strich sich mit beiden Händen die blond gefärbten Strähnen zurück. Es stimmte ja. Er hatte immer noch das Gewicht eines Mittzwanzigers, war muskulös und sonnenbankgebräunt, trug hautenge Designerjeans, ein auffällig bedrucktes T-Shirt mit einem Glitzeremblem, und die orangefarbene Jacke aus Pythonleder, die er sich nach seinem ersten Nummer-eins-Hit im Corso Vittorio Emanuel II in Mailand gekauft hatte. Dazu silberne Sneakers, von denen er fünf Paar bei einem Auftritt für einen Sportartikelhersteller in Magdeburg geschenkt bekommen hatte. Um seinen Hals baumelte ein fettes Kruzifix an einer dicken Goldkette. Ohne Frage war er ein richtig hipper Typ! Wer kam schon auf die Idee, dass er demnächst fünfundfünfzig wurde?

Das Taxi bog in die Mahlower Straße ein.

»Halten Sie bitte vor Nummer sechsunddreißig.«

»Geht klar, Chef. Hätten Sie vielleicht noch ein Autogramm? Die Dame des Hauses täte sich freuen.«

»Natürlich.«

Der Mercedes stoppte vor einem Mietshaus.

Roman zahlte, gab dem Taxler ein gutes Trinkgeld und eine signierte Autogrammkarte.

»Mitte November beginnt meine nächste Deutschlandtournee. Höchstwahrscheinlich starte ich in der Mercedes-Benz Arena. Kommen Sie doch mit Ihrer Frau backstage, dann trinken wir gemeinsam ein Sektchen.«

»Super, Meister! Ist gebongt. Danke!«

»Und trommeln Sie bis dahin ein bisschen für mich.«

»Na logo. Mach ich, mach ich, mach ich!«

Roman stieg aus dem Wagen und betrat das Mietshaus, das seinem alten Kumpel Kutte Mackensen gehörte. Von vorne machte es einen ganz passablen Eindruck, obwohl die Gegend alles andere als berauschend war. Dass er im Hinterhaus in einer Anderthalbzimmerwohnung im ersten Stock hauste, brauchte er ja nicht jedem auf die Nase zu binden.

Früher hatte das Nachhausekommen von einer längeren beruflichen oder privaten Reise für Roman immer etwas Triumphales gehabt. Es erwarteten ihn neue lukrative Verträge, interessante TV-Angebote, zahlreiche Interviewanfragen. Jetzt war das anders.

Er drückte die Wohnungstür auf und blickte auf einen Haufen von Briefen, amtlichen Schreiben, Massenbroschüren, Handzetteln, Werbeblättern und sonstigen Postsachen, die sich im Flur vor dem Briefkastenschlitz gestaut hatten. Roman wuchtete seinen Koffer in die Wohnung, klaubte das ganze Zeug vom Boden und trug es in die Küche.

Im Kühlschrank fand er noch eine angebrochene Flasche Chablis, die er mangels Alternativen als trinkbar einstufte. Er goss sich ein Glas ein und machte sich daran, die Post durchzusehen. Während er ein Schreiben nach dem anderen aufriss, dachte er daran, dass ihm trotz der Kreuzfahrthonorare noch circa vierzigtausend Euro fehlten, um seine Comebacktour anzugehen. Aber wenn er es nicht selbst machte, machte es niemand.

Roman hoffte, dass Kutte ihm unter die Arme greifen würde, falls es im Endspurt knapp werden sollte. Er öffnete den nächsten Brief, stutzte. Ein Schreiben des Amtsgerichts Berlin, datiert vom 22. Juni 2016.

Ungläubig überflog Roman das Schreiben. Einmal … zweimal … dreimal.

Er verstand es nicht ganz, wollte es nicht verstehen. Doch die Nachricht war eindeutig – das Amtsgericht widerrief die erteilte Restschuldbefreiung für Roman Weiden, da dieser Vermögenswerte versteckt und verschwiegen habe.

Ein gellender Wutschrei entwich Romans Kehle.

Und kurz darauf ein gestammeltes Wort: Mein Porsche!

3

Obwohl der Salon *Le coiffeur Dominique* sich in bester Lage am Kurfürstendamm befand, schräg gegenüber dem *Kaffeehaus Grosz,* machten ihr die ganzen billigen Friseurketten allmählich zu schaffen. Weniger was deren Kundschaft betraf, da spielte sie in einer völlig anderen Liga als diese Pro-Schnitt-Zwölf-Euro-Läden, die sich mittlerweile bis an den Kurfürstendamm herangerobbt hatten. Aber die Billigkonkurrenz passte nicht nach City West. Das war einfach eine Frage des Augenmaßes. Und des Stils. Und Dominique Weiden wusste, wovon sie sprach.

Sie stammte aus der Talentschmiede von Udo Walz und hatte sich bei Berlins Starfrisör sämtliche Geheimnisse und Tricks abgeschaut. Friseure sind wie Ärzte, hatte Udo immerzu wiederholt, die googelte man nicht einfach, da verlässt eine Frau sich ausschließlich auf persönliche Empfehlungen. Waschen, schneiden, föhnen klingt zwar ziemlich simpel, aber bekanntlich kann das in einem totalen Desaster enden. Du musst dir das immer wieder klarmachen, Dominique, hatte Udo gesagt. Und das tat sie. Sie sog Udos Weisheiten förmlich in sich auf.

Im Mai 2001 hatte Dominique alles gelernt, was sie wissen musste. Sie kündigte und machte sich selbstständig. Das Konzept ihres Salons *Le coiffeur Dominique* war vollständig auf Luxus, Wellness und Sinnenfreude aufgebaut. Beim Betreten ihrer Räume wurden die Kundinnen erst einmal an die stylische Kaffeebar geleitet, wo sie ihren Wunschhaarschnitt bei einem Caffè Shakerato, einem Marocchino oder einer anderen Kaffeespezialität ausführlich besprechen konnten.

Dabei wurde ihnen nonchalant erklärt, dass *Le coiffeur Dominique* ausschließlich nachhaltige Produkte verwendete. Pflegeartikel, die selbstverständlich ohne Tierversuche hergestellt wurden. Und die nach dem Fair-Trade-Gedanken in den Handel gelangten. Das schätzten ihre Kundinnen ungemein.

Letztlich ging es ja um Vertrauen. Wer ihn endlich gefunden hatte, den Frisör seines Vertrauens, war ganz klar im Vorteil. Niemand musste mehr zittern, ob die Spitzen vielleicht doch zu kurz geschnitten wurden, der Farbton an das Toupet von Donald Trump erinnerte oder die extravagante Hochsteckfrisur an die Haarexzesse von Amy Winehouse.

Und der Erfolg gab Dominique recht. Schon bei der Eröffnung überrannte die Kundschaft förmlich ihren Salon. Jeder wollte sich in dem hippen neuen Laden in der City West frisieren lassen. Sie galt als eine der besten Stylistinnen Berlins, von der man sagte, dass sie nicht nur Topmodels verschönern konnte – was schließlich kinderleicht war –, sondern auch Ottilie Normalverbraucher mit all ihren Fehlern und Problemstellen. Für viele Kundinnen wurde *Le coiffeur Dominique* zu einer Oase, einem sicheren Stylinghafen und einem Zuhause zugleich.

Selbst ihr alter Lehrmeister Udo Walz schaute vorbei und sparte nicht mit Komplimenten. Er war nicht der einzige Mann, der zu Dominique kam, viele bekannte Größen aus der TV- und Unterhaltungsbranche baten um Termine. Auch Roman Weiden, die Nummer eins des deutschen Popschlagers, kam in ihren Salon. Er war smart und zurückhaltend, wollte sich lediglich die Spitzen nachschneiden lassen. Was Dominique selbstverständlich persönlich übernahm. Sie mochten sich beide auf Anhieb.

Acht Tage nach seinem ersten Besuch rief Roman Weiden an und bat Dominique, über das Wochenende nach Monaco zu kommen, um ihm beim Festival de Télévision de Monte-Carlo die Haare zu machen. Er war der Star des Showteils und brauchte eine Stylistin seines Vertrauens. Natürlich war Dominique an die Côte d'Azur geflogen, verpasste Roman Weiden den besten Haarschnitt seines Lebens und wachte am Sonntagmorgen in seinem Bett auf. Drei Monate später waren sie verheiratet und Dominique tauschte den Namen Pollak gegen Weiden aus.

Nach der Hochzeit bezogen sie ein traumhaft schönes Penthouse in Berlin-Mitte, das Roman extra für ihr junges Glück gekauft hatte. Alles war perfekt. Sie liebten sich, ließen sich abends in den In-Spots der Stadt blicken und arbeiteten weiterhin sehr viel. Dominique verfolgte ihre Karriere, Roman die seine. Ein Ende ihres Traums schien nicht absehbar zu sein. Bis dann innerhalb von wenigen Monaten alles zusammenbrach.

Roman hatte einem Vermögensberater die Verwaltung seines gesamten Besitzes anvertraut und dieser alles durch eine waghalsige Investition verspielt. Das ganze austarierte

Finanzkonstrukt kam ins Wanken, bröckelte allmählich und kollabierte schließlich. Innerhalb von zwei Jahren wurde aus einem mehrfachen Millionär ein gebrochener Mann, der Privatinsolvenz beantragen musste. Dominique hatte Roman geliebt, aber sie hatte ihm auch Geld geliehen. Über zweihunderttausend Euro, die ihr jetzt fehlten.

Sie mussten das Penthouse verlassen und in eine Mietwohnung ziehen. Gleichzeitig erlitt Romans Karriere einen Knick, die Verkäufe seiner CDs waren stark rückläufig, die Engagements wurden deutlich weniger, sein Einkommen schrumpfte, die Kreditkarten wurden nach und nach alle gesperrt. Ihre Familie und Freunde bedrängten Dominique immer stärker, in erster Linie an sich selbst zu denken. Dominique sprach ihren Mann auf die finanzielle Seite ihrer Beziehung an und der drehte durch. Roman hatte sie zwar nicht geschlagen, aber viel hatte daran nicht gefehlt. Für Dominique kam nun auch ihre Ehe ins Wanken.

Roman kratzte Geld zusammen, aber mehr als fünfundzwanzigtausend konnte er Dominique nicht geben. Kurz darauf zog sie in ein eigenes Appartement und reichte die Scheidung ein. Im Gerichtssaal wurden Dominique hundertachtundachtzigtausend Euro Ausgleich zugesprochen und die Anwälte vereinbarten eine Ratenzahlung. Die ihr Ex gerade mal vier Monate leisten konnte. Dann war Ende. Seitdem hatte sie keinen Cent mehr gesehen. Seit fünf Jahren nicht mehr.

Roman Weiden betrat den Salon *Le coiffeur Dominique* und eine bildschöne junge Asiatin eilte ihm entgegen.

»Guten Tag, mein Herr. Sind Sie angemeldet?«

»Leider nicht.«

»Dann darf ich Sie vielleicht erst einmal in unseren Cafébereich führen? Dort können wir in Ruhe Ihren Haarschnitt erörtern.«

»Danke, ich möchte meine Frisur nicht ändern.«

»Wir können auch mit einer Handmassage starten. Unsere Kunden lieben das. Danach sind Sie völlig tiefenentspannt und können sich unbeschwert für eine Coloration entscheiden.«

»Sie kennen mich nicht, oder? Seit wann arbeiten Sie hier?«

»Nun, ich ... Wie kann ich Ihnen sonst helfen?«

»Meine Exfrau ... Dominique ... Ist sie da?«

»Ich ... ich schaue einmal.«

Die Asiatin verschwand im hinteren Bereich des Salons und kurz darauf betrat Dominique Weiden den Eingangsbereich.

Scheiße, sieht sie gut aus, dachte Roman und zwang sich zu einem Lächeln. »Hallo, Dominique ...«

Ihr Blick war reserviert. »Hallo, Roman, willst du deine Schulden zurückzahlen?«

»Darum bin ich hier. Unter anderem.«

»Was gibt es denn sonst noch?«

Roman trat ganz dicht an seine Exfrau heran, packte sie hart an ihrem Oberarm, zischte leise in ihr Ohr. »Du hast mich beim Gericht verpfiffen, du Schlange! Warum?«

Mit einer schnellen Bewegung befreite sich Dominique. »Das habe ich nicht.«

»Und woher wissen die dann von meinem Porsche?«

»Von mir nicht. Außerdem bist du derjenige, der hier bescheißt. Du schuldest mir immer noch hundertzweiundsiebzigtausend Euro. Ohne Zinsen wohlbemerkt.«

»Ich glaube dir nicht, Dominique. Weißt du, was die mir angedroht haben? Sie wollen meine Restschuldbefreiung widerrufen. Dann waren die ganzen Jahre völlig umsonst.«

Dominique sah ihren Exmann mitleidig an. »Das täte mir wirklich leid, Roman. Was sagt denn deine Anwältin dazu? Da kann man doch sicher noch was machen.«

»Ich hoffe es. Trotzdem, wenn du das nicht dem Amtsgericht gesteckt hast, wer sonst?«

»Okay, ich habe mal mit meinem Anwalt über den Porsche gesprochen. Vor zwei Jahren oder so. Er sollte dir Druck machen, damit du mir endlich das Geld zahlst. Aber wir haben es dann fallen gelassen.«

»Und weshalb?«

»Du stecktest doch schon tief genug in der Scheiße.«

»Und wer hat es dann dem Gericht verraten?«

»Ich habe keine Ahnung. Wirklich nicht.«

»Ich kriege schon raus, welches Schwein dahintersteckt.«

Dominique zuckte mit den Achseln und sah Roman distanziert an. »War es das jetzt?«

»Ja. Oder ... Wollen wir die Tage nicht mal wieder zusammen essen gehen? Was meinst du?«

»Besser nicht. Ich habe im Moment einfach viel zu viel zu tun«, Dominique schob ihren Exmann sanft in Richtung Ausgang. »Ich melde mich, wenn ich Land sehe, okay?«

Sie gab Roman einen flüchtigen Wangenkuss und schon stand er wieder draußen auf dem breiten Trottoir des Kurfürstendamms.

Was für eine tolle Frau Dominique ist, dachte Roman. Selbst heute noch, obwohl er sich ihr gegenüber wirklich nicht immer fair verhalten hatte. Die tollste Frau, die er je getroffen hatte. Und Hollweg, das Schwein, hatte alles kaputt gemacht.

4

Übermorgen war der große und lange ersehnte Tag. Der Kommissar, seine Freundin Philomena Baddoo und die beiden Kids würden endlich die sechswöchige Reise nach Ghana antreten. Philomena flog zwar jedes Jahr mindestens einmal nach Westafrika, aber für Nettelbeck, Mark Kojo und Efua Marie würde es eine Premiere sein.

Die vier hatten alles genauestens vorbereitet und der Kommissar konnte dabei auf Planungsroutinen zurückgreifen, die er während seiner Verbannung in das Dezernat Dienstleistung Abteilung ZSE II C 1 gelernt hatte. Als er für die Versorgung der Berliner Polizei mit Bürobedarf verantwortlich gewesen war. Und mit über Jahrzehnten perfekt austarierten Ausstattungszielvorgaben hantieren musste. An ihm würde es jedenfalls nicht liegen, wenn unterwegs etwaige Probleme auftreten sollten.

Philomena hatte seine Notizen aufmerksam studiert und war danach stundenlang nicht mehr aus dem Lachen herausgekommen. Das Vertrauen ihres Lebensgefährten in die Zuverlässigkeit des öffentlichen Personenverkehrs Ghanas, die Durchsetzungskraft der örtlichen Behörden und das Improvisationstalent ihrer Landsleute war schier unglaublich. Aber Nettelbeck hatte sich nicht beirren lassen.

Nach der Ankunft in Ghana würden sie erst einmal zehn Tage bei Philomenas Verwandten in Kumasi verbringen und dann eine dreiwöchige Rundreise starten. Von der Ashanti Region aus würde es mit dem Jeep durch das Brong-Ahafo-Gebiet gehen, dann würden sie Richtung Norden fahren, die Larabanga-Moschee aus dem dreizehnten Jahrhundert besichtigen und sich den Kakum- sowie den Mole-Nationalpark anschauen. Anschließend standen Tamale und die Volta Region auf dem Programm.

Mit einer Fähre würden sie den Voltasee hinabschippern, bis sie schließlich in Accra ankämen. Und dort erwartete Kommissar Nettelbeck der eigentliche Höhepunkt der Reise – das *Accra Jazz and Highlife Festival*. Es dauerte eine gute Woche und fand dieses Jahr zum dritten Mal statt. Tolle Musiker aus Afrika und Europa würden dort auftreten. Jeden Tag könnten Mark Kojo und er sich auf eine neue musikalische Reise begeben. Eine Sache, zu der sie in Berlin aus Zeitgründen nur selten kamen.

»Du kannst dir vorstellen, dass ich jetzt schon ganz hibbelig bin, Wilbert.«

»Klar. Ging mir genauso. Nimmst du deine Posaune mit?«

»Natürlich nicht. Sonst will Mark Kojo seine auch dabeihaben. Und wer muss sie am Ende durch halb Afrika schleppen?«

»Ich schätze du.«

»Auf dem Punkt.«

Nettelbeck und Täubner tauschten ein Lächeln aus und betraten dann das stattliche Gebäude des *Hotel de Rome.* Im Kaiserreich erbaut, beherbergte es bis zum Ende des Zweiten Weltkriegs die Direktion der Dresdner Bank und nach einer Zwischennutzung durch die SED bis zur deutschen Wiedervereinigung die Staatsbank der DDR. Nach über zehnjährigem Leerstand erfolgte im neuen Jahrtausend schließlich der Umbau zu einem luxuriösen Hotel- und Bürokomplex.

In der Lobby des *Hotel de Rome* wurden die Kommissare bereits erwartet. Es herrschte noch die morgendliche Ruhe und der Empfangsmitarbeiter griff sofort zum Telefon, als Nettelbeck und Täubner ihre Dienstausweise zückten.

»Einen Moment bitte, ich informiere unsere Direktorin.«

Der Hotelangestellte sprach ein paar Sätze auf Englisch und kurz darauf kam eine Frau mit sorgfältig frisierten Haaren und dezentem Make-up in die Lobby.

Sie war Mitte vierzig, trug ein streng wirkendes schwarzes Kostüm mit weißer Bluse und lächelte schmallippig. Offensichtlich war ihr bewusst, dass die Anwesenheit der Polizei in einem Hotel grundsätzlich Ärger bedeutete.

»Anneli Unterholzer, ich bin der General Manager«, sagte sie mit starkem schwyzerdütschen Akzent. »Unser Haus war noch niemals in so einer Situation, meine Herren. Ich hoffe, wir können die Angelegenheit möglichst unauffällig abwickeln.«

»Das kommt auf die Umstände an«, sagte Nettelbeck. »Aber unsererseits werden wir uns bemühen.«

»Danke. Ist es Ihnen recht, wenn wir ins Englische wechseln? That is the usual case in our hotel.«

»Wo liegt die Tote?«, fragte Täubner, die Bitte ignorierend.

»In einer der Executive Suiten im obersten Stock, please. Ich führe Sie hin.«

Executive Suite bedeutete im *Hotel de Rome* ein separates Wohn- und Schlafzimmer mit einem Kingsize-Bett, einem großzügig geschnittenen Bad und einer Terrasse. Und das auf circa achtzig Quadratmetern. Zusätzlich gab es noch einen eindrucksvollen Blick über die Stadt.

Die Kriminaltechniker hatten ihre Arbeit bereits weitgehend abgeschlossen, der Gerichtsmediziner im Bad die Leiche der toten Frau für den Abtransport vorbereitet.

Hoteldirektorin Unterholzer blieb neben der Zimmertür stehen und verschränkte demonstrativ die Arme. »So lange wird es ja nicht dauern …«

Nettelbeck trat zu dem Gerichtsmediziner ins Bad. »Morgen Kollege, hat Katharina heute keinen Dienst?«

Der Mann schüttelte den Kopf. »Nein, ist auf einer Fortbildungsveranstaltung in Heidelberg. Kommt Montag zurück.« Er deutete auf einen Transportsack aus dicker blauer Kunststoffplane, in die man die Leiche gepackt hatte. »Schaut sie euch an, dann kann sie in die Charité.«

Nettelbeck schlug die Folie zurück und betrachtete das Gesicht der nackten Toten. Sie war sehr hübsch mit einem makellosen Körper, hatte aber entseelte Augen und an der Stirn eine blutverkrustete Stelle, die sich bis zu einer ihrer Brauen hinunterzog.

Der Kommissar ließ den Blick durch das Bad streifen. Versuchte, alle Details zu speichern. Egal, ob sie ihm wichtig oder unwichtig erschienen. Er hoffte, sie später wieder abrufen zu können. Mit diesem System hatte Nettelbeck schon immer gute Erfahrungen gemacht, oftmals einen entscheidenden Kick bekommen. Und das allein zählte. Egal, was die Kollegen von seiner Vorgehensweise hielten.

»Vermutlich ist sie auf die Kante des Waschtisches gestürzt, Martin«, sagte Täubner. »Da gibt es Blutspuren ...«

»Ja, ich sehe sie.«

»Ist die Kopfverletzung für ihren Tod verantwortlich?«, fragte Täubner den Gerichtsmediziner.

»Möglich, muss aber nicht sein. Näheres kann ich euch erst nach der Obduktion sagen.«

›Näheres kann ich euch erst nach der Obduktion sagen‹, schoss es Nettelbeck durch den Kopf. Wie oft er den Spruch schon gehört hatte. Nicht nur bei seiner Arbeit, sondern auch in unzähligen Fernsehkrimis. Vielleicht mit einer der Gründe, warum er sein TV-Gerät kaum noch einschaltete.

»Und der etwaige Todeszeitpunkt?«, fragte Nettelbeck.

»Zwischen 0:30 Uhr und 2:10 Uhr. Wartet bitte die Obduktion ab, Kollegen.«

Nettelbeck verließ das Bad, lächelte im Flur der Hoteldirektorin zu und ging ins Wohnzimmer, wo die Kriminaltechniker ihre Ausrüstung einpackten.

»Wisst ihr, wer sie ist? Habt ihr einen Ausweis gefunden?«

Eine Kriminaltechnikerin hob einen Plastikbeutel hoch, in dem sich eine extravagante Handtasche befand.

»Da waren nur Kosmetika drin. Und so Frauenzeug. Weder ein Ausweis, ein Führerschein noch ein Smartphone. Nichts, was uns einen Hinweis gibt. Allerdings ist die Tasche von Bottega Veneta. Dürfte locker fünftausend Euro gekostet haben.«

Nettelbeck grinste: »Vielleicht musste sie ja deswegen die Ausweise versetzen.«

Die Kriminaltechnikerin schaute den Kommissar irritiert an und der zuckte mit den Achseln. »Just kidding, Kollegin. Bin in Urlaubslaune.«

»Wohin geht's?«

»Nach Ghana. Übermorgen.«

»Wow!«

Nettelbeck und Täubner gingen in den Flur zurück.

»Wer hatte die Suite denn gebucht?«, fragte der Erste Kriminalhauptkommissar. »Die Tote?«

»Nein«, antwortete Anneli Unterholzer. »Ein Mitglied des diplomatischen Korps in Berlin. Deswegen meine … meine Bitte um Contenance.«

Meine Bitte um möglichst rasche Niederschlagung des Vorfalls trifft es wohl eher, dachte Täubner und setzte sein verführerischstes Lächeln auf, das er sich grundsätzlich für Situationen wie diese aufhob. »Ihnen ist der Hotelgast, der die Suite gebucht hat, aber bekannt, Frau Direktor?«

Die Schweizerin wandte sich inwendig und ließ ihre ganze Umgebung daran teilhaben. Man sah, wie schwer es ihr fiel, das Offensichtliche auszusprechen.

»Natürlich … schon … aber … Sie müssen mich verstehen … Letztlich geht es im Hotelgewerbe ja in erster Linie um Vertrauen.«

»Dann haben Sie bitte mal etwas Vertrauen zur Berliner Polizei«, lächelte Nettelbeck. »Wir sind mit dem speziellen Status der ausländischen Botschaftsangehörigen bestens vertraut.«

»Und Sie behandeln die Geschichte wirklich diskret? Ich möchte unser Haus keineswegs mit dieser unerfreulichen Sache in den Medien wiederfinden.«

»Seien Sie unbesorgt. Das wird nicht passieren.«

Hoteldirektorin Unterholzer zögerte trotzdem weiterhin.

»Wenn es Ihnen lieber ist, können Sie uns auch im Landeskriminalamt Auskunft geben«, sagte Täubner und schaute in den Hotelgang, checkte argwöhnisch beide Seiten. »Da sind wir völlig ungestört, dort gibt es keine Personen, die möglicherweise etwas aufschnappen könnten.«

Die Schweizerin ließ einen Moment die professionelle Maske fallen, funkelte Täubner böse an. Doch sofort hatte sie sich wieder im Griff. »Der Mann, der die Executive Suite gemietet hat, ist ein Attaché der Botschaft von Oman. Er heißt Saif Mohamed Zekri.«

»Für wie lange hatte er die Räume gebucht?«

»Für eine Nacht.«

»Wohnt dieser Attaché in Berlin oder war er auf der Durchreise?«

»Er gehört der hiesigen Botschaft an, soweit ich weiß.«

»Wann hat er denn eingecheckt?«

»Gestern Nachmittag. Gegen 17:30 Uhr.«

»Und wann hat er ausgecheckt?«

»Der Portier hat die Rechnung kurz vor Mitternacht ausgedruckt und Herr Zekri hat sie sogleich beglichen.«

»Ist Ihr Portier jetzt im Haus?«

»Nein, es war unser Nachtportier. Herr Fahrenholz. Sein Dienst beginnt um 17:00 Uhr und endet morgens um fünf.«

»Dann soll er sich bitte morgen früh um acht Uhr bei uns im Landeskriminalamt melden. Im LKA I in der Keithstraße.«

Täubner warf Nettelbeck einen fragenden Blick zu, doch der schüttelte den Kopf. Mehr gab es für sie hier im Moment nicht zu tun.

Während sie das *Hotel de Rome* verließen und zu ihrem Dienstwagen gingen, fragte sich Nettelbeck, ob er für die Ghanareise wirklich die richtige Musikauswahl getroffen hatte. Fünf Wochen waren eine lange Zeit. Sein portabler High End Audioplayer verfügte zwar über eine herausragende Klangqualität, Nettelbeck hatte für ihn immerhin über fünfhundert Euro gezahlt, aber er konnte nur maximal sechsunddreißig Stunden Spielzeit speichern. Sein dienstliches Smartphone, das eine größere Kapazität hatte, würde er zu Hause lassen und zum Telefonieren ein älteres Nokia mitnehmen. Das bedeutete, dass ihm lediglich sechsunddreißig Stunden Spielzeit zur Verfügung standen, um eine vierköpfige Familie fünf Wochen lang mit Musik zu versorgen.

Sechsunddreißig Stunden Spielzeit – das machte ihm seit Wochen zu schaffen. Doch der Kommissar war überzeugt, dass er inzwischen die perfekte Musikauswahl für die Reise getroffen hatte. Dabei hatte er den Goldenen Schnitt angewandt, der seit der griechischen Antike als Inbegriff von Ästhetik und Harmonie galt und den Nettelbeck kühn auf das musikalische Spektrum seiner Auswahl übertragen hatte.

Das Prinzip der ausgewogenen Relation und Einheit war dabei entscheidend. Im Goldenen Schnitt entsteht das Bild der Vollkommenheit nicht durch die Gleichheit der Teile, sondern durch die Gleichheit der Proportionen. Das Verhältnis des kleineren Teils zum größeren Teil entspricht dem Verhältnis des größeren Teils zum Ganzen. Und es ist immer gleich. Auf sechsunddreißig Stunden Spielzeit übertragen bedeutete das bei einer durchschnittlichen Albumlänge von dreißig Minuten etwa zweiundsiebzig CDs. Und daraus folgte nach Nettelbecks Goldener-Schnitt-Übertragung:

- acht Alben mit Kinderliedern (Efua Maria)
- sechzehn Alben Soul und Funk (Philomena)
- achtundvierzig Alben Jazz (Martin + Mark Kojo)

Wobei die Jazzalben ihrerseits wiederum nach dem Goldenen Schnitt aufgeteilt waren. Also neunundzwanzig Alben mit Posaune und neunzehn Alben ohne.

Bei den Tromboneplatten galten Ray Anderson, Bill Harris, J. J. Johnson, Jimmy Knepper, Albert Mangelsdorff, Roswell Rudd und Nils Wogram als gesetzt. Die anderen Posaunisten würde Nettelbeck am Abend mit Mark Kojo auswählen. Selbstverständlich rein demokratisch, wie es sich für partnerschaftlich denkende Tromboneplayer gehörte.

Nettelbeck fand seine Aufteilung nicht nur äußerst fair, sondern extrem harmonisch und ausgewogen. Gewissermaßen vollkommen. Dank der konsequenten Anwendung des Goldenen-Schnitt-Prinzips. Er war überzeugt, dass die Ghanareise in musikalischer Hinsicht ein voller Erfolg werden würde.

Die Kommissare waren an ihrem Dienstwagen angekommen und Täubner setzte sich hinter das Lenkrad.

»Was meinst du, wollen wir mal versuchshalber bei der Botschaft von Oman anklopfen? Vielleicht sind sie ja kooperativ.«

Nettelbeck ließ sich auf den Beifahrersitz sacken und gähnte. »Die Residenz ist Hoheitsgebiet des Sultanats Oman. Vergiss es.«

»Wir haben immerhin einen ungeklärten Todesfall.«

»Ja und? Die mauern schon, wenn du ihnen ein Ticket wegen Falschparken zustellen willst. So läuft das nicht.«

»Sie repräsentieren hier schließlich ihr Land. Die wollen doch wohl kaum mit einem Mord in Verbindung gebracht werden.«

»Mord? Steht das denn schon fest?«

»Also von meinem Gefühl her …«

»Ich habe mir da noch keine endgültige Meinung gebildet, Wilbert. Egal. Diplomaten können aufgrund ihrer Immunität nicht so ohne Weiteres zur Verantwortung gezogen werden. Das ist eine jahrhundertealte Rechtstradition. Haben sie dir das auf der Polizeischule nicht beigebracht?«

»Schon, aber es muss doch trotzdem einen Weg geben …«

»Ich wüsste keinen. Die sitzen am längeren Hebel. Man muss schon extrem belastende Beweise für eine Straftat vorweisen, um sie zur Persona non grata erklären zu können. Und dann werden sie in der Regel lediglich in ihr Heimatland ausgewiesen.«

»Und wir haben im Moment leere Hände«, sagte Täubner frustriert.

»Glasklar erkannt.«

Nettelbeck lehnte sich zurück, schloss die Augen und sah sich und seine Lieben in einem der ghanaischen Nationalparks eine Gruppe Elefanten beobachten. Das Ganze untermalt mit majestätischen Posaunenklängen. Was kümmerten ihn da diplomatische Verwicklungen? Damit sollten sich ab übermorgen gefälligst die Kollegen herumschlagen.

5

Curry-King-Mackensen
Hat die Wurst für unser BÄRlin!
Mehr Wurst in der Wurst is glatt jelogen!

Während Roman Weiden am Planufer entlangfuhr, sah er die riesengroßen Werbetafeln, die seitlich des Landwehrkanals aufgestellt waren und auf das Currywurstimperium seines Freundes Kutte Mackensen hinwiesen. Sie waren uralte Freunde, Kutte und er. Schon seit der Grundschule. Und die Einzigen aus ihrer Klasse, die richtiges Geld gemacht hatten. Allerdings besaß heute nur noch Kutte Kohle. Leider. Weiden bog in das Betriebsgelände ein und parkte vor dem Hauptgebäude.

Auf dem Hof herrschte reger Betrieb. Die Tagesschicht der fliegenden Currywursthändler machte sich gerade auf den Weg zu ihren Einsatzorten. Vor über zwanzig Jahren hatte Kutte mit einer Phalanx mobiler Verkäufer die Currywurstschlacht eröffnet und die Berliner Konkurrenz beiseitegemäht. Seine tragbaren Currywurstgrills, die sich die Verkäufer vor den Bauch schnallten, waren über Nacht die Sensation. Am Alex und am Breitscheidplatz. Kutte weitete das Geschäft immer mehr aus, schuf seine eigene Wurstfabrikation und verdiente Unsummen. Trotzdem war er Mensch geblieben, wie Kutte seinem Kumpel Roman bei jeder ihrer Sauftouren versicherte.

Als Roman aus seinem abgeranzten Peugeot 205 stieg, fiel sein Blick auf einen Porsche. Auf seinen Porsche. Einen 911er, GT 3 RS, Baujahr 2006. Er hatte ihn als Neuwagen für zweihundertachtzigtausend Euro gekauft. Heute müsste er für ein Gebrauchtmodell im Topzustand in etwa das Gleiche hinlegen. Und der Porsche war im Topzustand. Wenn man von dem grellen Currywurst-Aufkleber am Heck einmal absah.

Drei Minuten später hatte Roman sich an Kuttes Vorzimmerdrachen vorbeigeschleimt und saß in dem verwaisten Chefbüro. Er wartete und dachte nach. Betrachtete das Thema Porsche von allen Seiten. Gründlich. Dann fing er an, sich zu langweilen. Endlich, nach einer gefühlten Ewigkeit, hörte er eine Wasserspülung.

Kurz darauf kam Kutte Mackensen aus der Cheftoilette, mit heruntergelassenen Hosen und schweißnassem Gesicht.

Entgeistert starrte er Roman an. Dann lachte Kutte lautstark, zog auch noch seine Boxershorts herunter und präsentierte seinen Penis.

»Na? Ist das ein Schwanz, alter Junge? Nach dem werden bei uns sämtliche Currywürste geformt. Selbstverständlich von zarten Jungfrauenhänden.«

Auch Roman Weiden lachte. Dann schüttelte er betrübt den Kopf. »Kutte, du hast mich verpfiffen!«

»Wie bitte?«

»Du hast mich den Gerichtshaien zum Fraß vorgeworfen.«

Kutte klemmte sich hinter seinen Schreibtisch, sah Roman misstrauisch an. »Das ist mir neu.«

»Mensch, ich habe dir den Porsche für schlappe hundertvierzigtausend Euro überlassen. Obwohl er das Doppelte wert ist. Und du hintergehst mich.«

»Von welchem Scheiß redest du eigentlich?«

»Das Amtsgericht hat spitzgekriegt, dass ich den Porsche verschwiegen habe. Jetzt wollen sie meine Restschuldbefreiung kippen.«

»Scheiße, echt? Ist das schon endgültig?«

Roman Weiden zuckte mit den Achseln. »Muss meine Anwältin regeln.«

»Und wieso soll ausgerechnet ich dich angeschwärzt haben? Du bist mein ältester Kumpel …«

»Du oder Dominique. Einer von euch beiden. Sonst wusste niemand davon. Dominique streitet es ab. Sie hat den Porsche lediglich einmal bei ihrem Anwalt erwähnt. Ist aber schon länger her. Das war alles, sagt sie.«

»Vertritt sie immer noch dieser Dr. Wesseling aus der Meinekestraße?«

»Klar. Sicher.«

»Den habe ich Anfang Juni getroffen. Zufällig. Yvonne und ich waren im *Grill Royal* 'nen Happen essen. Wesseling war mit seiner Frau da, saß an einem Nachbartisch. Unsere Ladys sind irgendwann zu zweit auf der Damentoilette verschwunden.«

»Und was folgt daraus?«

»Na ja, vielleicht haben die beiden sich beim Wimpernpinseln über den Porsche unterhalten …«

»Ja und? Wesseling wusste doch, dass du den Wagen hast.«

»Schon, aber nicht der Typ, der mit an ihrem Tisch saß. Tut mir leid, Kumpel. Ich glaube, du hast an dem Abend die Arschkarte zugeschoben bekommen …«

»Könntest du mal ein bisschen deutlicher werden, Kutte?«

»Dein Exfinanzberater saß mit den Wesselings am Tisch …«

»Maximilian Hollweg?«

»Genau. Der scheint ja wie die Made im Speck zu leben. Hat sich ein halbes Kobe-Rind auf den Grill schmeißen lassen und machte auf dicke Hose. Trotz seines Rollstuhls.«

»Dieses Dreckschwein …«

»Denkst du, Hollweg hat dich angezeigt? Traust du ihm das zu?«

»Der war es. Mit Sicherheit. Wir hatten noch eine Rechnung offen. Er mit mir, genau genommen«, Roman Weidens Gesicht verdüsterte sich. »Und ich jetzt eine mit ihm.«

6

Es war stockfinster, sintflutartig brach der Regen herab, so dicht, dass er kaum drei Schritte weit sehen konnte. Der Sturm peitschte die Wassermassen gegen seinen Schirm, als er die Straße vor dem Restaurant überquerte. Plötzlich ein bedrohliches Grollen, ein Donner näherte sich, eine Kaskade von Blitzen durchzuckte die Häuserschlucht. Sekundenlang war alles taghell erleuchtet. Während er den Schirm mit beiden Händen zu halten versuchte, sah er seinen Jaguar, den er vier Autolängen entfernt geparkt hatte.

Er lief auf die Fahrbahn, hatte seinen Wagen schon fast erreicht, als ihn ein Fahrzeug erfasste und durch die Luft schleuderte. Er krachte auf ein Autodach, rutschte eine Motorhaube hinab, knallte auf den Asphalt und verlor das Bewusstsein.

Dann kam er wieder zu sich, hörte Stimmen, spürte wie sein Oberkörper geschüttelt wurde. Er schlug die Augen auf, sah Kristýna, die sich über ihn beugte.

»Max, hörst du mich? Wach auf, wach auf!«, schrie sie, während das Wasser auf sie beide herabprasselte.

Er versuchte, sich aufzustützen, hatte jedoch Probleme, schaffte es nicht.

»Warte. Ich helfe dir …«

Kristýna griff ihm unter die Arme, zog ihn hoch.

Doch sowie er stand, sackte er kraftlos auf den Boden zurück. Entsetzt realisierte er, dass er seine Beine nicht mehr bewegen konnte.

Ein Schrei entwich seiner Kehle …

Ein Schrei entwich seiner Kehle und Maximilian Hollweg schreckte aus seinem Albtraum hoch. Er war benommen, realisierte dann, dass er im Elektrorollstuhl saß, nur geträumt hatte. Hollweg hatte schon viele solcher Träume gehabt, auch wenn sie in den letzten zwei Jahren allmählich weniger geworden waren. Als der unbekannte Autofahrer ihn überfahren hatte, war sein erstes Leben abrupt zu Ende gegangen. Es brauchte lange, ehe er sein zweites Leben hatte angehen können.

Im November 2013 plante er gerade die Hochzeit mit seiner Freundin Kristýna Zelená, einem tschechischen Model, das er drei Jahre zuvor in Dubai kennengelernt hatte. Hollweg hielt sich dort für Investorengespräche auf, Kristýna für Modeaufnahmen. Danach trafen sie sich immer öfter, in Paris, London, Prag und New York, bezogen schließlich eine gemeinsame Wohnung in Berlin. Sie passten gut zusammen, waren optisch ein schönes Paar, teilten Interessen wie Kitesurfen, exklusive Reisen und Sterneküche.

Der fahrerflüchtige Autofahrer wurde nie gefasst und Hollweg trat eine Odyssee zu den besten Neurologen und Wirbelsäulenchirurgen an. Zum Glück verfügte er über ein Vermögen, das es ihm erlaubte, sämtliche möglichen Heilchancen auszutesten. Doch es gab keinerlei Hoffnung. Die vollständige Durchtrennung seines Rückenmarks war irreparabel, er würde für den Rest seines Lebens an den Rollstuhl gefesselt sein.

Diese Ausweglosigkeit veränderte Hollweg von Grund auf. Hatte ihn früher das übliche Blablabla der Anforderungen an Führungspersönlichkeiten im Grunde ziemlich genau beschrieben, Floskeln wie dynamisch, flexibel, kommunikativ und kreativ sein Innerstes exakt gespiegelt, musste er sich jetzt neu erfinden. Aufgrund seiner Behinderung war er nicht mehr länger dynamisch und flexibel. Und seine Kreativität und kommunikative Begabung, die ihn so erfolgreich gemacht hatten, war wegen seiner psychischen Verfassung vorerst auch etwas lahmgelegt.

Kristýna kam mit all dem nicht zurecht und nach vier Monaten trennte sie sich von ihm. Hollweg ließ das kalt. Das Thema Frauen betrachtete er sowieso als abgeschlossen, eine Erektion war ihm nicht mehr möglich. Einen halben Nachmittag lang erwog er, Suizid zu begehen, entschloss sich dann aber, das Beste aus der neuen Situation zu machen. Irgendetwas tief in seinem Innersten sagte ihm, dass er der Welt – und diese ihm – noch etwas geben konnte.

Also ließ er als Erstes sein Penthouse am Monbijouplatz, das er wenige Jahre zuvor als echtes Schnäppchen ergattert hatte, komplett behindertengerecht umbauen. Was ihn zweihundertachtundneunzigtausend Euros kostete. Dann engagierte er einen persönlichen Assistenten, der ihm rund um die Uhr zur Verfügung stehen sollte. Die Auswahl war nicht leicht, da diese Person verschiedenen Anforderungen zugleich gerecht werden musste. Er sollte alleinstehend sein, um ins Gästezimmer des Penthouse einziehen zu können, und über die Kondition eines Sportlers verfügen, damit er Hollweg in jeder körperlich schwierigen Situation behilflich sein konnte.

Da sein Assistent ihn auch zu Gesprächen mit Geschäftspartnern und auf Reisen begleiten sollte, musste er ein gutes Englisch sprechen und sich zu benehmen wissen. Abitur und Führerschein war ebenso Voraussetzung wie die Fähigkeit, kleinere Mahlzeiten zubereiten zu können. Hollweg war es auch wichtig, dass sein Assistent ein eher ruhiger Typ war, der ihn nicht den ganzen Tag mit seinem eigenen Mist belästigen würde. Trotzdem sollte er natürlich über genügend Empathie für die Situation eines behinderten Mannes verfügen.

Zwei Mal am Tag kam eine Pflegerin in das Penthouse, die Hollweg für den Tag beziehungsweise die Nacht zurechtmachte, einmal in der Woche ganztägig eine Putzfrau. Von diesen profanen Dingen war sein zukünftiger Assistent also freigestellt. Allerdings musste er auch die Fahrertätigkeit übernehmen. Dafür gab es Kost und Logis frei und dazu ein Monatsgehalt von 1.365 Euro. Brutto. Nach vielen frustrierenden Vorstellungsgesprächen entschied sich Hollweg schließlich eher widerwillig für Jens Todsen.

Dessen Vita war einfach überzeugend: Aufgrund einer Reihe von Verletzungen hatte der fünfundzwanzigjährige Flensburger eine Karriere als Leistungssportler für Kyokushin-Budokai-Karate frühzeitig beenden müssen. Stattdessen studierte er Ökotrophologie und spezialisierte sich während seines Studiums an der Kieler Universität auf Ernährung in Entwicklungsländern. Als Student absolvierte Todsen ein Praxissemester in Eritrea und arbeitete dort für eine Nichtregierungsorganisation. Deshalb sprach er gut Arabisch, die offizielle Amtssprache Eritreas. Seine Arabischkenntnisse waren mit einer der Gründe, warum Hollweg ihn schließlich eingestellt hatte. Auch wenn sein Äußeres massiv dagegen gesprochen hatte.

»Jens, verdammt!«, schrie Hollweg. »Komm endlich …«

Jens Todsen schlurfte ins Wohnzimmer und sah Hollweg in seinem Puma-Elektrorollstuhl vor der raumhohen Fensterfront sitzen. Sein Chef tat so, als würde er den Monbijoupark betrachten. Aber Jens registrierte die schweißnasse

Stirn und wusste es besser. Der Drecksack war mal wieder aus einem seiner Albträume erwacht. Dann war er besonders unangenehm.

»Was gibt's?«

Wie immer betrachtete Hollweg seinen Assistenten mit einer gehörigen Portion inneren Ekels. Wie konnte man nur so grottig herumlaufen? Völlig krank. Als wenn es nicht schon reichte, dass Todsen mager und kreidebleich war, er trug auch noch Dreadlocks und einen zweiteiligen Hausanzug aus naturbelassener Seide. Grauenvoll. Für wen hielt er sich eigentlich? Für einen gottverdammten Scheißhindu oder einen zugedröhnten Rastafari?

Hollweg hatte fürchterliche Geschichten über Dreadlocks gehört. Angeblich fingen sie mit der Zeit an zu schimmeln und ebenso häufig würden sie von Ungeziefer befallen werden. Logisch, dass die Dreadlocksträger sich permanent mit Juckreiz, Schuppen und sonstigen Hautproblemen herumschlagen mussten. Und die meisten dieser Dreadlocks rochen auch noch extrem ekelerregend.

Jens lächelte ihn durch seine vernickelte John-Lennon-Brille an. Mit der er aber kein bisschen besser aussah. Immerhin hatten sie sich darauf geeinigt, dass er die Dreadlocks unter einem Turban versteckte, sowie sie gemeinsam das Penthouse verließen. Hollweg fand das Bienenkorbgebilde auf dem Kopf seines Assistenten zwar auch völlig bescheuert, aber in seiner neuen Situation musste er eben Kompromisse machen. Wenn er daran dachte, wie er früher mit solchen Spinnern umgesprungen war …

»Mach mir mal eine Suppe heiß. Ist noch was von der Bourride vom roten Knurrhahn im Gefrierschrank?«

»Ich denke schon. Kleine oder große Portion?«

»Große.«

»Timo hat angerufen. Drei Mal.«

»Was wollte er?«

»Mit seinem Bruder reden. Sich aussprechen.«

Du Scheiße, dachte Hollweg. Jede Familie hat ja ihren Deppen. Nur unsere hat gleich den König der Kretins erwischt. »Du hast ihn hoffentlich abgewimmelt?«

»Na ja ...«

»Ich will den Arsch hier nicht sehen. Ist das klar?«

Jens nickte. »Okay, ich kümmere mich um die Suppe«, er verschwand in der Küche.

Hollweg blickte nach draußen, starrte mit finsterer Miene auf eine Gruppe von Volleyballspielern, die im Monbijoupark ausgelassen den Ball kreisen ließen. Sport fehlte ihm am meisten. Dieses ständige sich miteinander messen, wie er das vermisste. Noch mehr als Sex. Lange Zeit war es ihm schwergefallen, diesen tief in ihm sitzenden Kampfinstinkt auf seine neue Existenz als Rollstuhlfahrer zu übertragen. Warum eigentlich, fragte er sich inzwischen. Andere vor ihm hatten das auch schon geschafft. Wolfgang Schäuble war das beste Beispiel dafür.

Nachdem er den Suizidgedanken abgehakt hatte, erwog Hollweg eine Zeit lang, eine Karriere bei einer Behindertenorganisation anzustreben. Der Allgemeine Behindertenverband in Deutschland hatte seinen Hauptsitz in der Friedrichstraße. Dem würde eine geborene Führungspersönlichkeit sicher guttun, wenn er sich den Vorstand auf deren Homepage so anschaute. Nicht einer war darunter mit einem echten Killerblick.

Hollweg hatte sich dann anders entschieden. Er war Geschäftsmann, er musste Geschäfte machen, das lag ihm im Blut. Also wischte er den sentimentalen Unsinn von wegen altruistischer Arbeit in einer Behindertenorganisation beiseite und machte sich daran, sich wieder seiner Investmentfirma zuzuwenden. Und war damit schon bald sehr erfolgreich. Inzwischen betrug sein Privatvermögen achtunddreißig Millionen Euro und die großen Coups lagen erst noch vor ihm. Die Geschäfte, bei denen er richtig dick absahnen würde.

Mit anderen Finanziers hatte Hollweg die Projektgesellschaft *Maṣīra Paradies Fonds* gegründet, die vor der Ostküste Omans auf der Insel Maṣīra ein großes Ferienresort für zweihundertfünfzigtausend Menschen entwickelt hatte. Es sollte auf einer Fläche von vierunddreißig Quadratkilometern entlang der Küste entstehen.

Die Bausumme war mit achtzehn bis zweiundzwanzig Milliarden US-Dollar veranschlagt. Baubeginn sollte 2018 sein. Bei den Geschäftsgesprächen hatten sich die arabischen Sprachkenntnisse seines schrägen Assistenten schon einige Male als sehr hilfreich herausgestellt. Also verkniff Hollweg sich seine Witze über dessen bescheuerte Dreadlocks. Auch wenn es ihm schwerfiel.

Jens stand in der Küche und wartete darauf, dass die Mikrowelle die Tiefkühlsuppe auf Temperatur brachte. Er arbeitete jetzt seit zwei Jahren für Hollweg, aber sie waren sich in der ganzen Zeit kein Stück nähergekommen. Menschlich gesehen. Sonst wusste er so ziemlich alles von seinem Chef, hatte dessen Charakter völlig durchschaut. Es gab nichts Liebenswertes an Hollweg. Der Mann war ein arroganter, menschenverachtender Kotzbrocken, selbstgefällig und desinteressiert. Sogar jetzt noch, wo er sich nicht einmal mehr selbst den Arsch abwischen konnte.

Jens war klar, dass Hollweg ihn für beschränkt hielt. Für einen Spinner, der ohne seine Sportlervergangenheit vermutlich von morgens bis abends nur zugekifft herumhängen würde. Doch sein Chef ahnte nicht, dass ihm die Dreadlocks selbst auf den Sack gingen. Aber er hatte ein Gelübde abgelegt, auf dem Rückflug von Neu-Delhi. Er würde die Haare erst dann abschneiden, wenn er diesen Schwur erfüllt hatte. Niemand sehnte den Tag mehr herbei als er selbst. Nicht zuletzt wegen der beschissenen Dreadlocks.

Dreadlocks machen eine Menge Arbeit, was sich kaum einer klarmacht, ehe er sein Haupthaar verfilzen lässt. Man muss sie sorgfältig pflegen, mindestens jeden dritten Tag waschen und danach gut durchtrocknen lassen, bevor man sie erneut zusammenbindet. Zudem ist man ständig damit beschäftigt, lose Haare wieder in die Dreadlocks einzuflechten. Allerdings war es ein Mythos, dass Dreadlocks stinken, schimmeln und sich in ihnen Ungeziefer einnistet.

Das kann nämlich auch mit anderen Stellen des Körpers passieren, wenn man sie nicht richtig wäscht, dachte Jens und stellte die Suppenschüssel auf ein Tablett. Hollweg würde bestimmt als stinkender, schimmeliger Lindwurm durch das Penthouse kriechen, wen Jens ihn nicht rund um die Uhr betreuen würde. Definitiv. Das kranke Arschloch.

7

Irgendetwas stimmte nicht. Er wusste nur nicht was.

Martin Nettelbeck saß in Kriminalrätin Koschkes Büro und wunderte sich. Konnte es an Juttas Fischtrophäen liegen? War es möglich, dass seine Vorgesetzte einige der ausgestopften Fischmonster von der Wand genommen und entsorgt hatte? Der Kommissar zählte die Fische sorgfältig durch und zur Sicherheit ein zweites und drittes Mal. Aber er kam immer wieder auf dreiundzwanzig Präparate. Genau so viele wie bei seiner letzten heimlichen Zählung Anfang Mai. Nein, daran lag es nicht, da war er auf dem Holzweg.

Und dann fiel es ihm wie »Fisch«-Schuppen von den Augen. Die Bilder von Juttas verstorbenem Mann Günther waren verschwunden. Alle. Nettelbeck war sich nicht sicher, aber in dem Büro hatten mindestens drei oder vier gerahmte Fotografien gestanden, die Jutta und Günther bei der Ausübung ihres Hobbys zeigten, diesem absonderlichen Fliegenfischen. Und wenigstens eine Aufnahme war darunter, auf der Günther Koschke als Bootsführer der Wasserschutzpolizei bei einem Einsatz auf der Havel zu sehen gewesen war. Warum waren die Bilder nicht mehr da? Was war passiert?

Nettelbeck wurde aus seinen Gedanken gerissen, als Kriminalrätin Koschke endlich ihr Telefonat beendete.

»Tut mir leid, Martin. Du kannst dir nicht vorstellen, was für irrsinnig viele Telefonate ich jeden Tag führen muss. Zweifellos die unangenehme Seite einer Leitungsfunktion.«

Nettelbeck hielt es nicht für angebracht, darauf zu reagieren und starrte Koschke stumm an, wie einer ihrer glupschäugigen Fische. Der Anblick dürfte ihr ja vertraut sein.

»Aber jetzt zu dir. Und zu dieser jungen Frau im *Hotel de Rome* …«

»Wir vermuten, dass sie ein Callgirl war.«

»Ich weiß, das ist bereits zu mir durchgedrungen. Mich interessiert mehr der Mann, der die Hotelsuite gebucht hat.«

»Saif Mohamed Zekri … Er ist nach Aussage der Hoteldirektorin Attaché an der Botschaft von Oman.«

»Diplomaten … Schwieriges Terrain.«

»Ja. Wenig erfreulich.«

»Denkst du, er ist für den Tod der jungen Frau verantwortlich?«

»Kann ich dir jetzt noch nicht sagen.«

»Und falls er es ist …?«

»Kannst du dich erinnern, wann in Deutschland das letzte Mal ein ausländischer Diplomat zur Verantwortung gezogen wurde? Ich nicht. Wir werden wieder mal pro forma ermitteln und dann wird der Vorgang eingestellt.«

»Darauf dürfte es hinauslaufen, Martin.«

»Mich betrifft es sowieso nicht. Ich fliege übermorgen nach Ghana. Fünf Wochen mal etwas ganz anderes sehen.«

»Du hast es gut. Mein Jahresurlaub ist schon fast aufgebraucht. Denkst du, ich kann den Kollegen Täubner mit der Ermittlung beauftragen?«

»Klar, Wilbert ist ein guter Mann. Sei unbesorgt.«

»Aber er hat keinerlei Erfahrung mit den diplomatischen Vorrechten und der notwendigen subtilen Vorgehensweise, die daraus folgt.«

Nettelbeck zuckte die Achseln.

»Du hingegen schon«, sagte die Kriminalrätin.

»Aber lediglich nur noch einen Arbeitstag bis zum Urlaubsantritt.«

Es klopfte und Kriminaldirektor Roger Delbrück betrat den Raum.

»Alle schon beisammen … Gut, gut!« Delbrück klopfte Nettelbeck auf die Schulter. »Grüß dich, mein Lieber.«

Nettelbeck schaute erst seinen alten Partner argwöhnisch an, dann warf er Koschke einen ebensolchen Blick zu. Die ordnete fahrig einige Papiere auf ihrem Schreibtisch.

Delbrück zog sich einen Stuhl heran und setzte sich. »Wie weit seid ihr?«

»Was meinst du damit?«, fragte Nettelbeck alarmiert.

»Hast du es ihm noch nicht gesagt, Jutta?«

»Bin noch nicht dazu gekommen.«

Delbrück kratzte sich am Kopf. »Okay, dann will ich als

Ranghöchster das mal übernehmen … Martin, wir müssen dich leider bitten, deine Reise zu verschieben.«

»Du machst Witze, Roger!«

»Nein. Ich sehe leider keine andere Möglichkeit.«

»Weißt du, wie lange wir gebraucht haben, die Reise zu organisieren? Roger, das ist kein vierzehntägiger Pauschalurlaub auf Gran Canaria.«

»Ist mir schon klar. Du sollst die Reise ja auch nicht absagen, sondern lediglich um ein paar Tage verschieben. Philomena und die Kinder können ganz normal in den Urlaub starten und du fliegst eben ein paar Tage später hinterher.«

»Und warum das bitte?«

»Du bist der einzige Berliner Ermittler, der nennenswerte Erfahrung mit dem diplomatischen Dienst hat«, schaltete sich Koschke ein. »Sogar mit der Botschaft von Oman. Das kannst du nicht abstreiten.«

»Redest du von dieser Geschichte mit diesem Kulturattaché? Das ist bereits vier Jahre her. Und dabei ging es um einen banalen Raub.«

»Egal, du hast den Fall damals bravourös schnell aufgeklärt«, sagte Delbrück. »Hat er nicht sogar ein Dankesschreiben des Botschafters bekommen, Jutta?«

»Das hat er«, sagte die Kriminalrätin. »Hier im LKA waren wir alle mächtig stolz auf unseren Kollegen Nettelbeck.«

Nettelbeck starrte seine Vorgesetzte an. Sprachlos. Jutta Koschke log wie gedruckt, wenn es ihr in den Kram passte. Diese verschlagene, fischige Kreatur!

»Deswegen bist du auch der richtige Mann, um diese Angelegenheit einigermaßen gut über die Runde zu bringen, Martin. Über den Kulturattaché kannst du dir doch sicher mit Leichtigkeit ein Entree verschaffen lassen.«

»Ich weiß ja nicht mal, ob der überhaupt noch in der Botschaft tätig ist.«

»Das kriegst du schon raus«, grinste Delbrück. »In erster Linie ist es wichtig, dass nicht der Eindruck entsteht, die Berliner Polizei würde bei einer bestimmten Gruppe privilegierter Personen von vornherein klein beigeben. In dem Punkt ist sich die Polizeiführung einig: Das muss unbedingt vermieden werden.«

»Ich kann aber meinen Flug nicht umschreiben lassen …«

»In dem Fall darf ich dir ausrichten, dass dein Ersatzflug selbstverständlich von Vater Staat bezahlt werden wird. Sogar mit Upgrade in die nächsthöhere Klasse«, Roger Delbrück hielt seinem alten Partner die Hand hin. »Ist das ein Deal?«

Nettelbeck zögerte einen Moment und schlug dann ein. Allerdings mit bitterster Bitterleichenmiene.

8

Wenn Botschafter Saud bin Hamood Al Hosni in seiner Residenz auf dem Bett lag und die Augen geschlossen hielt, glaubte er, das Meer zu riechen. Der Omaner war an der Ostküste des Landes aufgewachsen, hatte jeden Tag mit den Kindern der Fischer gespielt, bis er zum Schulbesuch in die Hauptstadt Maskat umziehen musste. Aber der Geruch von Salz und Tang, feuchtem Sand und Muscheln hatte sich ihm tief eingeprägt. Er verband diesen Duft mit dem vollkommenen Glück und mit unzähligen vor ihm liegenden Abenteuern.

Deshalb wollte Saud bin Hamood Al Hosni auch zurück ans Meer. Wollte endlich einige seiner vielen niemals gelebten Abenteuer verwirklichen. Und er wusste, dass er diesem Ziel mit jedem Tag näher kam. Das war ein großes Glück, denn so würden seine Nachkommen das Meer genauso lieben lernen, wie er es tat. Und was seine unerfüllten Abenteuer anging ... die hatten bereits angefangen, wahr zu werden. Ausgerechnet hier, im kalten, unmoralischen und völlig verrohten Berlin. Es war verrückt.

Hamood Al Hosni spürte, wie seine Frau Syyida sich neben ihm bewegte und aus dem nachmittäglichen Schlummer erwachte. Sekunden später hörte er, wie die Tür aufging, dann vernahm der Botschafter tapsende Kinderschritte. Er blinzelte vorsichtig, sah, wie sein Sohn Hamida zum Bett kam. Sein Stammhalter war ihm wie aus dem Gesicht geschnitten und deswegen liebte er ihn ganz besonders. Der Junge trug eine weiße Dishdasha und auf dem Kopf die bestickte Kumma, die er ihm zu seinem sechsten Geburtstag geschenkt hatte.

»Hamid, komm zurück«, hörte der Botschafter eine leise Frauenstimme aus dem Flur. »Bitte!«

»Nein, nein!«

Das Kindermädchen Zeudi Tinga betrat ängstlich das Schlafzimmer und versuchte, den Sohn des Botschafters wieder aus dem Raum zu holen.

»Bitte, Hamid!«

Zeudi Tinga griff nach der Hand des Jungen und der schrie auf.

Syyida Al Hosni schreckte hoch, sah das Kindermädchen und sprang aus dem Bett. Sie riss ihren Sohn an sich, griff nach einem Kerzenständer und schlug auf die junge Frau ein.

»Du Missgeburt! Du schwarzer Abschaum! Was wagst du dich in mein Schlafgemach, du Plage Allahs? Verschwinde! Sonst schlage ich dich tot!«

Das schwarze Kindermädchen flüchtete aus dem Raum und Syyida ließ den blutigen Kerzenständer fallen. Zärtlich drückte sie ihren Sohn an sich. »Mein kleiner Liebling ... Es tut mir so leid. So unendlich leid.«

Der Botschafter schloss die Augen. Er liebte seine Frau Syyida – und hasste zugleich ihre ungezähmte Beduinennatur. Ihre schreckliche Grausamkeit. Aber das war Teil seines Aufstieges, unabdingbar damit verknüpft.

Hamood Al Hosni schloss die Augen und versuchte, die betörende Meeresstimmung wiederherzustellen. Doch das war unmöglich. Die Wellen strömten an Land und zerschellten brutal an den Felsen.

9

Die Attachés Saif Mohamed Zekri und Sulaiman Almahrooqi saßen im Vorzimmer des Botschafterbüros, warteten darauf, dass Seine Exzellenz Saud bin Hamood Al Hosni sie zu der täglichen Besprechung hereinbat. Bei allen Ähnlichkeiten in ihrem Lebenslauf und ihren -zielen, waren die beiden Männer vom Äußeren her völlig unterschiedliche Typen.

Der Militärattaché Zekri war für einen Omaner ungewöhnlich groß. Durchtrainiert, besaß er die Bewegungen einer Raubkatze. Und auch ihre Instinkte und Gefährlichkeit. Was er normalerweise hinter einem sanften Lächeln verbarg. Zekri war ehrgeizzerfressen und entschlossen, für seine Karriere so ziemlich alles zu tun. Gegebenenfalls auch über Leichen zu gehen, wie es die schöne Redewendung sagte, die er in Deutschland gelernt hatte.

Der Handelsattaché Almahrooqi hingegen war klein und weichlich, kämpfte seit Jahren gegen sein Übergewicht an. Und stand kurz davor, den Kampf zu verlieren. Almahrooqi hatte einen Bauchansatz, ein Doppelkinn und Pausbäckchen.

Er wirkte dadurch etwas lächerlich, wobei man aber Gefahr lief, seinen eiskalten Verstand zu übersehen. Und in Karriere-angelegenheiten unterschied ihn wenig von Zekri. Auch nicht, was die Wahl der Mittel betraf.

Zekri und Almahrooqi kannten sich von klein auf. Sie hatten im Oman dieselben Schulen besucht, ihre militärische Ausbildung parallel absolviert und sich gleichzeitig für den diplomatischen Dienst beworben. Beide stammten aus verwandten Linien des Fürstenhauses ibn Said und waren dem Sultan zutiefst verpflichtet. Ibn Said persönlich hatte sie Attachés ernannt und nach Deutschland geschickt. Inzwischen waren sie erfahrene Diplomaten von Anfang vierzig und warteten darauf, dass ihnen der Sultan eigene Botschaften anvertraute. Am liebsten in London, New York oder Paris.

Bis es so weit war, hätten sie sich nur zu gern an den Geschäften ihres Botschafters beteiligt, doch der machte ihnen wenig Hoffnung. Der Kreis der Investoren bei der Projektgesellschaft *Maṣīra Paradies Fonds* sei schon vor Längerem geschlossen worden, die erforderliche Summe beisammen.

Zekri und Almahrooqi blieben trotzdem auf der Lauer, wer wusste schon, ob sich nicht doch noch eine Chance auftat, bei dem Ferienresort einzusteigen. Denn dass dies einmal eine Goldgrube werden würde, zeichnete sich jetzt schon ab.

»Wie war denn dein Date letzte Nacht, Saif?«

»Totaler Reinfall. Die Schlampe sah zwar ziemlich gut aus, hat aber massiv herumgezickt. Ich musste ihr eine reinhauen, der blöden Kuh.«

Almahrooqi lachte auf. »Echt? Das hast du gemacht? Du schlägst Frauen?«

»Wenn ich mir nicht anders zu helfen weiß …«

»Saif, der Frauenversteher …«

Zekri stimmte in Almahrooqis Lachen mit ein. »Wenn schon, dann bitte Frauenfreund! ... Unser Job hat zweifellos auch seine angenehmen Seiten.«

»Unbedingt«, erwiderte der Handelsattaché. »Vor allem, wenn man wie du die Vorteile so richtig ausnützt.«

»Kannst du ja auch machen. Oder glaubst du ernsthaft, dass diese Berliner Polizeiclowns uns jemals gefährlich werden können? Nicht in hundert Jahren.«

Diplomatische Immunität ... Was sich dahinter verbarg, hatte man den beiden Attachés bereits am ersten Tag ihres Vorbereitungskurses für den diplomatischen Dienst beigebracht: der Schutz des Diplomaten vor strafrechtlicher, zivilrechtlicher oder administrativer Verfolgung in einem fremden Land.

Egal, ob es um das Ignorieren von Strafzetteln ging, Fahrerflucht oder ein Diebstahl vorlag, der Diplomat einen Dritten belästigt hatte, selbst Körperverletzung wurde im Ausland nicht verfolgt, von einer Strafverfolgung grundsätzlich abgesehen.

Nur bei extremen Vorfällen mit einhergehender Todesfolge kam es vor, dass eine diplomatische Note an den jeweiligen Staat gerichtet wurde. Aber außer der Einbestellung des Botschafters in das Außenministerium und der Überreichung einer solchen Protestnote passierte wenig. Im schlimmsten Fall musste der auffällig gewordene Diplomat in seine Heimat zurückkehren – natürlich ohne Strafverfolgung.

Saif Mohamed Zekri und Sulaiman Almahrooqi war sofort klar gewesen, dass der diplomatische Dienst für sie wie geschaffen war. Und das zeigte sich jeden Tag erneut, den sie in Berlin verbrachten.

Die Tür zum Büro des Botschafters öffnete sich und die beiden Attachés wurden hineingerufen.

10

Die Fenster standen auf Kippe und von draußen drangen Geräusche herein, die man mit einigermaßen gutem Willen als Meeresrauschen interpretieren konnte. Doch das war ein Trugschluss, wie seine Exzellenz der Botschafter Dr. Saud bin Hamood Al Hosni bedauernd feststellte. Es war banaler Berliner Verkehrslärm. Er saß hinter seinem großen asymmetrischen Künstlerschreibtisch, dessen Form laut Aussage seines Erschaffers die Staatsgrenzen von Oman wiedergeben sollte. Nur ein wenig begradigt. Und ohne die Inseln.

Hamood Al Hosni hatte lange gebraucht, um sich nach der rüden Attacke seiner geliebten Ehefrau herunterzudimmen, wie es der Elektriker vermutlich ausgedrückt hätte. Dieser schöne junge Mann, der im letzten Herbst in der Botschaft die neuen Rauchmelder eingebaut hatte. Er ging ihm immer noch nicht aus dem Kopf. Aber wenigstens war Hamood Al Hosni jetzt wieder Herr seiner Sinne. Elektriker- und ehefraumäßig.

Seine Exzellenz hielt sich für einen ausgezeichneten Vorgesetzten und er arbeitete unermüdlich daran, dies zu perfektionieren. Dafür hatte er in seinen Mußestunden aus der einschlägigen Managementliteratur vier grundlegende Leitgedanken extrahiert:

Gib deinen Mitarbeitern klare Ziele vor.
Binde sie in deine Endscheidungen ein.
Achte und bezahle deine Mitarbeiter gut.
Aber: Zu viel Lob verdirbt ihre Motivation.

Als Seine Exzellenz die beiden Attachés vor sich sitzen sah und bemerkte, wie sie ihn lauernd beobachteten, vermutlich nach einer Schwäche suchten, um sich bei der Projektgesellschaft *Maṣīra Paradies Fonds* doch noch mit einklinken zu können, fragte Hamood Al Hosni sich, ob sein Vier-Punkte-Katalog nicht dringend revisionsbedürftig war. Und um einen fünften Punkt ergänzt werden müsste:

Verschlagene Mitarbeiter richte sofort durch das Beil.

Aber der Botschafter wusste, dass er auf die beiden Männer angewiesen war und lächelte. »Haben Sie irgendetwas gefunden, das meinen Verdacht gegen Herrn Hollweg erhärtet? Hat er, wie ich vermutete, direkten Kontakt mit den omanischen Finanziers aufgenommen?«

»Nein, Eure Exzellenz«, sagte der Handelsattaché Almahrooqi. »Wir haben jeden Einzelnen vor Ort durchleuchten lassen. Wir haben unsere besten Kräfte drangesetzt. Sie haben nichts Auffälliges entdeckt.«

»Hollweg hatte in den letzten vier Monaten definitiv mit keinem von ihnen Kontakt«, fügte Militärattaché Zekri hinzu. »Sie können in dem Punkt absolut sicher sein.«

Der Botschafter nickte. Offensichtlich hatte er Maximilian Hollweg falsch eingeschätzt. Er hatte angenommen, dass der Finanzier hinter seinem Rücken mit den anderen Investoren Sonderabsprachen treffen würde, damit er unauffällig den Anteil des Botschafters am Gewinn drücken konnte. Umso besser, dass das nicht zutraf. Dann konnte er die Sache zum Abschluss bringen. »Ist sonst noch etwas vorgefallen, von dem ich wissen sollte?«

Sulaiman Almahrooqi warf Saif Mohamed Zekri einen Blick zu, doch der schüttelte den Kopf.

»Nein, alles geht seinen normalen Gang.«

»Schön, dann harren wir der Dinge, die da kommen mögen, und werden sehen, wohin uns das Schicksal trägt.«

»Wenn dein Herz gut ist, werden deine Taten gut sein, wie der Prophet sagt«, sagte Almahrooqi und nickte bedächtig. Dass er den nächtlichen Vorfall im Hotel verschwiegen hatte, bereitete ihm keine Kopfschmerzen. Auch ein Militärattaché hatte schließlich Anspruch auf ein Privatleben.

11

Auf der Heimfahrt musste sich der Kommissar im Bus erst einmal in Stimmung bringen. Schließlich galt es, seiner Familie die Nachricht zu überbringen, dass sie ohne ihn nach Ghana fliegen sollten. Und ihnen gleichzeitig zu versichern, dass er garantiert in wenigen Tagen nachkommen werde. Da musste er schon überzeugend sein. Und das ging am besten mit einem lächelnden Gesicht. Deshalb hatte er seine Kopfhörer angeschlossen und lauschte einem Track auf seinem Smartphone.

Sein alter Posaunenlehrer hatte früher regelmäßig einen Scherz gemacht, wenn Nettelbeck über sein schwer zu spielendes Instrument gestöhnt hatte. Ach was, hatte der Lehrer dann immer gekontert – die Posaune macht gute Laune! Eine Erkenntnis, die schließlich auch Nettelbeck kam, nachdem er die Anfängerphase überwunden hatte und komplexere Stücke spielen konnte.

Darum war die Wahl des Kommissars auf Robin Eubanks und sein Trio EB3 gefallen, auf das Stück *Me, Myself & I* von der CD *Live Vol. 1.* Der amerikanische Musiker, der von den Kritikern des Downbeat-Magazins fünf Mal zum besten

Posaunenspieler der Gegenwart gewählt worden war, machte großartigen zeitgenössischen Jazz. Der Nettelbeck jedes Mal in Hochstimmung brachte. So auch heute: Mit jedem Zentimeter, den sich der Bus durch Berlins dichten Feierabendverkehr quälte, besserte sich Nettelbecks Laune. Bis sie fast schon glänzend war.

Zu Hause erwartete ihn ein Chaos, aber ein ausgesprochen fröhliches. Überall standen offene Koffer herum, auf den Tischen, Stühlen und Betten lagen Kleider- und Wäschestapel sowie sonstiges Reisezubehör. Auch Nettelbecks Koffer wartete darauf, gepackt zu werden. Der Kommissar nahm seine Freundin beiseite und informierte sie schnell über seine dienstliche Zwangslage. Nachdem Philomena die unerfreuliche Nachricht verarbeitet hatte, machten sie sich zu zweit daran, es den Kids behutsam beizubringen.

Als sie mit Mark Kojo und Efua Marie am Küchentisch saßen und ihnen das Dilemma erklärten, herrschte zwar einen Moment lang Enttäuschung, aber dem Kommissar gelang es, die Stimmung zu wenden. Und seinen Lieben Hoffnung auf ein Wiedersehen in spätestens einer guten Woche zu machen. Denn den aktuellen Fall würde Nettelbeck so schnell aufklären, wie noch keinen anderen zuvor. Das war seine feste Absicht und davon würde ihn nichts – unter gar keinen Umständen – abbringen lassen.

12

Rene Fahrenholz wirkte völlig übernächtigt. Was allerdings nicht verwunderlich ist bei dem Beruf, dachte Täubner und grinste. Der Mann ist schließlich Nachtportier.

Fahrenholz saß auf dem Besucherstuhl, hatte leichte Schlagseite und drohte, jeden Moment einzuschlafen, beziehungsweise vom Stuhl zu kippen.

»Allee der Kosmonauten 189, Haus 12 A, sechsundzwanzigster Stock … Stimmt das soweit?«

Ein leises Schnarchen war die Antwort, dann zuckte der Nachtportier hoch und war wieder wach. »Sekundenschlaf, Pardon … Das Los teilen wir Nachtportiers mit den Lkw-Fahrern.«

Täubner wiederholte noch einmal Fahrenholz' Adresse.

»Ist das soweit korrekt?«

Der Nachtportier nickte.

Nettelbeck betrat das Büro mit drei Bechern Kaffee.

»So, doppelter Espresso, der macht Sie wach.«

Dankbar nahm Fahrenholz den angebotenen Becher, trank einen Schluck. »Schmeckt wunderbar …«

»Das LKA 1 ist berühmt für seine Kaffeespezialitäten«, grinste Täubner.

Fahrenholz gluckste leise und stellte den Becher ab. »Sie wollen vermutlich wissen, wie die Nacht aus meiner Sicht abgelaufen ist.«

»Richtig, legen Sie los.«

»Herr Zekri ist kein Unbekannter in unserem Hotel. Er bucht regelmäßig eine Suite. Alle drei Wochen, so ungefähr. Meistens für ein oder zwei Tage. Nie für länger.«

»Und warum? Er hat doch eine Wohnung in Berlin.«

»Na ja, er trifft sich bei uns mit Frauen. Besser gesagt mit wechselnden Damen. Immer mit einer anderen, aber alle sind ausgesprochen hübsch. In dem Punkt macht Herr Zekri keine Kompromisse.«

»Callgirls?«

»Ich kann da nur mutmaßen, aber ich denke, das trifft es.«

»Die Suite bei Ihnen kostet tausendzweihundert Euro pro Nacht. Und ein erstklassiges Callgirl mindestens das Gleiche ... Wissen Sie, wo Herr Zekri die Damen bucht?«

»Nein. Unser Hotel hat mit diesen Dingen nichts zu tun. Ich befrage weder unsere männlichen Gäste noch ihren Besuch. Diskretion ist das A und O in unserem Gewerbe.«

»Und Herr Zekri? Hat er als eine Art von Dauergast nicht die eine oder andere Anmerkung gemacht?«

»Er hat mir gegenüber mal scherzhaft geäußert, dass ich den Gästen unseres Hauses die Damen von *Prussia VIP Escort* empfehlen soll, wenn sie unter Einsamkeit leiden. Das ist ein exklusiver Begleitservice.«

»Und haben Sie das gemacht?«

»Selbstverständlich nicht. Ich bin Nachtportier und kein Zuhälter.«

Nettelbeck reichte Fahrenholz eine Fotografie der jungen Frau aus der Suite.

»Kam diese Dame vielleicht auch von *Prussia VIP Escort?*«

Der Nachtportier betrachtete das Foto eingehend.

»Keine Ahnung. Möglich. Ich habe sie vorgestern zum ersten Mal gesehen. Die Frau ist gegen 18:30 Uhr in unser Hotel gekommen. Herr Zekri hatte die Suite etwa eine Stunde vor ihr betreten.«

»Also ungefähr um 17:30 Uhr?«

»Ja, kurz nach meinem Dienstantritt.«

»Haben Sie persönlich mit der jungen Frau gesprochen?«

»Nur kurz. Ich habe sie begrüßt und ihr gesagt, in welcher Suite sie erwartet wird.«

»Sonst nichts? Das war alles?«

Rene Fahrenholz nickte.

»Und wie war der Kontakt mit Herrn Zekri? Auch so knapp?«, fragte Nettelbeck.

»Wie üblich. Er hat mich zwei Tage vorher angerufen und mir mitgeteilt, dass zwischen achtzehn und neunzehn Uhr eine Dame käme, die ich freundlicherweise bitte gleich in seine Suite schicken solle.«

»Was Sie gemacht haben …«

»Der Kunde ist selbstverständlich König. Gerade bei uns im *Hotel de Rome.* Sekunde …«

Fahrenholz griff nach seinem Kaffee und kippte ihn runter. Dann stellte er den Becher ab, schielte neidisch zu dem noch unberührten Getränk vor Nettelbeck.

Der Kommissar schob seinen Kaffee zum Nachtportier. »Nehmen Sie meinen …«

»Danke.«

»Herr Zekri … wann genau hat er bei Ihnen ausgecheckt?«

»Na ja, normalerweise bleibt er die ganze Nacht und lässt sich das Frühstück in seine Suite kommen. Diesmal allerdings nicht.«

»Gab es einen Grund dafür?«

»Herr Zekri kam kurz vor Mitternacht und bezahlte. Er bat mich ausdrücklich, die Suite morgens nicht sofort zu reinigen, da sich dort noch die junge Frau aufhalten würde. Sie würde gerne ausschlafen und ich solle das bitte gewährleisten.«

»Und den Wunsch haben Sie dann an die Tagesschicht weitergegeben.«

Fahrenholz nickte.

Täubner hatte unterdessen die Homepage des *Prussia VIP Escort* aufgerufen. Doch bei allen Escort-Damen waren die Gesichter verpixelt. Der Kommissar scrollte durch die Seiten und deutete dann auf eine junge blonde Frau, die einmal in einem eleganten Abendkleid und dann nur in einem Negligé abgebildet war. Angeblich hieß sie Violetta, war Mitte zwanzig und mehrsprachig.

»Das müsste sie sein.«

Nettelbeck warf einen Blick auf den Monitor.

»Könnte hinkommen. Wo sitzt die Agentur?«

»Hier in Berlin, in der Friedrichstraße.«

»Perfekt. Ich schätze kurze Wege.«

»Seit wann das denn?«, fragte Täubner.

»Seit ich beschlossen habe, unsere Ermittlung innerhalb einer Woche abzuschließen.«

»Im Ernst?«

»Hatte ich dir das noch nicht gesagt?«

»Nein.«

»Dann weißt du es jetzt.«

13

Wer sich Büroräume auf dem Kurfürstendamm leisten kann, spielt sicherlich in einer Juristenliga mit, in der höchste Honorarvorstellungen realisiert werden. Auf Rechtsanwältin Maren Schwedhelm traf das jedenfalls zu. Ursprünglich hatte sie einem Sozialistischen Anwaltskollektiv in Kreuzberg angehört, bei dem gleicher Lohn für die Juristen und das Sekretariat galt und wo man sich auf die rechtliche Vertretung der Schwachen gegen die Starken spezialisiert hatte. Und dies lediglich zu der gesetzlichen Mindestvergütung.

Nach dem Mauerfall löste sich das Kollektiv auf und Schwedhelm war gezwungen gewesen, sich neu zu orientieren. Sie gründete eine eigene Kanzlei, verlegte sich auf Insolvenzrecht und war damit schnell erfolgreich. Verdiente in einem Monat so viel, wie vorher in einem ganzen Jahr. Nicht zuletzt deshalb, weil die Rechtsanwältin dafür bekannt war, auch mit den schwierigsten Mandanten zurechtzukommen.

Aber selbst für Maren Schwedhelm gab es Grenzen. Grenzen, die man nicht ungestraft übertreten durfte. Und einer der übelsten Grenzverletzer saß ihr gerade gegenüber. Die sechzigjährige Juristin mochte ihren Mandanten Roman Weiden nicht. Weder seine Person noch sein Auftreten, die Art, wie er sich anzog, seinen widerlich süßlich-weibischen Geruch – *Davidoff Cool Water* – und schon gar nicht seine ekelhafte Musik. Völlig grenzdebiler Schlagerschwachsinn.

Dafür liebst du mich, dafür lieb ich dich.
Immer, immer, immer noch.
Weil ein Versprechen ein Versprechen ist
und ein Wort ein Wort. Weil es dort,
wo zwei Herzen zusammenfinden,
keine Lügen geben darf.

Was für ein Dreck, dachte Maren Schwedhelm. Totale Scheiße! Und der Arsch hatte ihr die Schwachsinns-CD sogar geschenkt. War mächtig stolz auf sein Opus magnum. Hatte das Booklet mit einer persönlichen Widmung versehen. Krank. Sie hatte kurz reingehört, sich vor Ekel geschüttelt und dann alles in den Mülleimer geworfen.

Außerdem hielt die Rechtsanwältin Roman Weiden nicht für besonders intelligent. Höchstens für bauernschlau. Aber eigentlich nicht einmal dafür. Vor sechs Jahren hatte sie ihm stundenlang das Prozedere des Insolvenzverfahrens erklärt, aber offensichtlich hatte er es nicht kapiert. Was für ein geistiger Tiefflieger.

»Und was bedeutet Widerrufung der Restschuldbefreiung? Ich meine juristisch? Können wir das mit einer einstweiligen Verfügung stoppen?«

»Nein. Wenn der Vorwurf zutrifft, dass Sie relevante Vermögenswerte nicht vollständig angegeben haben, dann sind mir die Hände gebunden«, Maren Schwedhelm zupfte am Revers ihres Chanel-Kostüms, um nicht laut loszuschreien vor solch einem Abgrund von Dummheit. »Ich habe keine Möglichkeit, rechtlich dagegen vorzugehen.«

»Das ist doch ein Witz! Ich habe mich die letzten fünf Jahre absolut einwandfrei verhalten, jeden noch so kleinen Centbetrag gemeldet und jetzt ... nur weil ich den Wagen vergessen habe ... will man mich dafür ans Kreuz nageln?«

»Das Prinzip der Restschuldbefreiung fußt nun einmal auf völliger Ehrlichkeit. Da gibt es keine Ausnahme. Dass Sie einen Porsche vergessen, nimmt Ihnen kein Richter ab«, Maren Schwedhelm zwang sich zu einem Lächeln. »Es tut mir wirklich sehr leid für Sie, Herr Weiden. Aufrichtig.«

»Es muss doch irgendeinen Weg geben ...«

»Den gibt es nicht. Ihre fünfjährige Wohlverhaltensphase war umsonst.«

»Ich habe in dieser Zeit über 127.000 Euro abbezahlt ...«

»Jetzt haben Sie wieder 1.588.000 Million Euro Schulden. Und keine Chance auf ein zweites Verbraucherinsolvenzverfahren. Das heißt, solange Sie leben, wird man Ihnen sämtliche Einkünfte pfänden, Herr Weiden. Bis auf den Eigenbehalt von 1.380 Euro natürlich.«

Roman Weiden starrte geschockt auf seine silbernen Sneakers und die Rechtsanwältin konnte sehen, wie es in ihm arbeitete. Offenbar realisierte er erst jetzt seine Ausweglosigkeit. Aber in diese Falle hatte er sich selbst hineinmanövriert. Und da kam er auch nicht mehr raus, der Schlagerfuzzi. Geschieht ihm ganz recht, dachte Maren Schwedhelm. Die Quittung für fünfdreißig Jahre akustische Umweltverschmutzung.

14

Der luxuriöse Bürobau lag in der Friedrichstraße, gerade einmal siebenhundert Meter Luftlinie entfernt von dem Ort, an dem Violetta gestorben war. Im Erdgeschoss befanden sich Filialen zweier großer Modelabels, die restlichen Etagen waren an Firmen vermietet, deren Namen den Kommissaren nichts sagten. Das Büro der *Prussia VIP Escort* firmierte unter der Bezeichnung *Mercator S. L.* im obersten Stockwerk.

Nettelbeck und Täubner hatten sich nicht angemeldet und es dauerte eine Weile, bis ihnen ein Mann öffnete.

Er war Anfang vierzig, mit schütteren blonden Haaren, korpulent und bebrillt. Einer der uniformen Anzugträger, wie man sie in der Friedrichstraße zu Tausenden sah.

Die Kommissare stellten sich vor, zeigten ihre Dienstausweise.

»Von hier aus wird der Escort-Service *Prussia VIP* betrieben. Sind Sie der Geschäftsführer?«

»Ja. Zusammen mit meinem Bruder Daniel … Ich bin Laurenz Hornberg. Worum geht es denn?«

»Es ist möglich, dass eine Ihrer Escort-Damen bei einem Einsatz … sagt man das so? … Einsatz?«

Hornberg zuckte mit den Achseln. »Wenn Sie möchten …«

»Wir vermuten, dass eine Ihrer Mitarbeiterinnen bei einem Einsatz gestorben ist.«

»Mein Gott … Wer denn? Kommen Sie bitte herein.«

Nettelbeck und Täubner betraten das Büro, das lediglich aus einem sehr großen Arbeitsraum, zwei Abstellkammern, einer Teeküche und einem Bad bestand. Zwei aufgeräumte Schreibtische standen sich gegenüber, vor dem Fenster eine

Besprechungsecke. An den Wänden hingen große Fotografien von jungen Frauen in Abendgarderobe. Zweifellos die aktuellen Escort-Damen. Darunter auch die Tote aus dem Hotel.

»Nehmen Sie Platz. Ich hole Daniel.«

Die Kommissare setzten sich.

Kurz darauf kehrte Laurenz Hornberg mit seinem Bruder zurück. Sie waren eineiige Zwillinge, unterschieden sich lediglich durch die Farbe ihrer Krawatten. Der eine trug blau, der andere rot. Beiden saßen ihre Anzüge so prall, als hätte man sie am Morgen darin eingenäht.

»Mein Bruder Daniel …«

Die Zwillinge setzten sich den Kommissaren gegenüber. Sie wirkten verunsichert. Zwei dicke Kuschelbären, denen jegliche Zuhälterattitüde abging. Die eher als Testimonial für fettreiches Fastfood überzeugt hätten.

»Um welche unserer Damen handelt es sich denn?«, fragte Daniel Hornberg. »Ich kann es gar nicht glauben.«

Täubner reichte ihm das Foto der jungen Frau aus der Suite.

Die Brüder betrachteten es geschockt.

»Da war sie schon tot, oder?«

Nettelbeck nickte.

»Das ist Antonia Reseneder. Ja, sie arbeitete für uns. Wir führen sie allerdings als Violetta«, sagte Laurenz Hornberg. »Alle unsere Escort-Damen tragen einen Künstlernamen.«

»Das ist in unserer Branche so üblich«, ergänzte sein Bruder. »Wir legen großen Wert auf Diskretion. Für beide Seiten.«

»Wie ist sie denn … Was genau ist passiert?«

»Das ermitteln wir noch. Hat Frau Reseneder hauptberuflich als Escort-Dame gearbeitet?«

»Nein, sie befand sich in der Ausbildung zur Fremdsprachenkorrespondentin.«

»Und seit wann war sie für Sie tätig?«

»Antonia hat vor knapp zehn Monaten eine Einführung bekommen. Und danach haben wir ihr Image festgelegt, die Fotos gemacht und diese Sachen. Ihr erster Einsatz war vor etwa neun Monaten. Oder, Daniel?«

»Kommt in etwa hin. Sie war sehr begehrt bei unseren Kunden. Von Anfang an. Die meisten Männer wollten sie öfter buchen. Aber Antonia war sehr wählerisch.«

»Was genau waren denn ihre Pflichten, wenn Frau Reseneder sich mit Ihren Kunden traf?«

Die Zwillinge tauschten einen Blick aus.

»Die Herren zu Veranstaltungen oder zum Essen zu begleiten. Mit ihnen zu tanzen oder entspannte Gespräche zu führen«, sagte Laurenz Hornberg.

»Das ist alles?«

»Was sonst möglicherweise noch passiert, darauf nehmen wir grundsätzlich keinen Einfluss. Das liegt allein bei den Damen«, sagte Daniel Hornberg.

»Wie viel Prozent bekommen Sie für Ihre Vermittlung?«

»Insgesamt fünfundzwanzig.«

»Für Tanzeinlagen und entspannte Gespräche?«, grinste Täubner. »Erstaunlich.«

»Wer sind Ihre Kunden?«, fragte Nettelbeck.

»In der Regel viel beschäftigte Geschäftsleute, die einfach nicht genug Zeit haben, um eine Frau auf die normale, recht zeitaufwendige Art und Weise kennenzulernen und ihr den Hof zu machen. Viele haben Familie und legen entsprechend Wert auf absolute Diskretion. Dafür stehen wir.«

»Saif Mohamed Zekri ist einer Ihrer Kunden, ist das richtig?«

»Bitte haben Sie Verständnis dafür, wenn wir diese Frage nicht beantworten«, sagte Daniel Hornberg. »Es sind einige wichtige Persönlichkeiten unter unseren Klienten.«

»Dann geben Sie uns Ihre Kundenkartei, sonst erwirken wir eine richterliche Anordnung«, sagte Nettelbeck und nickte Täubner zu. »Kostet uns lediglich einen Anruf ...«

Täubner zog sein Handy und begann, im Telefonverzeichnis zu scrollen.

»Moment, mein Bruder meint es nicht so«, sagte Laurenz Hornberg. »Wir wollen selbstverständlich kooperieren. Wirklich.«

»Ist Herr Zekri nun Ihr Kunde?«

»Ja, schon seit Geschäftsgründung. Also ungefähr fünf Jahre.«

»Hat er Frau Reseneder öfter gebucht?«

»Nein, vorgestern war das erste Mal. Wollen Sie uns denn nicht endlich sagen, was vorgefallen ist?«

»Wir haben doch wohl das Recht zu erfahren, was mit unserer Mitarbeiterin passiert ist.«

»Das ist in diesem Stadium nicht möglich. Was können Sie uns über Frau Reseneder sagen? Wie war ihr familiärer Background?«

»Antonia ist vor zwei Jahren von Niederbayern nach Berlin gezogen, um hier ihre Ausbildung zu machen. Sie wohnte mit ihrem Freund zusammen. Einem Studenten. Den haben wir aber nie kennengelernt.«

»Dann geben Sie uns doch freundlicherweise die Adresse«, sagte Täubner und wedelte mit seinem Smartphone. »Ist das möglich?«

Die Zwillinge nickten im Gleichklang und Täubner ließ sein Handy lässig in die Jackentasche rutschen.

15

Nachdem er heimgekommen war, hatte Roman Weiden sich eine Stunde auf dem Hometrainer gequält, ihn auf die höchste Ausdauerstufe geschaltet. Krampfhaft versucht, ein wenig herunterzukommen. Doch das hatte nicht geklappt. Anschließend duschte er eine halbe Stunde lang heiß-kalt. Auch danach war er immer noch erbittert, wütend, erregt. Roman verfluchte sein Leben, den Staat, die deutschen Gerichte ... Und er verfluchte Maximilian Hollweg, dem er seinen Niedergang zu verdanken hatte.

Er war gerade mit *Tausend nie geküsste Küsse* auf den ersten Platz der deutschen Single-Charts geschossen, als er Hollweg bei einer RTL-Party in Köln kennengelernt hatte. Dreiundzwanzig Jahre war das jetzt her. Der junge Betriebswirt hatte sich gerade im Künstlermanagement selbstständig gemacht und sofort versucht, ihn abzuwerben. Roman hatte abgelehnt, aber sie waren in Kontakt geblieben. 1998 war er dann offiziell Hollwegs Klient geworden. Sie wurden schnell ein gutes Gespann. Roman hatte eine Reihe von Nummer-eins-Hits, verdiente Millionen mit seinen Alben und Auftritten. Hollweg war ein hartnäckiger Agent und ein äußerst kluger Vermögensberater.

Gegen Ende des letzten Jahrhunderts hatte Roman einen Großteil seines Vermögens im sogenannten Neuen Markt investiert und dank Hollwegs Cleverness gelang es ihm, das Geld rechtzeitig in andere Anlagen umzuschichten, ehe die Dotcom-Blase platzte. Auf der Suche nach einer neuen Investitionsmöglichkeit schlug Hollweg ihm irgendwann den geschlossenen Fonds *Hamburg Wheel Fonds Invest* vor. In der Hamburger Hafencity sollte bis zum Frühjahr 2011 neben dem Strandkai das größte Riesenrad Europas entstehen, noch zwölf Meter höher als das *London Eye.* Eine äußerst verlockende Investition, die ihm Hollweg mit leuchtenden Augen schmackhaft gemacht hatte.

Roman investierte insgesamt 5,2 Millionen in den Fonds. Zusätzlich zu seinem Eigenkapital von 2,7 Millionen lieh er sich 2,5 Millionen bei einer Bank. Es lief gut an, aber 2009 geriet die *Hamburg Wheel* in Schieflage. Es kam heraus, dass ein Großteil der eingesammelten Fondsmittel in Höhe von 180 Millionen Euro nahezu aufgebraucht war. Dank exorbitanter Gehälter für das Management und großspuriger Geschäftsführung. Nur das Grundstück existierte als werthaltiges Objekt. 2010 kam es zum Zusammenbruch des Investmentfonds. Roman hatte seine 5,2 Millionen verloren.

Bei einem Vergleich bekam er von einer beteiligten Bank sieben Prozent Entschädigung gezahlt, knapp 364.000 Euro. Anschließend wurde bei Roman eine Steuerschuld von 1,6 Millionen festgestellt. Seine Finca auf Mallorca brannte kurz darauf komplett aus und er hatte versäumt, die Feuerversicherung rechtzeitig zu bezahlen. Für das Grundstück abzüglich der veranschlagten Abrisskosten erhielt er nur 120.000 Euro. Roman verkaufte seinen Jaguar und fünf Rolex-Uhren zum Schleuderpreis. Das Penthouse in Berlin-Mitte musste er ebenfalls mit Verlust abstoßen. Dominique verließ ihn und nach Begleichung der Rechtsanwalts- und Scheidungskosten hatte er immer noch 1,7 Million Euro Schulden.

Hollweg hatte sich auch an dem Fonds beteiligt, aber sein Geld im letzten Moment noch herausziehen können. Wie immer ihm das auch gelungen war. Roman fragte sich, wieso Hollweg ihn nicht beizeiten gewarnt hatte. Er machte seinem Vermögensberater massive Vorwürfe, warf ihm Betrug vor, es kam zum Bruch zwischen den beiden Männern. Roman besaß aber nicht einmal mehr genügend Geld, um Hollweg mit Aussicht auf Erfolg verklagen zu können, und musste seinen Hass beerdigen.

Doch der flammte erneut auf, als Roman erfuhr, wer sich sein Penthouse für einen Schnäppchenpreis unter den Nagel gerissen hatte: Maximilian Hollweg persönlich, dem Romans Notlage offenbar völlig egal war. Er beschloss, mit dem Schwein abzurechnen, ihm eine Lektion zu verpassen.

Tagelang versuchte Roman, an Hollweg heranzukommen, aber das war unmöglich. Immer war jemand in seiner Begleitung. Bis ihm der Zufall zu Hilfe kam.

Der Zufall.

In einer dunklen Nacht mit sintflutartigem Regen.

In der man das Schwarze vor seinen Augen nicht sehen konnte.

Roman musste nur Gas geben.

Gas …

Und das tat er auch.

Und jetzt hatte ihn das Schwein an das Gericht verraten, ihm endgültig den Todesstoß versetzt.

In Roman rumorte es:

Die Sau hat mich in die Riesenradscheiße reingequatscht!

Die Sau hat mich in die Insolvenz getrieben!

Die Sau hat sich mein Penthouse unter den Nagel gerissen!

Die Sau hat meine Ehe zerstört!

Aber ich habe die Sau zum Krüppel gefahren!

Und ich, ich werde die Sau jetzt töten!

16

Vermutlich einer der schönsten Plätze in Berlin, zumindest der schönste in Schöneberg, dachte Nettelbeck, nachdem er und Täubner den BMW geparkt hatten und an der großen Fontäne vorbei über den Viktoria-Luise-Platz gingen. In der New-Wave-Ära war die Gegend eine angesagte Ausgehmeile gewesen. Als Gymnasiast hatte der Kommissar in den anliegenden Lokalen am Wochenende oft bis in die frühen Morgenstunden gefeiert.

In einem der Hinterhöfe hatte er in einer schwülen Sommernacht seine Unschuld verloren, diverse Drogen ausprobiert (na ja, zumindest Alkohol, Cannabis und ein-, zweimal Kokain), verrückte Pläne geschmiedet und von einer Karriere als Jazzposaunist geträumt.

Eine wunderbare Zeit war das gewesen, aufregend und betörend. Aber vorbei ist vorbei. Nettelbeck dachte an einen alten Sketch von Karl Valentin, in dem der bayerische Komiker nach der Firmung seines Sohnes in einem Lokal sturzbetrunken ein sentimentales Lied sang:

Drum sag ich's noch einmal,
schön sind die Jugendjahr,
schön ist die Jugend,
sie kommt nicht mehr.

Da hatte Valentin recht. Wie mit so vielen anderen Dingen auch. Im letzten Moment rettete Nettelbeck sich jedenfalls auf die Seite der Guten. Das heißt, er war nach dem Abitur in den Polizeidienst eingetreten.

Täubner blieb vor einem prachtvollen Jugendstilbau stehen, der einen schmalen, von Gittern geschützten Vorgarten besaß und dessen Fassade mit vielen Stuckornamenten verziert war.

»Callgirl müsste man sein«, sagte der junge Kommissar. »Beziehungsweise Escort-Dame.«

Nettelbeck war schon einmal in dem Haus gewesen. Gegen Ende der Achtzigerjahre. Bei einer Silvesterfeier. Berlin war in dem Winter völlig zugeschneit gewesen, der Schnee lag über einen halben Meter hoch, was inzwischen kaum noch vorkam. Als er mit Freunden gegen fünf Uhr morgens das Haus verließ, um in einem Klub am Winterfeldplatz weiterzufeiern, hatten sie im Vorgarten einen hilflosen Mann entdeckt. Er lag auf dem Bauch, war bereits halb zugeschneit und vollkommen betrunken.

Sie hatten dem Mann hochgeholfen, waren mit ihm auf dem Bürgersteig auf und ab gegangen. Doch er wollte einfach nicht nüchtern werden. Als eine Ambulanz den Viktoria-Luise-Platz kreuzte, gelang es Nettelbeck, den widerspenstigen Fahrer zu zwingen, die Alkoholleiche mitzunehmen und in ein Krankenkenhaus zu bringen.

Nettelbeck hatte den Vorfall noch in derselben Nacht vergessen, da er siebenundvierzig Minuten später seiner ersten großen Liebe begegnete – Inès, ein Au-pair-Girl aus Nîmes. Aber nur wenige Monate danach wurde das silvesterliche Alkoholopfer zum neuen Regierenden Bürgermeister von Berlin gewählt. Nettelbeck war verblüfft. Doch niemand, dem er die Geschichte erzählte, wollte sie ihm abnehmen. Alle hielten sie für Unsinn. Und irgendwann fing der Kommissar selbst an, die Geschichte für ein Hirngespinst zu halten. Obwohl, lächelte Nettelbeck, ich sag es noch einmal, schön ist die Jugendzeit. Doch sie kommt nicht mehr.

»*Jacoby und Reseneder* ... Fünfter Stock. Hoffentlich gibt es einen Fahrstuhl.«

Zwar erinnerte Nettelbeck sich noch ziemlich gut an die Silvesternacht, an die Politikerschnapsleiche und an la merveilleuse Inès, aber an einen Fahrstuhl ... der spielte in seinen Erinnerungen keine Rolle.

Der Mann, der Nettelbeck und Täubner öffnete, war Anfang dreißig und trug einen lässig geschnittenen italienischen Anzug, der die Form seines makellosen Körpers unterstrich. Sein Gesicht war ungewöhnlich ebenmäßig, die Züge wie in Marmor gehauen. Er hatte die Ausstrahlung eines äußerst selbstbewussten Mannes, dem es wichtig ist, jedermann zu beeindrucken. Mit eisgrauen Augen musterte er die Kommissare.

»Was gibt's?«

»Kriminalpolizei ... Herr Jacoby? ... Frank Jacoby?«

»Der bin ich.«

Nettelbeck erklärte, dass seine Freundin Antonia Reseneder bedauerlicherweise zu Tode gekommen sei, vermittelte die wichtigsten Informationen.

»Wie schrecklich. Ungeheuerlich ... Aber Antonia ist nicht meine Freundin. War es nicht, meine ich.«

»Macht es Ihnen etwas aus, uns hereinzulassen?«

Widerstrebend gab Frank Jacoby die Tür frei.

Die Kommissare betraten eine große Altbauwohnung, aufwendig renoviert und perfekt eingerichtet. Ein langer Flur, der sich in den Seitenflügel erstreckte, zwei miteinander verbundene Wohnzimmer, die zum Viktoria-Luise-Platz lagen und sonnendurchströmt waren.

»Wenn Frau Reseneder nicht Ihre Freundin war, in welchem Verhältnis standen Sie dann zueinander?«

»Antonia war meine Untermieterin. Wir hatten mal kurz

was miteinander, aber das ist ewig her. Seit sie als Escort-Dame arbeitet … Ich habe mich von ihr getrennt, als sie in dem Bereich aktiv geworden ist.«

»Verstehe«, sagte Nettelbeck. »Macht es Ihnen etwas aus, wenn mein Kollege sich ein bisschen umschaut?«

»Ich weiß nicht … Na gut … Also ja … Wenn es nötig ist …«

Täubner verließ das Wohnzimmer und Nettelbeck nahm unaufgefordert Platz. »Haben Sie mit Frau Reseneder über ihre Arbeit gesprochen? Über einzelne Freier zum Beispiel?«

»Freier ist wohl nicht das angemessene Wort. Es waren Klienten. Meines Wissens alles ausgesprochen seriöse Herren.«

»Das klingt, als seien Sie ein Lobbyist in Sachen First-class-ficken-für-Betuchte«, sagte Nettelbeck.

Jacoby suchte nach einer Antwort, fand sie nicht, brauchte einen Moment, setzte sich einstweilen hin.

»Sind Sie das? So ein Lobbyist?«, lächelte der Kommissar provozierend.

»Das ist seriöse Arbeit. Wir leben nicht mehr in der Adenauer-Ära.«

»Und wieso haben Sie sich dann von Frau Reseneder getrennt, als Sie von ihrer Escort-Tätigkeit erfahren haben?«

»Das waren keine moralischen Gründe. Es ging um etwas anderes.«

»Und um was genau?«

»Antonia war eine ziemlich labile Person. Überhaupt kein Großstadtmensch. Sie gehörte nach Niederbayern und nicht nach Berlin. Außerdem war sie für diese Tätigkeit nicht geeignet. Weder charakterlich noch von ihrer Mentalität her.«

»Wieso können Sie das beurteilen?«

»Schauen Sie sich um … Was kostet eine Einhundertvierzig-Quadratmeterwohnung am Viktoria-Luise-Platz? Was kosten Möbel von *Carl Hansen & Søn, Coalesse* und *Minotti?* Eine perfekt ausgestattete Stahl-Küche von *Forster?* Lampen von *Louis Poulsen?* Ich arbeite selbst im Escort. Schon über zehn Jahre. Sonst würde ich immer noch in meiner alten WG rumhängen.«

»Schaffen Sie selber an oder sind Sie nur in der Fickvermittlung tätig?«

»Sie sind ein Spießer, Herr Kommissar. Stimmen Sie mir da zu?«

Nettelbeck zuckte die Achseln, ließ seinen Gesprächspartner kommen.

Das dauerte.

»Für mich persönlich hat Sexarbeit nichts Unehrenhaftes. Ich fühle mich dabei weder beschämt noch beschmutzt. Und ich habe auch nicht das Gefühl, meinen Körper oder meine Seele zu verkaufen.«

»Erzählen Sie das mal einer ukrainischen Prostituierten vom Straßenstrich. Die wird das anders sehen.«

»Menschenhandel und Prostitution ... Kommen Sie jetzt mit der Nummer? Das hat mit meiner Tätigkeit nichts zu tun. Meine individuelle Motivation kennen Sie doch gar nicht.«

»Und wie ist die?«

»Es handelt sich um eine Dienstleistung, die traumhaft bezahlt wird. Beim Sex mit meinen Klienten geht es nicht um meine eigene Erregung, sondern um die meines Gegenübers. Ich kann da als Profi sehr gut unterscheiden und die Situation kontrollieren.«

»Hat Frau Reseneder das ähnlich kaltschnäuzig gesehen?«

»Haben Sie noch niemals für Sex bezahlt?«, fragte Jacoby. »Oder sich dafür bezahlen lassen?«

»Ich war anderthalb Jahre im Dezernat für Sexualdelikte tätig.«

»Ist nicht ganz das Gleiche, oder?«

»Kommt drauf an, auf welcher Seite man steht.«

»Mag sein ... Wie ist Antonia gestorben? War es ein ... ein Sexualdelikt?«

»Höchstwahrscheinlich ein Unfall. Aber wir warten noch auf das Ergebnis der Obduktion.«

»Das ist gut. Das ist besser als das andere.«

»Inwiefern?«, fragte Nettelbeck.

»Ein Lustmord wäre eine Katastrophe für unsere Branche. Nicht auszudenken ...«

Wilbert Täubner hatte sämtliche Räume der Altbauwohnung inspiziert, gründlich und routiniert. Im Bad bestaunte er eine hundertfache Garnison von Kosmetika, bis er schließlich zum Zimmer von Antonia Reseneder kam. Es lag am Ende des Flures, war wohl ursprünglich das Mädchenzimmer gewesen. Damals, als die besseren Herrschaften das Dienstpersonal noch in ihrer eigenen Wohnung leben ließen und es nicht möglichst weit außerhalb der Sichtweite in anonyme Hochhaussiedlungen am Rande der Stadt verbannten.

Das Zimmer wurde durch ein französisches Bett, zwei Kleiderschränke und eine Kommode fast vollständig ausgefüllt. Gegenüber der Tür hing ein raumhoher Spiegel. Allerdings gab es keine persönlichen Gegenstände, keine Fotografien, Bücher, kaum etwas, das auf etwaige Interessen seiner Bewohnerin hinwies. Nur ein paar Sprachbücher. Täubner öffnete die Schubladen der Kommode und fand sie vollgepackt mit Medikamentenschachteln. Hauptsächlich Antidepressiva, Neuroleptika und Tranquilizer.

Die Schachteln waren zum Großteil noch nicht angebrochen, viele hatten aber das Verfallsdatum bereits seit Längerem überschritten. Warum hortet eine junge Frau so viele

Arzneimittel?, fragte sich der Kommissar. Täubner nahm sein Smartphone und fotografierte die Schachteln.

»Wie ist es dazu gekommen, dass Frau Reseneder als Escort-Dame gearbeitet hat?«, fragte Nettelbeck.

»Sie hat bei mir gesehen, wie erfolgreich man damit sein kann. Da hat sie Feuer gefangen.«

»So einfach ist das gegangen? Bei einer Landpomeranze aus Niederbayern? Hatte sie keine Berührungsängste?«

»Die habe ich ihr genommen.«

Jacobys iPhone summte und er nahm das Gespräch an.

»Ja …?« Eine Weile hörte er zu. »Vier Stunden geht klar. – Wann soll ich dort sein? – Okay, ich bin pünktlich. – Danke. Ciao.«

Jacoby legte sein iPhone beiseite und grinste Nettelbeck provokant an. »Sehen Sie, die Geschäfte laufen hervorragend.«

Der Kommissar nickte und schaute hinaus auf den Viktoria-Luise-Platz. Doch dort lag weder Schnee noch torkelten auf dem Gehsteig zukünftige Regierende Bürgermeister herum. Nettelbeck seufzte und wandte sich wieder Frank Jacoby zu. »Wie haben Sie denn Frau Reseneder ihre Skrupel genommen?«

»Indem ich ihr erklärt habe, dass die Arbeit im Grunde ziemlich simpel ist.«

»Und das hat gereicht?«

»Antonia hatte Angst, dass sie sich dreckig fühlen könnte. Wie viele Anfänger. Dem war aber nicht so.«

»War Frau Reseneder ein sympathischer Mensch? Haben Sie sie gemocht?«

»Doch, schon. Sie besaß eine unglaubliche Natürlichkeit. Wirklich faszinierend. Sie war … sie war ungekünstelt. Hat sich nicht verstellt. Obwohl das in unserem Beruf fast eine Notwendigkeit ist.«

»Und trotzdem kam sie mit der Arbeit zurecht?«

»Na ja, Antonia war enorm zerbrechlich. Schwankte ständig in ihren Stimmungen. Im Nachhinein mache ich mir Vorwürfe. Ich hätte sie vor dem Job besser warnen sollen.«

»Und warum haben Sie das nicht? Obwohl sie so eine fragile Persönlichkeit war? Das verstehe ich nicht.«

»Dafür gab es geschäftliche Gründe.«

Wilbert Täubner kam ins Wohnzimmer zurück, nickte seinem Kollegen zu.

»Welcher Art, Herr Jacoby?«, fragte Nettelbeck.

»Wie bitte?«

»Warum haben Sie Ihre Mitbewohnerin zu dieser Tätigkeit animiert, wenn Ihnen klar war, dass sie sie möglicherweise psychisch nicht verkraften würde.«

»Business ...«

»Pardon?«

»Entertainment.«

»Ich verstehe nicht.«

»Es ist wie in jedem anderen Geschäftsfeld, das gleichzeitig mit Menschen und mit Angebot und Nachfrage zu tun hat. Den Kunden müssen ständig neue Attraktionen geboten werden ...«

»Verstehe ich immer noch nicht.«

»Die wirklich guten Escortfirmen, die sich auf eine zahlungskräftige internationale Klientel spezialisiert haben, können natürlich nur erstklassige Damen beschäftigen.«

»Mit Sprachkenntnissen, Stil und exzellentem Aussehen, meinen Sie?«

»Richtig. Wenn mir so ein Exemplar begegnet, was hin und wieder vorkommt, versuche ich, sie weiterzuvermitteln. An eine passende Escortfirma. Natürlich für ein angemessenes Honorar. Ich sehe mich als eine Art Headhunter.«

»Sie sind echter Abschaum, was?«

Jacoby starrte in Nettelbecks undurchdringliche Miene. Dann warf er Täubner einen empörten Blick zu. »Ist Ihr Kollege immer so ausfallend?«

»Nur bei echtem Abschaum, wenn ich ehrlich bin. Nur bei der ganz üblen Sorte.«

17

Früher hatte er hier gewohnt, in dem Penthouse mit dem Traumblick über Berlins Mitte. Er hatte es für Dominique und sich gekauft. Als ihr Liebesnest. Glückliche Zeiten waren das gewesen. Aber jetzt wohnte hier Maximilian Hollweg. Der Betrüger, Verbrecher, Kretin!

Roman Weiden saß in seinem Peugeot, den er zwei Häuser weiter auf der gegenüberliegenden Seite geparkt hatte. Er hatte sich verkleidet, trug eine Basecap, einen grauen Arbeitsoverall und eine Sonnenbrille mit dunklen Gläsern. Unmöglich, dass ihn irgendjemand in dem Aufzug erkennen konnte. Selbst wenn das Dreckschwein direkt vor ihm stehen würde, hätte Hollweg kaum eine Chance, seinen Exklienten zu identifizieren.

Weiden besaß noch immer einen Schlüssel zu seinem ehemaligen Wohnhaus, den er aus Sentimentalität nie weggeworfen hatte. Sowie Hollweg das Haus verließ, würde er sich in das Penthouse schleichen, dort auf den Drecksack warten und ihn nach seiner Heimkehr töten. Über die Todesart war er sich noch nicht ganz klar. Erdrosseln, ersticken oder erstechen … Er würde es entscheiden, nachdem er Hollweg zur Rede gestellt hatte.

Weiden lehnte sich zurück und brütete erneut über den

Text seines Comebackhits nach. Wie ständig eigentlich, wenn er nicht an das Dreckschwein dachte. Ihm fehlte immer noch ein packender Chorus. Obwohl er die wichtigsten Worte inzwischen beisammen hatte:

Unendliche Liebe
Unsterbliches Herz
Ungezählte Tränen
Unheimlicher Schmerz
Und lecker Currywurst

Letzteres musste sein. Obwohl es Weiden schon jetzt massive Magenschmerzen bereitete. Aber es musste einfach sein wegen Kutte, auf dessen Geld er mehr denn je angewiesen war. Ohne ihn war sein Comeback zum Scheitern verurteilt. Er hatte nur keine Idee, wie er die Currywurst in seinen neuen Monsterhit einbauen sollte. Und es gab immer noch keinen vernünftigen Chorus.

Ein Lancia Grand Voyager kam aus der Tiefgarage gefahren und hielt vor dem Hauseingang. Ein junger Mann stieg aus.

Roman Weiden stutzte. Der Typ sah völlig schräg aus. Trug einen übergroßen sackartigen Hausanzug in glänzendem Mokka, hatte eine kalkweiße Gesichtsfarbe und Dreadlocks, die bis zu den Schulterblättern hingen. Was für ein durchgeknallter Freak war das denn? Ein Albino-Guru auf Kundenbesuch? Hahaha!

Der junge Mann verschwand im Haus.

Weiden wartete.

Wartete geduldig.

Bis der Freak nach zehn Minuten wieder herauskam. Er hatte sich umgezogen, trug jetzt einen schwarzen Anzug und auf dem Kopf einen Turban. Außerdem war er nicht allein, sondern begleitete einen Mann, der im Elektrorollstuhl saß. Das Dreckschwein. Maximilian Hollweg persönlich.

Der Freak öffnete die Seitentüren des Lancias, eine kleine Plattform fuhr heraus und senkte sich auf das Straßenniveau. Das Dreckschwein fuhr mit seinem Elektrorollstuhl in das Fahrzeug.

Sein Begleiter schloss die Türen, rückte seinen Turban gerade und klemmte sich hinter das Steuer. Er setzte vorbildlich den Blinker, warf einen Blick in den Seitenspiegel und fuhr davon.

Liebe, Herz, Tränen, Schmerz und Currywurst, schoss es Weiden durch den Kopf, war nicht alles. Es erfasste ihn eine unheimliche Freude: Denn jetzt wird abgerechnet!

18

Nachdem Nettelbeck seinen Kollegen am LKA abgesetzt hatte, fuhr er weiter nach Lichtenrade und dachte unterwegs über ihr letztes Gespräch nach. Täubner war der Meinung, dass Antonia Reseneder möglicherweise medikamentenabhängig gewesen war. Vielleicht sogar mental krank. Darauf ließen die Medikamentenschachteln schließen, die er in ihrem Zimmer fotografiert hatte. Psychopharmaka. Genug Stoff, um ein Dutzend psychisch Erkrankter durch das nächste Millennium zu bringen.

Es waren Substanzen, die sich auf das Gefühlsleben auswirkten, Symptome wie Angst, Depressivität oder Halluzinationen unterdrückten. Frank Jacoby hielt Antonia Reseneder zwar für eine zerbrechliche Persönlichkeit, von einer Erkrankung hatte er aber nichts gesagt. Nettelbeck fragte sich, ob man so etwas auf Dauer vor seinem Mitbewohner geheim halten konnte. Er bezweifelte es. Menschen mit starken Gemütsschwankungen sind für jede Gruppe eine Belastung. Das dürfte bei den beiden kaum anders gewesen sein. Der Kommissar vermutete, dass Jacoby es bewusst nicht erwähnt hatte. Das passte zu dem Persönlichkeitsbild, das er sich von dem Callboy gemacht hatte.

Nettelbeck bog von der Hauptstraße ab und parkte den BMW vor einem zweigeschossigen verputzten Quaderbau mit wuchtigem Satteldach, der einen ziemlich vernachlässigten Eindruck machte. Der Kommissar stieg aus und betrat das Revier am Arsch der Welt.

Revier am Arsch der Welt: So nannten die Berliner Polizisten das vergessene Polizeirevier in Lichtenrade. Dort, wo früher einmal die Mauer verlaufen war, in der totesten Ecke West-Berlins. Natürlich war die Bezeichnung ungerecht, verletzend und zutiefst gemein gegenüber den Kollegen, die hier ihrem Dienst nachgehen mussten. Aber erstens tat das in dem Gebäude nur noch eine verschwindend geringe Anzahl Beamter. Ein Dutzend Männer vielleicht. Und zweitens …

Zweitens ist jeder seines Glückes Schmied … Muss jeder sein eigenes Päckchen tragen … Wartet der Soldat vergebens, die Hälfte seines Lebens … Heißt es am Anfang ›lebe lang!‹ – das Ende klingt wie Grabgesang. Oder so ähnlich jedenfalls, dachte Nettelbeck und fragte sich, welche seiner Kollegen es wohl hierhin verschlagen hatte.

Der Kommissar ging durch einen nikotingelben Gang, der von flackernden Neonröhren schwach beleuchtet wurde. Endstationsgefühle ergriffen ihn. Sicher hatten sich die armen Kerle, die hier Dienst schieben mussten, ihren Karriereverlauf anders vorgestellt.

Eine Frage drängte sich ihm auf, die er schon oft in seinem Hirn gewälzt hatte: Warum erreichen manche Menschen niemals die Position, die ihnen eigentlich zusteht? Obwohl sie es von ihrem Können her verdient hätten. Gerade im Polizeidienst. Aber im Jazz war es auch nicht besser. Warum gelang es manchen Posaunisten einfach nicht, ein eigenes Album aufzunehmen? Großartige Tromboneplayer hatten niemals eine Platte unter ihrem Namen veröffentlicht. Warum? Wieso sind ihre Karrieren in diesem Punkt unvollendet geblieben?

Der hinreißende Posaunist Wayne Andre zum Beispiel hatte seit Ende der Fünfzigerjahre mit allen Größen des Jazz gespielt. Mit Hubert Laws, Oscar Peterson, Wes Montgomery und Dexter Gordon musiziert. Mit Freddie Hubbard, Gato Barbieri, Chick Corea und Gerry Mulligan. Nettelbeck hätte jetzt stundenlang noch weiteres exzessives Namedropping anschließen können. Aber wozu? Das hätte Wayne Andre einer eigenen Einspielung auch nicht näher gebracht. Die war ihm verwehrt geblieben. Genauso wie Quentin Jackson, Campbell Burnap, Willie Dennis oder manchem anderen seiner Tromboneheroes.

Vermutlich waren für ihren Misserfolg Dinge ausschlaggebend, mit denen sich auch die Kollegen des Reviers am Arsch der Welt herumschlugen, deren geheime Qualitäten ihren Vorgesetzten bedauerlicherweise entgangen waren. Oberwachtmeister Eugen Krausnick gehörte jedoch nicht zu dieser Gruppe. Der dreiundfünfzigjährige Polizist hatte nach seinem Hauptschulabschluss eine Maurerausbildung gemacht und anschließend mehrere Jahre in dem Beruf gearbeitet. Mit vierundzwanzig hatte er sich dann bei der Schutzpolizei für den Mittleren Dienst beworben.

Die Ausbildungszeit betrug zweieinhalb Jahre. Mit sechsundzwanzig musste Krausnick das letzte Halbjahr wiederholen, sodass er während des Nachsitzens das siebenundzwanzigste

Lebensjahr erreichte. Damit war Eugen Krausnick Beamter auf Lebenszeit und unkündbar. Prompt fiel er durch die Laufbahnprüfung, konnte aber nicht entlassen werden. Also blieb Krausnick Oberwachtmeister, besaß nicht einmal einen Stern auf der Schulterklappe. Und keine Chance auf Beförderung.

Man teilte Krausnick dem Fahrdienst zu. Als polizeilicher Busfahrer fuhr er Polizeischüler zum Schießunterricht, holte wichtige Besucher am Flughafen ab und brachte sie ins Präsidium, versorgte die Spätschicht mit halben Hähnchen vom Wienerwald. Bis Krausnick Rückenprobleme bekam und nicht mehr länger Busfahren konnte. Was tun? Der Mann war für jede polizeiliche Aufgabe vollkommen ungeeignet. Es gab keinen Bereich, für den er sich qualifiziert hatte.

Schließlich schuf man extra für Oberwachtmeister Krausnick eine Stelle, die es vorher noch nicht gegeben hatte. Und die völlig sinnlos war. Die Position der Registratur diplomatischer Vorfälle im Land Berlin, beziehungsweise in der Hauptstadt der Bundesrepublik Deutschland. Es war Krausnicks Aufgabe, sämtliche Vergehen der Diplomaten genauestens zu protokollieren und sie dann ans Auswärtige Amt weiterzuleiten. Wo alles im Sand verlief, das heißt, wo die registrierten Fälle in irgendwelchen Aktenschränken verschwanden und nach einer festgelegten Aufbewahrungszeit geschreddert wurden.

Oberwachtmeister Eugen Krausnick war der Prototyp eines Pyknikers. Sein gedrungener Körperbau, der kurze Hals und das teigige Gesicht wurden von einem veritablen Bauch komplettiert. Sein Markenzeichen waren bunte Freundschaftsbänder, die zu Dutzenden sein linkes Handgelenk wie einen Verband zementierten. Wenn man ihn fragte, wer ihm die Bänder geschenkt hatte, schwieg der Oberwachtmeister, schmunzelte vielsagend. Nettelbeck vermutete, dass er sich die Dinger selber knüpfte. Krausnick war bedächtig und schwerfällig, aber trotz stundenlanger Einsamkeit in seinem abgelegenen Büro immer gut gelaunt.

Dass Nettelbeck den Oberwachtmeister das letzte Mal gesehen hatte, war schon ewig her. Er hatte ihn als naiven, aber sympathischen Zeitgenossen in Erinnerung behalten und im Gegensatz zu anderen Polizisten niemals über den Kollegen gespöttelt. Krausnick brauchte einen Moment, bis er sich an den Kommissar erinnern konnte. Dann schüttelte er ihm herzlich die Hand, bot Kaffee und selbst gebackenen Kuchen an.

Sein Büro erinnerte weniger an eine Dienststube, sondern eher an das Wohnzimmer eines Junggesellen. Gegenüber des Schreibtischs stand eine abgewetzte altmodische Couch, daneben ein Regal mit zwei einsamen Aktenordnern und diversen Sammelboxen mit Perry-Rhodan-Heften, an der Wand hing ein Kalender des Reifen-Herstellers Pirelli aus dem Jahr 2003.

Nettelbeck erklärte, dass er in einem Todesfall ermittle, in den ein ausländischer Diplomat verwickelt sei. Ein Mann namens Saif Mohamed Zekri, Militärattaché an der Botschaft von Oman.

»Den kenne ich«, nickte Krausnick. »Zur Genüge.«

»Was kannst du mir über ihn sagen? Hast du eine Akte?«

»Nein, ich behalte hier keine Aufzeichnungen. Das ist nicht erwünscht. Alles geht gleich weiter an das Auswärtige Amt.«

»Wirklich alles?«

»Ja«, der Oberwachtmeister tippte mit den Fingerspitzen an seine Schläfe. »Du musst dich schon auf das verlassen, was ich hier drin gespeichert habe.«

»Dann schieß mal los.«

»Du weißt ja, dass im vergangenen Jahr in Berlin fast

zwanzigtausend Knöllchen an unsere ausländischen Freunde verteilt wurden. Kein einziges davon ist bezahlt worden.«

»Hat sich Militärattaché Zekri denn mehr zuschulden kommen lassen, als ein paar nicht beglichene Strafzettel?«

»Und ob. Er ist ein richtig harter Fall. Zekri gehört zu den drei, vier Diplomaten, die die ganze Palette möglicher Vergehen ausgeschöpft haben: Verstöße im Straßenverkehr, Alkohol am Steuer, Unfälle mit Fahrerflucht, Diebstahl, Belästigung Dritter, schwere Beleidigungen, Körperverletzung, versuchte Vergewaltigung.«

»Das klingt übel.«

»Noch dazu ist unser feiner Militärattaché ein arrogantes eitles Arschloch. Dem ist die deutsche Polizei völlig egal. Der macht, was er will. Der haut dir in die Fresse und zeigt dir dann grinsend seinen Diplomatenpass.«

»Das hat er gemacht?«

»Der junge Kollege, dem das passiert ist, saß auf dem Stuhl, auf dem du gerade sitzt. Zekri hat ihm bei einer Kontrolle einen Schneidezahn ausgeschlagen. Der Junge hat versucht, eine Anzeige gegen Zekri durchzubekommen. Keine Chance. Es ist wie immer alles unbearbeitet ans Auswärtige Amt gegangen und dort im Schredder gelandet.«

»Hast du den Attaché mal persönlich getroffen?«

»Nein. Aber der Kollege hat ihn mir als hinterhältige Ratte beschrieben. Ein richtig kranker Typ. Der hat sich nicht für den Zahn entschuldigt, sondern ihm noch ins Gesicht gespuckt. Genauso wie damals dieser Rijkaard bei Rudi Völler.«

»Klingt alles nicht gut.«

»Nein. Das klingt alles richtig scheiße. Aber wir müssen es akzeptieren. Manchmal kommt mir echt der Wunsch nach Selbstjustiz, wenn ich höre, was diese Typen hier abziehen.«

»Gibt es irgendeinen Tipp, den du mir geben kannst?«

Eugen Krausnick schüttelte betrübt den Kopf. »Ich würde dir wirklich gerne weiterhelfen. Aber ich habe in den ganzen Jahren noch nicht einmal erlebt, dass ein Diplomat bestraft wurde. Die haben Narrenfreiheit und leider nützen das ein paar kriminelle Wichser schamlos aus.«

19

Die Botschaft des Sultanats Oman befand sich in Dahlem, einem der vornehmsten Viertel der Stadt. Ein modernes dunkelrotes Backsteingebäude, das von einem dezent gestalteten Gitterzaun umgeben war.

Ein Empfangsmitarbeiter hatte das Tor zur Einfahrt geöffnet und der Lancia mit Maximilian Hollweg und Jens Todsen fuhr auf das Botschaftsgelände. Jens schob die Seitentür auf und der Elektrorollstuhl glitt heraus.

Der Militärattaché Saif Mohamed Zekri trat in den Hauseingang. »Seine Exzellenz der Botschafter erwartet Sie bereits, Herr Hollweg.«

»Danke, Herr Attaché.«

Hollweg fuhr eine kleine Rampe hoch und lenkte seinen Rollstuhl ins Haus.

Zekri und Jens nickten sich kurz zu. Man kannte sich. Dann folgten sie dem Investor.

Jens fühlte sich unbehaglich. Wie immer, wenn er sich in den dunklen Anzug gezwängt hatte und die Krawatte ihm den Hals zuschnürte. Aber sein Chef bestand auf eine elegante Aufmachung. Es war ihm wichtig, dass sein Assistent in der Botschaft nicht unangenehm auffiel. Immerhin trug Jens seinen Lieblingsturban aus golddurchwirktem Brokat. So konnte er doch einen eigenen Akzent setzen und war nicht völlig Hollwegs Zwang unterworfen. Das war ihm im Lauf ihrer Zusammenarbeit immer wichtiger geworden.

Das Audienzzimmer des Botschafters lag direkt neben seinem Büro und wurde selten benutzt. Eigentlich nur für äußerst wichtige Besucher. Heute war so ein Tag.

»Wir haben eine Menge zu bereden, Herr Hollweg«, sagte Saud bin Hamood Al Hosni, setzte sich in einen der drei Sessel. Den vierten schob Saif Mohamed Zekri beiseite, sodass Hollweg mit seinem Elektrorollstuhl Platz neben dem Botschafter hatte.

»Ich hoffe doch nur Erfreuliches«, lächelte der Investor.

»Natürlich. Es geht lediglich um ein paar Kleinigkeiten. Nichts, was Ihnen und mir Sorgen bereiten sollte.«

»Wunderbar.«

Ein Diener kam ins Büro, stellte ein Tablett mit Erfrischungen, Obst und Gebäck ab. Dann ging er wieder.

»Brauchen Sie uns noch?«, fragte Zekri.

Hollweg und der Botschafter schüttelten die Köpfe.

»Ich warte vor der Tür, falls Sie etwas benötigen«, sagte Jens und verließ dann mit dem Militärattaché das Audienzzimmer.

Wie üblich bei Hollwegs Besuchen in der Botschaft saß Jens im Empfangsbereich. Der Diener hatte ihm ebenfalls ein Tablett gebracht. Weniger üppig, mit Tee und etwas Obst. Während er eine Dattel aß, checkte er auf seinem Smartphone die Mails und beantwortete einige. Jens überlegte, wann er endlich genug gespart hatte, um bei Hollweg zu kündigen.

Er musste mindestens noch achtzehn Monate durchhalten, bis er das Geld für eine neue Reise zusammen hatte. Sein Plan sah vor, ein Jahr lang durch Ostafrika zu reisen.

Durch Eritrea, Äthiopien, Dschibuti und Somalia, vielleicht auch noch durch den Südsudan. Dafür lohnte es sich, die Zähne zusammenzubeißen und Hollweg irgendwie auszuhalten. Auch wenn ihm das mit jedem Tag schwerer fiel. Trotz all seiner Bemühungen. Er konnte sich inzwischen kaum noch vorstellen, dass ihm Hollweg zu Beginn seines Arbeitsverhältnisses leidgetan hatte.

Jens hörte ein leises Ploppen und blickte auf. Aus dem oberen Stock kam ein blauer Gummiball die Treppenstufen hinabgehopst. Plopp, plopp, plopp, plopp, plopp, sprang von Stufe zu Stufe. Bis er auf dem Fußboden ausrollte und direkt vor Jens zum Halt kam. Er nahm den Ball und sah, dass ein kleiner Junge auf der Treppe stand. Er war etwa vier Jahre alt, sehr schmal, mit großen dunklen Augen. Er trug einen weißen Kaftan und auf dem Kopf eine bestickte Kappe.

»Gehört der dir?«, fragte Jens, hielt ihm den Ball hin.

Der Junge nickte und nahm ihn an sich.

Zeudi Tinga erschien auf dem Treppenabsatz, barfuß. Sie wirkte verängstigt. Flüsterte, kaum hörbar: »Ibrahim ... Ibrahim ...«

Mit offenem Mund starrte Jens die junge Schwarze an. Sie war vielleicht die schönste Frau, die er je gesehen hatte. Sie strahlte etwas Geheimnisvolles aus, ihr Gesicht besaß zugleich afrikanische und arabische Merkmale. Faszinierend. Atemberaubend. Obwohl sie nur eine verwaschene Kittelschürze trug.

Jens sprach sie an. Erst auf Deutsch, Englisch, dann auf Arabisch. »Ist das Ihr Sohn?«

Die junge Frau blickte Jens an. Panisch. Wortlos. Dann griff sie nach der Hand des Jungen und lief mit ihm in das obere Stockwerk.

Der Kulturattaché Taimur al-Kasbi kam in den Empfangsbereich, sah noch, wie Zeudi Tinga mit dem kleinen Jungen verschwand. Ein besorgter Ausdruck erschien auf dem Gesicht des zierlich gebauten Mannes mit einem dichten schwarzen Vollbart, der seiner jungenhaften Erscheinung offensichtlich mehr Respekt verschaffen sollte.

»Herr Todsen, ich bitte Sie dringend, die junge Frau in Ruhe zu lassen. Sie werden sich sonst ins Unglück stürzen.«

»Wieso das denn?«

»Lassen Sie sie zufrieden. Sie kommen in Teufels Küche. Bitte glauben Sie mir. Bitte!«

Jens überlegte eine Erwiderung, doch dann nickte er stumm. Und wie zur Bekräftigung wackelte sein Turban rhythmisch mit.

20

Er hatte lange genug gewartet, mehr als eine Stunde. Die beiden kamen vorerst nicht zurück. Zeit zu handeln. Roman Weiden stieg aus seinem Peugeot und nahm einen Werkzeugkoffer aus dem Heck. Pfeifend ging er zum Haus, ganz der gut gelaunte Handwerker, steckte den Schlüssel ins Schloss – er passte noch. Mit dem Fahrstuhl fuhr Weiden ins Dachgeschoss.

Dort verließ ihn sein Glück. Der Zugang zum Penthouse war umgebaut worden. Das Dreckschwein hat eine Sicherheitstür einbauen lassen, dachte Weiden. Natürlich passte der Schlüssel nicht mehr. Kein Reinkommen. Scheiße! Er musste einen anderen Weg finden, um Hollweg zu töten.

Zu Hause surfte Weiden durchs Internet, sammelte Informationen über seinen Exberater. Es gab nicht allzu viele, die meisten fand er in ausländischen Newsgruppen und Plattformen über Wirtschaftsthemen. Hauptsächlich aus dem angloamerikanischem Raum. Der Tenor war aber eindeutig. Offenbar drehte Maximilian Hollweg wieder ein ganz großes Rad. Tätigte Geschäfte im arabischen Raum, machte dem Anschein nach Geld wie Heu.

Das Dreckschwein kriegt die Riesenkohle und ich nage den Rest meines Lebens am Hungertuch. Nachdem Hollweg querschnittgelähmt war, hatte Roman gedacht, dass die Angelegenheit erledigt sei, ihr Shootout stattgefunden hätte. Dem war aber nicht so. Hollweg hatte sich wieder aufgerafft, scheffelte Unmengen Geld und sorgte nebenbei noch dafür, dass Roman die Restschuldbefreiung gekillt wurde. Was für eine hinterhältige perverse Ratte!

Nur: Wie konnte er ihn beseitigen, wenn immer dieser Freak bei ihm war? Roman war unschlüssig, überlegte, dass er sich vermutlich einen Revolver zulegen musste. Obwohl er noch nie geschossen hatte. Und auch nicht wusste, woher er so ein Teil kriegen sollte. Er versuchte, ins Darknet zu kommen. Dem magischen Ort für Pistolen, Maschinengewehre und sonstige Tötungsgeräte. Doch er bekam einfach keinen Zugang. Die Sperre war viel zu kompliziert, als dass er sie mit seinen miserablen Computerkenntnissen knacken konnte. Frustriert begriff Weiden, dass er an keine Waffe gelangen würde, ohne dass die Polizei den Weg zu ihm nachverfolgen konnte.

Scheiße!

Aber er hatte Zeit, er würde Hollweg beschatten. Vielleicht fand sich dann ja ein Weg, wie er ihn ausradieren konnte.

21

Saud bin Hamood Al Hosni und Maximilian Hollweg hatten die letzten offenen Fragen, die das Ferienresort vor Omans Küste betrafen, eingehend besprochen. Sie waren übereingekommen, dass Hollweg die Änderungen in die Verträge aufnehmen würde, sodass diese dann in den nächsten Tagen unterzeichnet werden konnten. Beide Männer waren mit dem Verlauf der Verhandlungen höchst zufrieden.

Im Frühjahr 2011 war Hollweg zum ersten Mal mit omanischen Partnern in Kontakt getreten, hatte probehalber ein paar kleinere Geschäfte abgewickelt, ehe er ihnen vor zwei Jahren das *Maṣīra Paradies Resort* vorschlug. Die Finanzierungsphase war ein Kinderspiel gewesen, die erforderliche Summe kam innerhalb kürzester Zeit zusammen. Nicht zuletzt auch dank Saud bin Hamood Al Hosnis Bemühungen. Die Finanziers rissen sich förmlich darum, sich beteiligen zu dürfen. Das war mit ein Grund gewesen, warum Hollweg nach seinem Unfall wieder Spaß an der Arbeit bekommen hatte.

»Dann ist der Baubeginn in jedem Fall im Frühjahr 2018? Schaffen wir das?«, fragte der Botschafter.

»Selbstverständlich. Das garantiere ich. Lassen Sie uns den ersten Spatenstich auf den sechzehnten April legen. Ich denke, wir sollten die Grundsteinlegung des Resorts mit einer großen internationalen Feier begehen. Vertreter ihrer Regierung, befreundete Staatsoberhäupter und die wichtigsten Reiseveranstalter einladen. Es sollte eine große Strahlkraft davon ausgehen. Was meinen Sie, Eure Exzellenz?«

»Das halte ich auch für angemessen. Eine traditionelle Festlichkeit, bei der wir der Welt die berühmte omanische Gastfreundlichkeit zeigen können. Für die wir ja schließlich die Besucher des *Maṣīra Paradies Resorts* zu gewinnen hoffen.«

»Dann ist so weit alles geklärt. Oder haben wir noch einen offenen Punkt?«

Der Botschafter nickte und zeigte ein feines Lächeln.

Hollweg erwiderte es. »Sie meinen Ihr Gastgeschenk? Wie könnte ich das vergessen? Ich werde es selbstverständlich zur Vertragsunterzeichnung mitbringen.«

»Wunderbar. Nichts anderes habe ich erwartet.«

»Das ehrt mich, Eure Exzellenz.«

»Und mich würde es ehren, wenn ich Sie aus diesem Anlass zu einem Abendessen mit omanischen Köstlichkeiten einladen darf.«

»Das wäre ganz wunderbar.«

Botschafter Al Hosni griff zu einer kleinen Tischglocke und läutete. Sofort trat der Diener ein und räumte ab.

Die kleine Plattform des Lancias senkte sich auf die Gehwegplatten und Hollweg fuhr mit seinem Elektrorollstuhl in den Wagen.

Jens schloss die Türen, nickte Militärattaché Zekri kurz zu und ging dann zur Fahrerseite. Zekri wandte ihm den Rücken zu und trat an das elektrische Tor. Er holte eine Fernbedienung aus der Tasche und betätigte sie. Langsam glitt das Tor zur Seite.

Jens öffnete die Fahrertür und warf einen Blick hoch zum oberen Stockwerk. Hinter einem der Fenster stand die junge schwarze Frau und schaute ihn an. Er wusste ihren Blick nicht richtig zu deuten. War es Hoffnungslosigkeit, Verzweiflung oder schiere Angst? Jens sah zu ihr hoch und nickte vernehmlich. Mehrmals. Lächelte ihr aufmunternd zu. Dann stieg er in den Lancia und fuhr vom Botschaftsgelände.

22

Es war ein rostbraun schimmernder Fisch, dessen extrem breites Maul der Präparator in einer weit aufgerissenen Stellung fixiert hatte. Ganz so, als wolle das Tier gerade seine Beute verschlingen. Seine Augen standen dicht beieinander, dunkel, riesengroß und ziemlich glupschig. Die meisten Menschen hätten ihn vermutlich als ein besonders hässliches Exemplar seiner Gattung eingestuft, doch in Jutta Koschkes Augen war er wunderschön.

»Ein Eisfisch, ja?«

Kriminaloberrat Materna nickte und reichte ihr die Fischpräparation, die auf einem Stück Schwemmholz montiert worden war. »Die genaue Bezeichnung ist Cottoperca gobio.«

»Wo hast du ihn bloß aufgetrieben?«

»Was denkst du?«, schmunzelte Heiner Materna und freute sich über Jutta Koschkes Freude.

»Keine Ahnung. So ein Exemplar bekommt man nicht im Handel.«

»Beziehungen ...«, zwinkerte der Kriminaloberrat.

Die Kriminalrätin gab ihm einen zärtlichen Knuff in die Seite. »Sag schon!«

»Über den internationalen Bund der Kriminalbeamten. Ich habe mir einen Kontakt nach Neuseeland besorgt.«

»Echt?«

»Der Knabe kam gestern Morgen per Post aus Wellington.«

»Wahnsinn!«

Koschke legt die Fischpräparation auf ihrem Schreibtisch ab und fiel Materna um den Hals. »Du bist wirklich ein ganz, ganz Lieber, Heiner!«

Sie küsste ihn stürmisch.

Es klopfte an die Tür, Koschke und Materna fuhren auseinander.

»Ja, bitte!«

Nettelbeck betrat mit einem schmalen Ringordner das Büro. »Komme ich ungelegen?«

»Nein. Heiner wollte sowieso gerade gehen.«

»Genau, die Angelegenheit mit dem neuseeländischen Austauschpolizisten klären wir ein andermal.«

»Machen wir.«

Materna verließ das Büro und Nettelbeck nahm Koschke gegenüber Platz. Skeptisch beäugte er die Fischpräparation. »Ist der neu?«

»Ja, ein Cottoperca gobio. Willst du ihn mal anfassen?«

»Wie? ... Nein, nein, nein!«, der Kommissar war irritiert über das merkwürdige Angebot seiner Vorgesetzten. Was bezweckte sie damit? Bestimmt etwas Fieses. Das rostige Ungetüm verursachte womöglich Allergien, sodass er seine Ghanareise am Ende absagen musste. »Besser nicht. Sonst mache ich noch was kaputt.«

Die Kriminalrätin zog den präparierten Eisfisch schnell in Sicherheit.

»Der gerichtsmedizinische Bericht ist gerade gekommen«, Nettelbeck klappte den Ringordner auf. »Antonia Reseneder starb an einem schweren Schädel-Hirn-Trauma mit konsekutivem Hirnödem. Im Bereich des Hinterkopfes wurde ein großes Hämatom festgestellt. Dazu erfolgte ein Blutaustritt aus Ohren, Nase und Rachen.«

»Starke Gewalteinwirkung«, sagte Koschke und legte vorsichtig den Zeigefinger in das offene Maul des Cottoperca gobio.

»Weiterhin eine Berstungsfraktur mit vollständiger Trennung der occipitalen Kalotte vom restlichen Schädelskelett, wobei die Frakturlinie im Bereich der Schädelbasis durch die Felsenbeine verlief.«

»Oha …«, die Kriminalrätin zog ihren Finger wieder heraus – sicherheitshalber. »Das ist übel.«

»Und zusätzlich noch eine Läsion im Unterleib, vermutlich durch einen heftigen Boxhieb verursacht. Aufgrund des Verfärbungsgrades wurde ihr diese Verletzung etwa um 23:45 Uhr zugefügt.«

»Der Todeszeitpunkt war …?«

»Ungefähr um 1:20 Uhr.«

»Das bedeutet, dass Frau Reseneder gerettet worden wäre, wenn Saif Mohamed Zekri den Notarzt gerufen hätte.«

»Richtig. Hat er aber nicht.«

»Nein. Und wie kriegen wir das Schwein?«

»Hast du eine Idee? Ich habe keine.«

»Du könntest diesen Kulturattaché kontakten und ihn um Unterstützung bitten.«

»Klar könnte ich das, aber versprich dir nicht allzu viel davon.«

»Machst du es trotzdem?«

»Ja gut, ich werde Taimur al-Kasbi anrufen. Obwohl ich bezweifel, dass da groß was bei rauskommt«, der Kommissar erhob sich. »Und jetzt muss ich meine Familie zum Flughafen bringen.«

»Wünsche ihnen eine schöne Reise. Und sag ihnen, dass ich persönlich dafür sorgen werde, dass ihr Papa bald nachkommt.«

Das kannst du deinem Cottoperca gobio weismachen, dachte Nettelbeck. Mich haben sie jedenfalls nicht mit dem Klammerbeutel gepudert.

Es gab an dem Tag keinen Nonstop-Flug nach Accra, also mussten Philomena und die Kids in Amsterdam umsteigen. Nettelbeck fuhr die drei zum Flughafen Tegel und versprach ihnen noch einmal, dass er in wenigen Tagen nachkommen werde. Mark Kojo und Efua Maria erwartete der längste Flug, den sie bis dahin gemacht hatten. Mit Zwischenstopp in Schiphol würde er über zehn Stunden dauern. Entsprechend aufgeregt waren sie. Zumal das Mädchen ziemliche Flugangst hatte.

Feierlich überreichte der Kommissar dem Jungen seinen portablen Audioplayer. Am Vorabend hatten Mark Kojo und er noch die letzten zwei Posaunenalben ausgewählt: *Some Other Stuff* von Grachan Moncur III und *What You Dealin' With* von Wycliffe Gordon. Jetzt war der Player pickepackevoll. Musikmäßig konnte ihre Westafrikareise gar nichts anderes als ein grandioser Erfolg werden.

»Heb ihn für mich auf, Großer!«

»Mach ich, Papa«, sagte Mark Kojo und klatschte sich mit Nettelbeck ab.

Der Kommissar nahm Efua Maria hoch und drückte sie an sich. »Wenn du gleich im Flugzeug sitzt, denk an die Blaumeisen in unserer Buche«, flüsterte er in ihr Ohr. »Die sind aus ihrem Nest zum Himmel geflogen, als sie gerade drei Wochen alt waren. Du bist so viel älter, Efua. Du brauchst keine Angst zu haben.«

»Habe ich auch nicht!«, erwiderte die Neunjährige.

Nettelbeck musste über die Lüge lächeln. Er setzte das Mädchen ab und umarmte ihre Mutter.

»Maximal acht Tage!«, flüsterte Philomena ihm zu.

»Keine Sekunde länger. Keine Zehntelsekunde«, murmelte Nettelbeck. »Versprochen!«

Sie schauten sich in die Augen und gaben sich einen zärtlichen Kuss.

23

Der Idiot der Familie! Ach was, der Kretin der ganzen Sippe! Wenn er nicht in diesem beschissenen Rollstuhl gesessen hätte, wäre Maximilian Hollweg aufgestanden, hätte seinen jüngeren Bruder gepackt und massiv durchgeschüttelt, ihn zur Sau gemacht, heruntergeputzt, ihm links und rechts eine Ohrfeige gegeben – wie er es bis zu der verhängnisvollen Regennacht hin und wieder getan hatte.

Timo Hollweg war ein Hipster. Nicht nur vom Äußeren und der inneren Einstellung her. Er war es auch Kraft des Zweijahresvertrages, den er und seine spanische Freundin Estrella mit einer Modelagentur in der Schönhauser Allee abgeschlossen hatten. Sie waren die Zugpferde im Hipstersegment, wurden dank ihres auffälligen Looks häufig für Fotoshootings gebucht. Obwohl Timo der Meinung war, dass es eher daran lag, dass Estrella und er für fortschrittliche Politik und selbstständiges Denken standen, gewissermaßen die Avantgarde der Gegenkultur verkörperten.

Beide liebten sie elektronische Klänge, Kunst, Kreativität und kluge Konversationen. Allein deswegen stachen sie aus der Masse heraus, fand Timo. Er hatte einen Vollbart, einen Dutt, das restliche Haar war an der unteren Kopfhälfte rasiert. Dazu trug er eng geschnittene Jeans, ein Holzfällerhemd und eine Hornbrille mit Fensterglas. An den Füßen hellblaue Schuhe von Vans, um seinen Hals baumelten Over-Ear-Kopfhörer.

»Ich habe mich für den Namen *Dreamschoko* entschieden, Maximilian. Da weiß der Kunde sofort, worum es geht. Gleichzeitig hat es etwas Verlockendes, verspricht ihm unendlichen Genuss.«

»Ein Start-up für individuell gestaltete Schokolade, ja?«

»Genau.«

Timo Hollweg beugte sich vor und drehte seinen Laptop herum, damit sein älterer Bruder die verschiedenen Entwürfe für das *Dreamschoko*-Logo sehen konnte. »Die Idee ist, dass sich Schokoladenfreunde ihre eigene Lieblingsschokolade kreieren können. Erst wählen sie anhand unserer Zutatenpalette die Höhe des Kakaoanteils aus. Sagen wir mal, fünfundachtzig Prozent kräftiges Edelbitter. Dann die Füllungen wie Nougat, Karamell oder Pfefferminz. You name it, we got it. Nüsse, Pistazien, verschiedene Alkoholsorten und so weiter und so fort.«

»Und du glaubst, dafür gibt es Käufer?«, fragte Maximilian Hollweg, zunehmend fassungslos.

»Mehr als genug. Eine Produktionsplattform für persönlich kreierte Schokolade bedient genau die Trends der heutigen Zeit: Individualismus, zeitsparender Einkauf im Internet, Genuss auf höchstem Niveau.«

Jetzt ist er völlig durchgedreht, dachte Maximilian Hollweg. Drogen … ja, vermutlich schluckt er irgendwelches Scheißzeug.

»Die Leute können sogar verschiedene Formen wählen. Viereckige, runde oder längliche Schokolade, sogar asymmetrischer Zuschnitt ist möglich. Tafeln mit oder ohne Stückcheneinteilung. Dazu viele abwechslungsreiche Dekorationselemente für die Oberseite. Aus kandierten Früchten und Nüssen beispielsweise, diverse Marzipanapplikationen. Und dann die Verpackung …«

»Auch individuell für jeden Käufer, nehme ich an«, unterbrach ihn sein Bruder.

»Genau, du hast es erfasst. Da kann jeder seine eigenen Wünsche äußern. Wir übernehmen die Umsetzung und

Druckabwicklung. Stell dir eine Zartbitterschokolade *Maximilian Hollweg* vor. Der Schriftzug kühn über die ganze Vorderseite … Eine edle Times New Roman in Kupferrot auf Goldpapier … Wie hört sich das an?«

»Das hört sich völlig scheiße an! Krank hört sich das an!«, schrie Maximilian Hollweg. »Nur ein Irrer kann auf so eine bescheuerte Idee kommen.«

»Max, ich habe die Marktchancen gründlich testen lassen. Es wurde eine Käuferakzeptanz von dreiundneunzig Prozent festgestellt.«

»Im Ernst? Okay. Wie viel Geld wirst du brauchen, um in die Gewinnzone zu kommen?«

»Die dreiundneunzig Prozent überzeugen dich, stimmt's?«, grinste Timo. »Das war mir klar, du alter Geldfuchs!«

»Wie viel genau?«

»Um den Break Even zu erreichen, bräuchte ich hundertachtzigtausend. Ich würde sagen, du legst noch mal siebzigtausend als Puffer drauf. Nur um sicherzugehen. Einverstanden?«

»Ich soll dir eine Viertelmillion Euro für diese Kindergartennummer zahlen? Das ist bestimmt schon das sechste Start-up, für das du Geld von mir willst. Du hast noch nicht einmal ein Ding zum Laufen bekommen. Du bist doch der totale Loser!«

»Jetzt werde nicht unfair …«

»Ein Start-up-Versager bist du. Es reicht. Ich gebe dir jetzt noch einmal dreißigtausend Euro und das war's. Mit dem Geld verpisst du dich am besten ans Ende der Welt. Ich will dich nie wieder sehen! Hast du verstanden? Nie wieder! Verschwinde aus meinem Leben!«

»Moment mal, Max …«

»Jens! Komm her …!«, schrie Maximilian Hollweg.

Er rollte zu einem Schrank aus dunkelbraunem Wengeholz, dem polierte Aluminiumstäbe eine vertikale Struktur verliehen. Hollweg drückte auf eine der Flächen, zwei Türen klappten auf und ein Tresor kam zum Vorschein. Auf einem Tastenfeld gab er eine Zahlenkombination ein, öffnete ihn. Im Innern stapelten sich Geldbündel. Unendlich viele. Er nahm drei Bündel heraus.

Jens schlurfte ins Wohnzimmer. »Was gibt's?«

»Max, lass uns doch in Ruhe darüber ...«, sagte Timo.

Maximilian Hollweg warf seinem Bruder das Geld zu. »Raus hier! Und zwar plötzlich!«

»Wir sind doch Brüder ...«

»Schmeiß ihn raus, Jens. Wenn er noch mal hier auftaucht, holst du sofort die Polizei. Wegen Hausfriedensbruch!«

Hollweg schloss den Tresor, fuhr mit seinem Rollstuhl zum Fenster. Er tat so, als würde er den Monbijoupark betrachten. Aber in ihm brodelte es. Das ist jetzt endgültig, dachte er. Wenn Timo wirklich noch einmal hierherkommen sollte, dann ... dann schicke ich ihm ein paar beinharte Georgier auf die Bude. Dann wird er mich richtig kennenlernen. Die ziehen ihm die Haut bei lebendigem Leibe ab.

24

Das Interesse seiner Exzellenz an kulturellen Dingen war eher gering. Aber auch mit solch wenig relevanten Dingen musste sich ein Botschafter beschäftigen – bedauerlicherweise. Freundlich lächelnd hörte Saud bin Hamood Al Hosni seinem Kulturattaché zu, der ihn für eine Ausstellung omanischer Kalligrafen zu begeistern versuchte.

»Ich halte die drei für ausgezeichnete Vertreter der zeitgenössischen omanischen Kunst«, sagte Taimur al-Kasbi. »Sie schaffen es in ihren Arbeiten, die Mystik unserer Kultur mit den Methoden und Techniken der Gegenwartskunst neu zu interpretieren.«

»Das klingt hochinteressant«, sagte der Botschafter, der mit seinen Gedanken jedoch bei dem Ferienresort war.

»Nur so kann unser kulturelles Erbe letztendlich lebendig gehalten werden. Wenn Sie einverstanden sind, werde ich bei meinem nächsten Besuch in Maskat einige besonders charakteristische Arbeiten auswählen. Wir könnten sie dann im kommenden Frühjahr hier in der Botschaft präsentieren.«

»Ein gute Idee. Ich verlasse mich ganz auf Ihr Urteil.«

»Vielen Dank, Eure Exzellenz.«

»Gibt es sonst noch etwas?«

»Ich hätte da ein persönliches Anliegen …«

»Persönlich? Oh …«

Der Botschafter hasste es, wenn ihn seine Mitarbeiter mit privaten Dingen belästigten. Aber der Kulturattaché war ein Neffe dritten Grades des Luftwaffen-Vize-Marschalls Matar bin Ali bin Matar al Obaidani. Ein wichtiger Mann, der das Ohr des Sultans besaß und den er sich auf keinen Fall zum Feind machen wollte.

»Dann reden Sie bitte, Herr Attaché.«

»Sie erinnern sich bestimmt an den Kriminalbeamten, der mir vor ein paar Jahren geholfen hat, als ich bei dem Abendspaziergang im Tiergarten überfallen worden bin.«

»Natürlich, das war eine schreckliche Geschichte. Erstaunlich, dass der Beamte den Täter ermitteln konnte. Sie hatten ja selbst nicht damit gerechnet.«

»Nein, aber Kommissar Nettelbeck ist ein äußerst fähiger Mann. Er hat mich vorhin angerufen.«

»Ach ja? Was wollte er denn?«

»Es gab einen Vorfall in einem Berliner Hotel. Eine junge Frau ist ums Leben gekommen. Herr Nettelbeck möchte deshalb einen der Botschaftsangehörigen als Zeugen befragen.«

»Und um wen handelt es sich?«

»Der Kommissar würde gerne mit Saif Mohamed Zekri sprechen. Er ist sich natürlich unseres diplomatischen Status' bewusst und verspricht, allergrößte Diskretion zu bewahren.«

»Militärattaché Zekri … Ich weiß nicht … Sehen Sie sich in Nettelbecks Schuld, Herr Attaché?«

»Ja, das tue ich.«

»Gut, dann werden wir diese Schuld begleichen. Ein Omaner sollte nicht in der Schuld eines Ungläubigen stehen.«

»Ich danke Ihnen, Eure Exzellenz.«

Mit einer müden Handbewegung entließ der Botschafter den Attaché und dachte, dass er viel zu weich war. Seiner Frau und seinen Mitarbeitern gegenüber, den deutschen Behörden und omanischen Kalligrafen. Eigentlich der ganzen Welt. Es war ein Elend.

25

Roman Weiden hatte sich erneut als Handwerker verkleidet und lauerte in seinem alten Peugeot. Um nicht einzuschlafen, bastelte er an seinem Comeback-Song. Es wollte immer noch nicht laufen. So sehr er sich auch bemühte. Liebe und Currywurst … Currywurst und Liebe … Scheiße, ihm fiel ein, dass er sein Reimlexikon zu Hause vergessen hatte. Ohne das ging sowieso nichts. Außerdem war er viel zu verkrampft, um etwas Vernünftiges auf die Reihe zu kriegen.

Der Lancia fuhr aus der Tiefgarage und hielt vor dem Hauseingang. Der Freak verschwand im Gebäude und kam ein paar Minuten später mit Hollweg in dem elektrischen Rollstuhl zurück. Als sie beide im Lancia waren, fuhr der Wagen davon.

Weiden hängte sich mit seinem Peugeot an sie ran.

Die Fahrt ging durch die Innenstadt, bis der Lancia schließlich vor einem luxuriösen Spa parkte.

Vor dem Eingang wartete ein Mitarbeiter mit einem leichten, nicht elektrisch betriebenen Rollstuhl. Hollweg wechselte von seinem Elektrorollvehikel in den anderen. Dann schob Jens seinen Chef in das Spa.

Eine Viertelstunde später schlich sich Roman Weiden auf die Empore der Wellnessoase und sah feixend zu, wie Hollweg mit zwei Physiotherapeuten Wassergymnastik machte. Unbeholfen wie ein Wal, der gleich verenden würde. Das ständige Rollstuhlsitzen hatte seinen Exagenten zu einer aufgequollen Kreatur gemacht, die tapsig mit den Armen paddelte – patsch, patsch, patsch. Es tat gut, den Drecksack in diesem Zustand zu sehen. Sehr gut sogar.

Am Eingang zur Schwimmhalle saß der Freak mit einer Bademeisterin und quatschte, quatschte, quatschte. Die Situation war total ungünstig. Roman war klar, dass er hier drinnen niemals an Hollweg herankommen konnte. Nicht bei all den Typen. Frustriert machte er sich in Richtung Ausgang.

Im Eingangsbereich des Spas kam Weiden an dem Elektrorollstuhl vorbei. Er blieb stehen, betrachtete ihn nachdenklich. Dann kniete er sich hin und untersuchte das Vehikel gründlich. Plötzlich stieß er auf einen Hohlraum und lächelte. Heureka, das ist der Weg!

Und prompt fiel ihm endlich auch der entscheidende Chorus für seinen Comeback-Song ein, den er spontan und bewegt *Curry-Love* taufte:

Die Haut so kross, pikant die Soße,
die Currywurst ist ein Gedicht.
doch du, du bleibst mein Leibgericht.
Die ungezählten Tränen, der Schmerz so ganz am Schluss.
Für einige ist es Wahnsinn, für mich bist du ein Muss.

Noch ein bisschen basteln, hier und da etwas schrauben, ein, zwei Worte austauschen, dann habe ich es, dachte Weiden. So oder so!

Und sein Erfolg hielt an. Im Internet stieß Roman auf ein Handbuch des United States Marine Corps. Es war faszinierend, beschrieb in allen Einzelheiten, wie ein US-Marine im Einsatz mittels improvisierter Ersatzstoffe und leicht erhältlichem Zubehör Granaten, Minen, Rohrbomben, Sprengvorrichtungen und sogar kleine Raketen bauen konnte. Die Funktionsweise, die Herstellung und Verwendung wurde in einfachen Worten erläutert und war sogar einem technischen Analphabeten wie Roman Weiden gleich verständlich.

Im Vorwort wurde darauf hingewiesen, dass das Buch den Marines verschiedene Anleitungen und Techniken zum Anbringen, der Benutzung, dem Aufspüren und Entfernen von Sprengfallen vermitteln werde. Auch das Verstecken von Sprengvorrichtungen in Kraftfahrzeugen, Haushaltsgegenständen wie Radios und Fernseher oder in einem offenen Gelände beziehungsweise einem Waldgebiet werde erläutert.

Aber das Wichtigste stand nicht in dem Vorwort – der Leitfaden enthielt detaillierte Mischanleitungen zur Herstellung verschiedener Sprengstoffe. Den abgebildeten Schwarz-Weiß-Zeichnungen nach stammte das Handbuch aus den frühen Sechzigerjahren. Irgendjemand hatte es fotokopiert und ins Netz gestellt. Trotzdem war es nach wie vor aktuell und sämtliches benötigte Material konnte man kinderleicht in jeder Stadt besorgen. Dass Roman Weiden den Leitfaden auf einer russischen Homepage gefunden hatte, war ein glücklicher Zufall gewesen. Oder ein Zeichen Gottes. Falls es den gab.

Eine Rohrbombe war die Lösung! Fieberhaft notierte Weiden die benötigten Materialien auf der Rückseite eines Flyers, der das Kreuzfahrtpublikum über das Unterhaltungsprogramm seiner Gala informiert hatte:

Bon Voyage Ladies and Gentlemen!
Kapitän Roman & die Sexy Krabben
lassen das Deck erbeben!

Verdammte Scheiße! Er würde kein Deck erbeben lassen, sondern ein Dreckschwein. Er würde eine Rohrbombe bauen, um Maximilian Hollweg in die Luft zu jagen. Genau so einen Tod hatte der nämlich verdient.

26

Heute war ein anstrengender Tag für den Botschafter. Gespräche über Gespräche. Erst die Auseinandersetzung beim Frühstück mit seiner Frau Syyida über das eritreische Dienstmädchen, das ihrer Meinung nach dringend einer Auspeitschung bedurfte. Ein Ansinnen, dem der Botschafter sich nur mit aller Kraft widersetzen konnte.

Dann die ewig lange Besprechung mit dem Kulturattaché über trostlos öde Kulturthemen. Danach das Interview mit dem einschläfernden omanischen Auslandskorrespondenten über die Entwicklung der Beziehungen zwischen dem Sultanat Oman und der Bundesrepublik Deutschland. Und jetzt die unangenehme Aussprache mit Saif Mohamed Zekri.

Botschafter Al Hosni hatte sich schon zu Beginn ihrer Zusammenarbeit angewöhnt, mit dem Militärattaché Klartext zu reden. Um den heißen Brei herumzustreichen, war bei diesem Mann nur kontraproduktiv. Er war zu intelligent, als dass er die Angelegenheiten nicht sofort durchschaut hätte. Zusammen mit seiner körperlichen Stärke war das eine gefährliche Kombination.

»Warum haben Sie mir nichts von der Sache im Hotel erzählt?«

»Ich habe ihr keine Bedeutung beigemessen.«

»Und die tote Frau?«

»Davon höre ich zum ersten Mal. Als ich sie verlassen habe, war sie ausgesprochen lebendig.«

»Jetzt ist sie tot.«

»Es sterben ständig Menschen.«

»Wie wollen wir die Sache behandeln?«

»Müssen wir das überhaupt?«

»Taimur al-Kasbi steht in der Schuld dieses Kriminalkommissars.«

»Das ist schlecht.«

»Wir sollten ihm helfen, diese Schuld zu begleichen.«

»Wenn Sie meinen, Eure Exzellenz.«

»Ich denke, das sollten wir.«

»Was schlagen Sie vor?«

»Es ist mir wichtig, dass die Angelegenheit möglichst lautlos bereinigt wird. Ich möchte nicht, dass die omanisch-deutsche Kooperation darunter leidet. Das Ferienresort ist ein viel zu wichtiges Vorhaben für unser Land.«

»Möchten Sie, dass ich mit dem Polizisten rede?«

»Das wäre vielleicht das Beste«, sagte der Botschafter.

»Beantworten Sie seine Fragen, ohne sich groß festzulegen. Freundlich, aber ausweichend. Ich weiß, dass Sie das können.«

Der Militärattaché nickte.

»Mit Ihrem diplomatischen Status haben Sie sowieso nichts zu befürchten. Und denken Sie daran: Ungläubige sind in der Regel sehr, sehr dumm ...«

»Da haben Sie recht, euer Exzellenz. Diese Erfahrung mache ich jeden Tag.«

Der Botschafter lachte erleichtert und der Militärattaché stimmte mit ein.

27

Während der Fahrt nach Dahlem hatte Nettelbeck seinem Kollegen von der einige Jahre zurückliegenden Begegnung mit dem Kulturattaché Taimur al-Kasbi erzählt. Zwar erinnerte sich der Kommissar nicht mehr an alle Einzelheiten, aber der Omaner war ihm als rücksichtsvoll und sympathisch in Erinnerung geblieben.

»Al-Kasbi war es wichtig, dass ich ein möglichst gutes Bild von seinem Land bekäme«, sagte Nettelbeck. »Das hat er mir wiederholt versichert. Dieses rüpelhafte Diplomatengehabe fand er unerträglich.«

»Hört sich an, als sei der Mann die berühmte Nadel im Heuhaufen«, lächelte Täubner und betrat hinter Nettelbeck das Botschaftsgelände.

»Könnte glatt hinkommen.«

Die Kommissare klingelten und eine Empfangsbedienstete öffnete ihnen.

Sie informierte den Kulturattaché, und Taimur al-Kasbi

eilte sogleich herbei. Er strahlte über das ganze Gesicht, freute sich, Martin Nettelbeck wiederzusehen. Sie tauschten Höflichkeitsfloskeln aus, dann führte der Kulturattaché die Kommissare zu Saif Mohamed Zekris Büro.

»Mein Kollege hat sich für den Rest des Nachmittags freigemacht. Sie können ihn also ganz in Ruhe befragen.«

»Das ist schön«, sagte Nettelbeck. »Vielen Dank, dass Sie sich für uns eingesetzt haben.«

»Es war mir ein persönliches Anliegen«, erwiderte der Kulturattaché und zeigte ein feines Lächeln.

Und Nettelbeck lächelte ebenso feinsinnig zurück.

Bereits als Jugendlicher hatte Saif Mohamed Zekri herausgefunden, wie er die Mitmenschen für seine Interessen einsetzen konnte. Der spätere Militärattaché begriff schnell, dass er dafür lediglich ein paar Manipulationstechniken anwenden musste. Natürlich unterschiedliche, auf die Persönlichkeit und den Rang seines jeweiligen Gegenübers abgestimmt. Während des Studiums begann er sich intensiv mit dem Thema Manipulation zu beschäftigen, las Klassiker wie Machiavelli, westliche Philosophen wie Schopenhauer, studierte Rhetorikratgeber, die Biografien erfolgreicher Werbestrategen, beschäftigte sich mit den psychologischen Grundlagen einer effektiver Beeinflussung.

Es ging dem Militärattaché nicht um banales Sand in die Augen streuen. Es ging ihm vielmehr um gezielte und kontrollierte Manipulation. Zekri hatte irgendwann entdeckt, dass es der erste Eindruck war, der sich im Gehirn des Gegenübers festsetzte, der entschied, ob dieser ihn sympathisch oder unangenehm fand. Der erste Moment war ausschlaggebend. Ihn galt es zu kontrollieren.

Im Lauf seiner Experimente erkannte der Omaner, dass

Menschen sich besonders effektiv durch Sprache manipulieren ließen. Deshalb vermied er Small Talk, versuchte, seine Gespräche von Beginn an in die Bahnen zu lenken, wo er sie hinhaben wollte. Da war es hilfreich, wenn der Militärattaché bei seinem Gegenüber eine seiner Charaktereigenschaften in ein besonders helles Licht setzen konnte, seine Aura gewissermaßen mit einem Heiligenschein versah. Denn die Menschen neigen dazu, die markanteste Eigenschaft einer Person auch auf seine anderen Wesenszüge zu übertragen. Positiv wie negativ.

Sparsame Personen wurden als Geizhälse eingestuft, schüchterne Menschen als arrogant, verschlossene Typen als Egoisten. Selbstbewusst auftretende Menschen hingegen galten als souverän, sportliche Individuen als besonders belastbar und Personen mit körperlicher Attraktivität ... Menschen, die gut aussahen, wurden in der Regel als intelligent, amüsant und überlegen eingestuft. Weshalb auch immer. Saif Mohamed Zekri fand sich ziemlich gut aussehend, was er durch regelmäßiges Krafttraining und andere sportliche Betätigung noch zu verstärken versuchte.

Doch genauso wichtig war es dem Militärattaché, sich dem jeweiligen Gegenüber in anderen Bereichen anzupassen, an sein Sprachverhalten, seine Lautstärke und Stimmhöhe. Auch die Körperhaltung, seine Mimik und Gestik versuchte Zekri, dezent zu kopieren. Alles trug dazu bei, dass der andere sich öffnete, sich vertraut fühlte und seine Schranken fallen ließ.

So zu verfahren war auch jetzt seine Absicht, als der Omaner den Kommissaren Nettelbeck und Täubner am Schreibtisch gegenübersaß. Er schätzte die zwei als nicht besonders aggressive Ermittler ein, war überzeugt, dass er sie mit ein paar ausweichenden Antworten abspeisen konnte. Alles natürlich in freundliche Worte verpackt. Und mit einem Lächeln serviert.

»Stellen Sie mir bitte Ihre Fragen. Ich werde alles, so gut ich kann, beantworten«, lächelte Zekri die Kommissare an.

»Schildern Sie uns bitte möglichst genau, wie Ihre Begegnung mit der Escort-Dame verlaufen ist«, sagte Nettelbeck.

»Schauen Sie, ich lebe allein in Berlin, meine Familie hält sich dauerhaft im Oman auf. Ich sehe meine Frau nur alle fünf Monate. Ich bin zwar ein gläubiger Muslim, aber auch ein Mann. Sie verstehen das sicher.«

»Natürlich«, kam Täubner Nettelbeck zuvor. »Ich bin in einer ganz ähnlichen Situation. Ich verstehe Sie sogar sehr gut.«

Der Militärattaché lächelte entwaffnend. »Ich liebe meine Frau und deshalb … deshalb versuche ich, meine Begegnungen mit diesen Damen möglichst risikolos abzuwickeln. Ich treffe eine Frau grundsätzlich nur einmal, um zu vermeiden, dass ich mich am Ende in sie verliebe.«

»Sie hatten Antonia Reseneder also das erste Mal gebucht?«

»Antonia …? Ich kenne sie nur unter dem Namen Violetta.«

»So nannte sie sich bei ihrer Escort-Tätigkeit. Im wahren Leben hieß sie Antonia.«

»Ich habe mir schon gedacht, dass der Name nicht stimmt.«

»Waren Sie denn schon einmal in Versuchung, sich in eine der Damen zu verlieben?«, fragte Nettelbeck.

Nur zu gern hätte Zekri laut gelacht – es lief genauso, wie er es geplant hatte. Das Gespräch ging in die optimale Richtung.

Der Militärattaché schaute die Kommissare mit einem Dackelblick an, den er als Jugendlicher vor dem Spiegel einstudiert hatte. »Nein, aber es gab vor zweieinhalb Jahren eine Dame, die sich in mich verliebt hatte. Ich hatte sie allerdings mehrmals getroffen.«

»Und Ihre eiserne Regel gebrochen …?«

»Ich habe mir diese Maxime erst auferlegt, nachdem sie mir ihre Liebe gestanden hatte. Danach habe ich alle Damen immer nur ein einziges Mal getroffen. Das war bei Violetta nicht anders.«

Violetta, dachte Nettelbeck, so hieß die Hauptfigur in Verdis Oper *La Traviata.* Eine Prostituierte, die sich in einen Freier verliebt und für ihn ihr bisheriges Leben aufgibt. Doch die Liebe hat kein glückliches Ende und Violetta stirbt schließlich in den Armen ihres Geliebten. Diese Geschichte könnte auch Antonia Reseneder und dem Militärattaché passiert sein. Könnte … Wenn die Brüder Hornberg nicht erklärt hätten, dass Violetta-Antonia noch nie zuvor von Zekri gebucht worden war. Auf jeden Fall sollten sie diese Aussage noch einmal genau überprüfen.

»Sie haben Antonia Reseneder also vorgestern definitiv zum ersten Mal getroffen?«

»Ja, das trifft zu. Wollen Sie mir nicht endlich sagen, was genau vorgefallen ist? Wie ist die junge Frau gestorben?«

»Durch massive Gewalteinwirkung.«

»Wirklich?«

»Eine Folge waren innere Blutungen, die zum Tod geführt haben.«

»Wer hat das gemacht?«

»Es muss passiert sein, kurz bevor Sie ausgecheckt haben.«

»Als ich die Dame verlassen habe, war sie noch sehr lebendig. Allerdings ziemlich müde. Wir hatten uns sehr lange geliebt. Mehrere Stunden. Sie war eine ungewöhnlich schöne junge Frau.«

»Es gab keinen Moment zwischen Ihnen, in dem es zu … zu Irritationen gekommen ist?«, fragte Täubner.

»Welcher Art?«

»Irritationen, die vielleicht zu einer Auseinandersetzung geführt haben«, antwortete Täubner vorsichtig.

Irritationen ... Was für Polizeiclowns!, schoss es Zekri durch den Kopf, die Jungs sind ja noch unfähiger, als ich vermutet habe.

»Die gab es nicht. Keine Irritationen, keine Auseinandersetzung. Nein, unser Treffen verlief sehr harmonisch.«

Plötzlich erklang Musik, die Anfangssequenz des Tracks *From Arrows* von Lars von Licht. Täubner fummelte sein Smartphone aus der Jacke hervor.

»Pardon ... Es ist wichtig.«

Täubner warf Nettelbeck einen entschuldigenden Blick zu und verließ den Raum.

Nettelbeck wartete, bis sein Partner verschwunden war, dann beugte er sich vor. »Mir ist klar, dass ich Sie nicht belangen kann. Als Frau Reseneder starb, hatten Sie das Hotel bereits verlassen. Schon seit achtzig Minuten.«

»Dann weiß ich nicht, wieso Sie auf den Gedanken kommen, ich könnte eventuell etwas mit ihrem Tod zu tun haben.«

»Die inneren Verletzungen wurden Frau Reseneder bereits um 23:45 Uhr zugefügt. Als Sie noch in dem Hotelzimmer waren.«

»Das kann nicht sein. Ausgeschlossen.«

»Unser Gerichtsmediziner konnte den Zeitpunkt exakt bestimmen.«

»Da muss ein Irrtum vorliegen.«

»Er ist ein sehr erfahrener Mann. Er hat sich noch nie geirrt. Wir wissen doch beide, dass Sie von der deutschen Justiz so oder so nichts zu befürchten haben. Lassen Sie uns deshalb offen reden.«

»Und was verstehen Sie darunter?«

»Was Sie in diesem Raum äußern, bleibt unter uns. Ich

führe die Untersuchung nur der Form halber. Egal, wie meine Ermittlung ausgeht, es wird Sie nicht tangieren.«

»Es ist gut, dass auf das deutsche Rechtssystem Verlass ist«, sagte Zekri und deutete ein Lächeln an.

»Wenn Sie Frau Reseneder keine Gewalt angetan haben, die zu den inneren Blutungen führte, muss noch eine weitere Person in dem Hotelzimmer gewesen sein. Gab es da jemand?«

»Ich habe jedenfalls niemanden gesehen. Ihr Fall scheint sehr kniffelig zu sein.«

»Da mögen Sie recht haben. Aber wenn niemand sonst in dem Hotelzimmer war, haben Sie Frau Reseneder misshandelt. Denken Sie nicht?«

»Das ist nicht meine Ermittlung, oder?«

Zekri konnte seine Überlegenheitsgefühle nicht länger unterdrücken, auf seinem Gesicht erschien ein süffisantes Lächeln, das im Gegensatz zu seinem bisherigen Verhalten stand.

Nettelbeck sah den Militärattaché stumm an. Ihm war klar, dass er den Omaner nicht durch eine Provokation aus der Reserve locken konnte. Diese Ohnmacht war frustrierend. Er war überzeugt, dass Zekri die junge Frau misshandelt und so ihren Tod herbeigeführt hatte. Jede andere Hypothese war Unsinn. Und das Lächeln, mit dem der Attaché ihn anblickte, zeigte Nettelbeck deutlich, dass dieser seine Gedanken durchschaute. Und dass ihm das völlig egal war. Trotz Saif Mohamed Zekris Freundlichkeit spürte der Kommissar, dass hinter der harmlosen Fassade ein brutales Monster lauerte. Ein Monster, das Nettelbeck wahrscheinlich niemals überführen konnte.

28

Der Gang, an denen die Büros der Attachés lagen, führte in den hinteren Teil der Botschaft, wo eine Reihe von Fenstern den Blick in den Garten freigab. Täubner ging auf und ab, das Smartphone ans Ohr gepresst. Seine Freundin Irina Eisenstein hatte ihn aus Münster angerufen, wo sie ab dem Herbstsemester an der Deutschen Hochschule der Polizei im Masterstudiengang *Öffentliche Verwaltung – Polizeimanagement* studieren würde. Nach erfolgreichem Studienabschluss stand Irina der Wechsel in den höheren Dienst offen. Bei ihrem Talent war es dann nur noch eine Frage von wenigen Jahren, bis sie ihren Freund auf der Karriereleiter weit überholt hatte. Aber Täubner gönnte es ihr schon jetzt.

»Du hast die Wohnung in Münster bekommen? Prima! – Na klar, ich hole die Sachen ab und lagere sie bei uns im Keller ein. – Mach ich, aber jetzt erzähl mal …«

Während der Kommissar zuhörte, blickte er hinaus in den Garten. Auf der Terrasse lag eine jüngere Frau auf einer Liege. Sie trug moderne orientalische Kleidung, hatte olivfarbene Haut und pechschwarze Haare. Ihre Augen waren geschlossen und sie sonnte sich. Neben der Liege stand ein Servierwagen mit einer Teekanne und Geschirr.

Ein paar Meter entfernt spielten ein Junge und ein Mädchen auf dem Rasen. Offensichtlich die Kinder der Schlummernden.

Neben den beiden hockte eine junge schwarze Frau. Sie trug ein verwaschenes Kleid, was ihrer Schönheit aber keinen Abbruch tat.

Täubner vermutete, dass es die Sprösslinge des Botschafters waren und ihr Kindermädchen. Die junge Schwarze sprach leise mit den beiden, und der Kommissar konnte kein Wort verstehen.

Der Junge schien bockig zu sein und das Kindermädchen versuchte, ihn zu besänftigen. Plötzlich rannte er auf die Terrasse zu der schlummernden Frau. Er griff nach ihrer Hand, rüttelte sie wach. Dabei stieß er an den Servierwagen, die Teekanne fiel herunter und zerbrach.

Die Frau erwachte, sprang von ihrer Liege auf und lief auf den Rasen. Sie war außer sich, schrie auf das Kindermädchen ein und schlug sie. Immer und immer wieder. Die junge Schwarze rollte sich zusammen, versuchte mit den Händen, ihren Kopf zu schützen, doch das entfachte noch mehr den Zorn der anderen Frau. Sie trat mit den Füßen nach ihrem Opfer. Die beiden Kinder standen daneben und lachten. Offenbar hielten sie das Ganze für ein Spiel, oder … oder sie waren schon oft Zeuge von solchen gewalttätigen Ausbrüchen gewesen.

29

Die Gegend um das *Dong Xuan Center* sah aus, als würde die Berliner Mauer frühestens in drei, vier Jahren fallen, als wären die ganzen Ostzonenschnarchsäcke wie Frank Schöbel, Olaf Berger und Wolfgang Ziegler weiterhin auf Tour durch die FDJ-Ferienheime. Vermutlich sind sie das auch immer noch, dachte Roman Weiden und grinste fies. Wobei die Ferienheime jetzt *Autohaus Riesa* hießen, *Aqua & Saunaparadies Schwedt* oder *Plauener Möbelland*. Egal, wenn er mit seinem Comeback loslegte, konnten die Zonis sowieso einpacken. Alle.

Weiden fuhr auf das Gelände des Asia-Marktes und parkte. Das *Dong Xuan Center* bestand aus einer Reihe alter Lagerhallen und mehreren Nebengebäuden. Das Vorbild war der Dong Xuan Markt in Hanoi, der größte Warenumschlagplatz in Vietnam. In den Berliner Hallen boten etwa zweihundertfünfzig überwiegend vietnamesische Händler die unterschiedlichsten Waren an. Nach der Wende waren viele Vietnamesen, die in den Achtzigerjahren als Vertragsarbeiter in die DDR gekommen waren, entlassen worden. Einige von ihnen kehrten in die Heimat zurück, andere blieben in Deutschland, suchten ihr Glück in der Selbstständigkeit, sattelten um auf Einzelhändler.

Im *Dong Xuan Center* wurden in abgetrennten Verkaufsabteilen Waren aller Art verkauft: Schuhe, Jacken, Jeans, Kleider und Anzüge. Uhren, Schmuck, Kunstblumen, Kurzwaren und Elektronikartikel. Daneben asiatische Lebensmittel wie Glas- und Reisnudeln, lebende Fische, fernöstliche Gewürze und Gemüse sowie exotische Obstsorten. Dazwischen gab es Imbisse, Friseurläden, Nagelstudios und Änderungsschneidereien.

Es herrschte Stoßzeit, Hunderte von Besucher drängten sich durch die schmalen Gassen zwischen den Verkaufsabteilen, es gab kaum ein Durchkommen. Roman Weiden suchte nach einem Laden mit Geschenkartikeln, ein Geschäft, wo er den wichtigsten Baustein für seine Bombe zu finden hoffte – einen möglichst großen Karton mit Chinaböllern. Wenn er so was Ende Juli irgendwo auftreiben konnte, war sein Attentat so gut wie in trockenen Tüchern.

Pham Van Doan war der typische Durchschnittsvietnamese: klein, dunkelhaarig, drahtig, in Jeans, Turnschuhen und mit weißem Oberhemd. Irgendwie von Kindheit an alterslos. In westlichen Augen. Der Vietnamese führte den Laden in dem Asia-Markt bereits seit zehn Jahren. Nachdem er 1990 seine Stelle im *Narva Glühlampenwerk* verloren hatte, arbeitete Van Doan als Zigarettenhändler, verteilte Schmuggelware aus Polen in Berlin. Lange Zeit lief es gut. Schwierigkeiten mit der Polizei wich er geschickt aus, zahlte zur Not Schmiergeld, bis dann Mitte der Neunzigerjahre die Verteilungskämpfe zwischen den konkurrierenden vietnamesischen Triaden immer blutiger wurden. Über dreißig Vietnamesen wurden erschossen. Darunter zwei seiner besten Freunde, einer stammte sogar aus seinem Heimatdorf im Mekongdelta.

Pham Van Doan verließ den Zigarettenhandel und bereiste die nächsten Jahre als fliegender Textilienhändler die brandenburgischen Märkte. Er heiratete, bekam zwei Töchter und schaffte es mit viel Fleiß, einigermaßen über die Runden zu kommen. Dann hörte er, dass in Lichtenberg ein asiatischer Großmarkt geplant war. Der Vietnamese mietete ein Verkaufsabteil und eröffnete einen Geschenkartikelladen. Pham Van Doan bezog die Waren billig aus China, veräußerte sie mit einem anständigen Profit. Sein Sortiment umfasste über zweitausend Artikel. Das meiste davon war Nippes, grellbunt und völlig überflüssig. Aber seine Kunden mochten es.

Der Händler betrachtete den Mann, der seit zehn Minuten sein Angebot musterte, sämtliche Regale und Stellflächen inspizierte. Der Typ schien offenbar nach etwas Bestimmtem zu suchen.

»Kann ich Ihnen helfen?«, fragte Pham Van Doan.

»Meine Frau wird am Wochenende dreißig«, erwiderte Roman Weiden. »Wir geben eine Riesenparty. Ich suche etwas Besonderes. Um sie so richtig zu überraschen.«

»Wie wäre es mit einer Tasche? Ich habe sehr schöne handgearbeitete Lederware.«

»Ich weiß nicht …« Roman Weiden nahm eine Kunststeinskulptur hoch und betrachtete sie fasziniert. Es war ein riesiger Schlangenkopf mit weit aufgerissenem Maul, in dessen Schlund ein Aschenbecher eingearbeitet worden war.

»Wahnsinn … Was kostet der?«

»Achtzehn Euro.«

»Den nehme ich.«

»Für Ihre Frau?«

»Nein, für mich. Kommt auf den Schreibtisch.«

»Gut. Für Ihre Frau könnte ich Ihnen sehr schönen Schmuck anbieten. Zwei Regale weiter.«

»Na ja, ich suche eher was Spektakuläres, etwas, das unsere Gäste so richtig zum Staunen bringt.«

»Hmmh, da muss ich überlegen …«

»Hey, haben Sie zufällig Feuerwerk? Das wäre irre, das wäre der Knaller. Chinaböller am besten.«

»Das sind Feuerwerkskörper der Klasse II, die darf ich nur Ende Dezember verkaufen. An drei Tagen lediglich. Ich hätte aber Ganzjahresfeuerwerk …«

»Und was ist das?«

»Kleinstfeuerwerk. Das fällt in die Klasse I. Sehr schönes Tischfeuerwerk kann ich Ihnen empfehlen. Rote Bengal-Fackeln mit viel Rauch. Oder Torten- und Eisfontänen. Die haben eine Länge von zwölf Zentimeter und eine Brenndauer von circa fünfzig Sekunden.«

Roman Weiden platzierte einen Hunderteuroschein auf die Verkaufsfläche.

»Das ist doch nur was für Kinder. Haben Sie nicht irgendwo noch Feuerwerk vom letzten Silvester rumliegen?«

Pham Van Doan schüttelte den Kopf. »Feuerwerk der Klasse II darf ich nur verkaufen, wenn Sie eine Ausnahmegenehmigung gemäß der Sprengstoffverordnung haben.«

Weiden zückte einen weiteren Hunderteuroschein, legte ihn neben den ersten »Ich brauche nur ein paar harmlose Chinaböller. Bleibt unter uns.«

Pham Van Doan überlegte einen Moment, dann steckte er die beiden Scheine ein. »Kommen Sie …«

Der Vietnamese führte Weiden zu einem Verschlag am Ende des Verkaufsabteiles und schloss ihn auf. Auf mehreren Regalen lagerten unterschiedlichste Waren. Pham Van Doan nahm zwei Kartons mit Chinaböllern heraus und reichte sie Weiden.

»Es sind insgesamt achtzig Stück. Mehr habe ich nicht.«

»Wunderbar. Das reicht völlig.«

»Das freut mich.«

Der vietnamesische Händler griff in einen Plastikbeutel, in dem sich mehrere Tütchen befanden, die Weiden an die Ahoj-Brause aus seiner Kindheit erinnerten. Während der Kreuzfahrt hatte er durch seine Kollegen den ›Wodka-Ahoj-Shot‹ kennengelernt. Man kippte sich das Brausepulver in den Mund, goss einen Wodka hinterher und schüttelte den Kopf. Minutenlang. Die Brause und der Wodka mischten sich so zu einem wahnsinnig geilen Stoff. Einfach irre!

Der Vietnamese steckte eines der Tütchen in Weidens Brusttasche. »Ein Geschenk des Hauses …«

»Was ist das?«

»Essenz aus den Knochen des Nebelparders. Spezialität aus meiner Heimat. Gut für große Liebe, tiefe Gefühle und langes Leben. In den Gaumen einreiben. Aber Vorsicht. Nicht alles auf einmal.«

»Klar. Danke.«

Natürlich konnte er nicht widerstehen, rieb sich den kompletten Inhalt des Tütchens in das Zahnfleisch. Es fühlte sich gut an. Sehr gut sogar. Und mit jeder Minute wurde es noch besser. Während er den Peugeot in Richtung Neukölln steuerte, spürte Weiden, wie er allmählich berauscht wurde. Kein Gefühl, wie er es aus seinen durchsoffenen Nächten kannte oder nach ein paar fetten Joints. Es war eher ein ekstatischer, von Glücksgefühlen begleiteter Zustand. So wie bei seinem letzten Trip vor über dreißig Jahren. ... Knochen des Nebelparders ... Ein wahnsinniger Stoff!

Somnambul lenkte Weiden seinen Wagen auf den Parkplatz eines riesigen Baumarktes. Obwohl es jede Menge freie Stellplätze gab, zwängte er sich in eine enge Lücke zwischen zwei Kleintransportern, kollidierte mit einem der Fahrzeuge und fing sich prompt eine Delle ein. Egal – Roman stieg aus und betrat schwankend das Gebäude.

Er brauchte über zwei Stunden, bis er endlich seine Einkaufsliste abgearbeitet hatte. Was weniger an der Kompliziertheit des Materials lag, das er benötigte, sondern an seinem zugedröhnten Zustand. Wie ein geistesgestörter Duracellhase irrte Weiden zwischen den diversen Fachabteilungen hin und her. Hin und her und wieder zurück. Was den Mitarbeitern des Baumarktes völlig egal war. Sie waren froh, dass er sie zufriedenließ.

Nachdem er allein zwölf Mal die Metallabteilung betreten hatte, um immer wieder die Metallrohre auszutauschen, lagen endlich passende Rohrstücke und sechs Verschlusskappen im Einkaufswagen. Neben einer Funkfernbedienung, zwei Metern Kabel, drei Empfängern und einem Satz Zünder für Modelraketen, die er in der Abteilung für Bastlerbedarf entdeckt hatte. Glückselig schob Roman den Einkaufswagen zur Kasse.

»Das macht einhundertsechsunddreißig Euro und siebzehn Cent«, sagte die Kassiererin.

Weiden fummelte zwei Hunderteuroscheine aus seiner Hosentasche und gab sie ihr. »Der Rest ist für Sie, gnä' Frau.«

»Aber das ist …«

»Das ist Trinkgeld«, unterbrach sie Weiden. »Denn sagst du ja zu mir, dann sag ich ja zu dir. Und sag ich ja zu dir, dann sagst du ja zu mir!«

Lachend schob er den Einkaufswagen ins Freie und ließ eine verwirrte Kassiererin zurück.

30

Auf der Heimfahrt vom LKA dachte Nettelbeck in der S-Bahn über das Gespräch mit dem Militärattaché nach. Bei der Vernehmung war nichts herausgekommen, was er gegen den Diplomaten verwenden konnte. Im Gegenteil. Saif Mohamed Zekri hatte ihm deutlich zu verstehen gegeben, dass er es war, der Antonia Reseneder misshandelt hatte, aber das er dies offiziell niemals zugeben würde.

Nettelbeck schob die düsteren Gedanken beiseite, wandte sich dann jedoch ebenso trüben Überlegungen zu. Er fragte sich, wer die junge schwarze Frau war, die im Garten der Botschaft malträtiert worden war. Täubner hatte auf das Kindermädchen des Botschafters getippt. Sein junger Kollege wäre ihr gerne zu Hilfe geeilt, aber auch das war ihnen als deutsche Beamte auf dem extraterritorialen Botschaftsgelände nicht erlaubt. Es ist frustrierend, dachte Nettelbeck, gut, dass jetzt endlich Wochenende ist.

In der Wohnung war es still, als der Kommissar die Räume betrat. Das erste Mal seit fast drei Jahren erwartete ihn niemand beim Heimkommen. Das Gefühl war mindestens genauso schlimm wie sein beruflicher Frust.

Er lief durch die ausgestorbene Wohnung und sah seinen Posaunenkoffer, der neben dem von Mark Kojo lag. Nettelbeck nahm das Instrument heraus. Wann hatte er eigentlich das letzte Mal zu einer seiner Music-Minus-One-Alben gespielt? Auch schon eine halbe Ewigkeit her. Der Kommissar stöberte in seiner Sammlung und fand eine jungfräuliche CD, die er vor einiger Zeit gekauft, aber zu der er noch nie die Posaune in die Hand genommen hatte.

Der amerikanische Trombonist Ira Nepus, der mit Dizzy Gillespie, Lionel Hampton, Benny Carter und vielen anderen Jazzgrößen musiziert hatte, spielte auf dem Music-Minus-One-Album zu Orchesterbegleitung die größten Hits des berühmten Plattenlabel *Motown* aus Detroit. Die ganzen Soulnummern, die Philomena so liebte: *What's Going On?*, *Got to Give It Up*, *I'll Be Doggone*, *Ain't That Peculiar*, *That's the Way Love Is* und viele andere Hits waren auf dem Album.

Der Kommissar entschied sich für *How Sweet It Is to Be Loved By You* und legte die CD in seinen Player. Wie meistens, wenn er angespannt war, gelang es ihm schnell, beim Posaunenspielen zu relaxen. Nettelbeck konzentrierte sich auf die Noten und der Stress des Tages fiel von ihm ab. Irgendwann gab es nur noch Klang. Er vergaß das tote Callgirl und den Militärattaché. Und auch das schwarze Kindermädchen.

31

Aber es gab jemanden, der an das Kindermädchen dachte. Jens Todsen lag auf seinem Bett, hatte die Augen geschlossen, ließ zum hundertsten Mal die Begegnung mit der schönen jungen Frau vor seinem Inneren ablaufen.

Sie hatte auf ihn einen verängstigten Eindruck gemacht und er fragte sich, was der Grund dafür war. Vor allem der Blick, mit dem sie ihn bei der Abfahrt aus dem oberen Stockwerk angeschaut hatte, ging ihm nicht aus dem Kopf. Er war inzwischen überzeugt, dass es ein Hilfeschrei gewesen war. Und er war entschlossen, ihr zu helfen. Er hoffte, dass sie seine Mimik richtig zu deuten wusste. Jens hatte ihr zugenickt, sie fest angeschaut und dann gelächelt. Das musste sie doch verstanden haben.

Jedenfalls würde er den Rat des Kulturattachés ignorieren und die junge Frau bei seinem nächsten Besuch in der Botschaft ansprechen. Ja, er würde ihr direkt seine Hilfe anbieten. Selbst auf die Gefahr hin, dass man sie und ihn zusammen erwischen und er den Zorn des Botschafters auf sich ziehen sollte. Auch wenn Hollweg ihn anschließend rausschmeißen würde. Die junge Frau im Stich zu lassen, war ausgeschlossen. Notfalls würde er die Reise durch Ostafrika eben noch etwas verschieben.

Jens hörte, dass Hollweg nach ihm rief. Er stand auf und verließ das Zimmer.

Sein Chef war bereits für die Nacht fertig gemacht worden und lag in seinem Spezialbett.

»Was gibt es?«

»Hast du den Termin im Spa bestätigt?«

»Natürlich.«

»Hast du denen auch klargemacht, dass ich den ganzen Laden für mich alleine möchte?«

»Sicher.«

»Ich will da nur Personal sehen und nicht irgendwelche Grundschulgören beim Rumplantschen beäugen.«

»Es ist alles geklärt, niemand wird Sie stören.«

»Wenn da ein einziger Schwachkopf im Wasser paddelt,

dann reiß ich dir den Arsch auf. Verlass dich drauf. Und jetzt mach das Licht aus. Ich will schlafen.«

Jens schaltete die Beleuchtung aus und verließ das Schlafzimmer.

Sein eigenes Appartement lag zur Hofseite, bestand aus Wohn- und Schlafzimmer, Bad, Kochnische und einem Sportraum. Nachdem Jens sein Oberteil ausgezogen hatte, betrachtete er sich im Spiegel. Kein schlaffer, dauerbekiffter Rastafari blickte ihm entgegen, sondern ein durchtrainierter Fighter in Topform. Zur Auflockerung schüttelte er sich und die Dreadlocks flogen in alle Richtungen, standen ab, ließen ihn wie Medusas kleinen Bruder aussehen. Jens zog sich Boxhandschuhe an und trat an den Punchingballständer. Brutal schlug er auf die Kugel ein, seine Fäuste knallten nur so auf das Leder. Wenn der Ball zurückprallte, wich er ihm aus, schlug erneut zu, umso härter. Bei jedem Schlag legte er sein ganzes Körpergewicht hinein, beschleunigte seinen Rhythmus, unerbittlich, nur ein Ziel vor Augen, den Gegner erbarmungslos zu treffen.

Bang, bang, bang.

Irgendwann bringe ich den Kotzbrocken um, dachte er. Nur eine Frage der Zeit. Es kommt der Tag, da will das Opfer Rache nehmen. Es kommt der Tag, da prügel ich ihn zu Tode. Da zermalme ich ihn. Gnadenlos!

32

Die Nacht war der totale Horror gewesen. Sein Pulsschlag hatte am obersten Level rotiert, keine Chance, ihn herunterzudimmen. Der Blutdruck raste, sein Mund war ausgetrocknet, obwohl er ständig den Wasserhahn aufgedreht und gierig getrunken hatte. Hektoliterweise Wasser. Seine Pupillen waren groß wie Zweieuromünzen und der bittere Geschmack, der seinen Rachen und Mund erfüllte und den er nicht wegbekam, verursachte ihm extreme Übelkeit. Er hatte sich mehrmals erbrechen müssen, ohne dass Erleichterung eintrat.

Als Roman Weiden am Nachmittag erwachte, hatte er schreckliche Kopfschmerzen, einen Heißhunger auf Salziges und in seiner Erinnerung fehlten ihm Stunden. Er trug noch die Kleidung vom Vortag, einschließlich der Schuhe, quälte sich irgendwie aus dem Bett, duschte eine halbe Ewigkeit, schlug sich sechs Eier und eine Packung Frühstücksspeck in die Pfanne und verschlang alles mit einem gigantischen Haufen Toast. Dann ging er zur Toilette, erbrach sein Sechs-Eier-Speck-und-Toast-Frühstück. Danach fühlte er sich ein wenig besser.

Erinnerungen kehrten allmählich zurück: Chinaböller … Essenz aus den Knochen des Nebelparders … Baumarkt …

Auf seinem Schreibtisch lag das Material für den Bombenbau, das er gekauft hatte. Offenbar hatte er alles noch sorgfältig auf dem Tisch verteilt, ehe er benebelt ins Bett gekracht war. Ihm wurde klar, dass das heute sein großer Tag werden sollte. Er musste Rohrbomben bauen. Genau drei Stück. Eine zu Testzwecken, eine für den Anschlag auf das Dreckschwein und eine als Reserve.

Roman Weiden holte die Chinaböller aus den Kartons. Sie waren an beiden Seiten mit einer tonähnlichen Masse abgedichtet. Mit einem Fuchsschwanz sägte er jeweils einen dieser Verschlüsse ab, sammelte das Schwarzpulver in einer Schüssel, sodass sich nach zwei Stunden fast ein Viertelpfund darin befand. Zum wiederholten Mal studierte er die Bauanleitung, die er ausgedruckt hatte. Dann rührte er aus dem Schwarzpulver und Benzin einen Brei an.

Die drei Rohrstücke und die sechs Verschlusskappen lagen vor ihm auf dem Tisch und Weiden prüfte, ob die Gewinde an den Enden passten. Das taten sie perfekt. Inzwischen hatte das Zittern in seinen Händen nachgelassen und er bohrte in drei der Kappen jeweils ein kleines Loch. Dann schnitt er die Kabel auf die passende Länge und führte sie durch die neu gebohrten Öffnungen. Er lötete jeweils ein Kabelende an den Zünder an und das andere an den Funkempfänger.

Weiden drückte die Sprengmasse in die drei Rohre, bis sie zu zwei Drittel gefüllt waren. Vorsichtig schob er anschließend die Zünder ans Ende der Rohre und verschloss sie mit den Kappen. Jetzt musste er nur noch auf der Rohraußenseite die Funkempfänger befestigen. Endlich geschafft, tief durchatmen.

Eine der drei Rohrbomben und die Fernbedienung verstaute er in seinem Rucksack, holte einen Jogginganzug und Laufschuhe aus dem Schrank und legte sie dazu. Inzwischen war es bereits zweiundzwanzig Uhr. Er musste dringend schlafen, damit er morgen früh wieder fit war. Das war sehr wichtig. Morgen wurde es nämlich ernst.

33

Punkt vier Uhr begann das Smartphone zu summen. Roman Weiden wusch sich schnell, zog die Joggingkleidung an, nahm den Rucksack und verließ die Wohnung.

Er schwang sich hinter das Steuer seines Peugeots und fuhr Richtung Westend.

Berlin war am frühen Sonntagmorgen wie ausgestorben, entsprechend zügig kam er durch die Innenstadt. Vergnügt pfiff er die Melodie seines Comebackhits, sang lautstark den

Refrain, tauschte ein Wort aus, statt »du *bleibst* mein Leibgericht« sang er »du *bist* mein Leibgericht«, was eindeutig um Klassen besser klang. Am S-Bahnhof Heerstraße bog er in den Grunewald Forst ab, der sich entlang der Havel erstreckte, und erreichte kurz darauf sein Ziel.

Der Teufelsberg ist keine durch tektonische Verwerfungen entsprungene Erhebung, sondern ein Trümmerberg. Er war erst nach dem Zweiten Weltkrieg entstanden, aus Millionen Tonnen Schutt aus dem zerstörten Berlin. Die Reste von über fünfzehntausend ehemaligen Wohn-, Büro- und Fabrikationsgebäuden bildeten so die höchste Erhebung im damaligen West-Berlin. Immerhin ganze hundertzwanzig Meter hoch. 1972 rekultivierte man den Hügel mit Sand und Erde, bepflanzte ihn mit einer Million Bäumen.

Viel früher, bereits in den Fünfzigerjahren, hatte die US-Army den Teufelsberg als idealen Standort für ihre mobilen Abhöreinrichtungen schätzen gelernt. Mit der Zeit entstand die Field Station Berlin, fünf große Antennenkuppeln und die nötigen Nebengebäude. Von hier aus wurden die Flugkorridore zwischen West-Berlin und der Bundesrepublik Deutschland überwacht. Und nebenbei auch noch fast das ganze Territorium des Warschauer Paktes.

Nach dem Ende des Kalten Krieges bestand kein Bedarf mehr für die Field Station. Die Amerikaner bauten ihre Technik ab, bis zum Ende des Jahrhunderts diente die Anlage nur noch der zivilen Flugüberwachung. Dann war endgültig Schluss.

Seitdem hatten sich die unterschiedlichsten Entrepreneure an einer Nutzung des Geländes versucht. Auf dem Teufelsberg sollten Tagungshotels entstehen, traumhafte Luxuswohnungen, Gourmetrestaurants, eine Schönheitsklinik, ein Wellnesscenter und sogar ein Spionagemuseum.

Der Filmregisseur David Lynch legte hier symbolisch den Grundstein für eine ›vedische Friedensuniversität‹ im Geiste Maharishi Mahesh Yogi, dem die Welt unter anderem das yogische Fliegen verdankt. Zwei Veteranenverbindungen forderten im Gegenzug, dass das Gelände zu einem Denkmal erklärt werden sollte, welches an den jahrzehntelangen Einsatz der alliierten Soldaten für den Erhalt West-Berlins erinnerte.

Nichts davon wurde verwirklicht.

Ab 2010 versuchte man, den Teufelsberg zu einer Denkfabrik für Kunst, Kultur, Natur und Technik auszubauen. Doch zu diesem Zeitpunkt war das Gelände dank jahrelangem Vandalismus bereits weitestgehend zerstört. Dreckig, schmuddelig, verwahrlost. Was hier in Zukunft passieren würde, wusste niemand zu sagen. Tagsüber gab es hin und wieder Führungen durch die ehemalige Abhöranlage, diesem verfallenen Monument des Kalten Krieges. Ansonsten herrschte Tristesse pur.

Roman Weiden hatte seinen Wagen unweit der Teufelsbergchaussee geparkt, nahm den Rucksack und stieg durch einen aufgegebenen Weinberg zur ehemaligen Abhöranlage hoch. Die großteils zerfetzten Antennenkuppeln, markante Reste der früheren Spionagestation, bauten sich in der Morgendämmerung vor ihm auf. Er kannte sich auf dem Gelände einigermaßen aus, da er hier mehrmals bei Partys aufgetreten war. Damals, als die Entrepreneure noch große Pläne hatten.

Die Führungen begannen frühestens um zehn Uhr, zu dieser Stunde war also kein Mensch vor Ort. Durch ein Loch im Zaun, der die Anlage sichern sollte, schlüpfte Weiden auf das Gelände. Eine Weile lief er über das Areal, bis er die optimale Stelle gefunden hatte. Ein kleiner Flachbau gegenüber einer der Kuppeln, dessen Tür offen stand.

Das Innere des Gebäudes war ausgeschlachtet worden,

wirkte wie eine überdimensionierte Garage. Weiden nahm die Rohrbombe aus seinem Rucksack und befestigte sie mit Gaffer-Tape an einer Stützsäule in der Mitte des Raumes. Dann verließ er den Flachbau, ging hinter einer Mauer in Deckung. Er nahm die Funkfernbedienung und drückte den Schalter.

Sekundenbruchteile später erfolgte die Detonation. Eine Druckwelle stemmte das Dach hoch, ein Teil der Zinkverkleidung schoss in die Luft, segelte über die Kuppel, trudelte abwärts und bohrte sich dann ins Erdreich. Riesengroße Schwaden loderten aus dem Flachbau, dichter, dunkler Rauch breitete sich aus.

Perfekt! Wie er es sich ausgemalt hatte. Weiden schulterte seinen Rucksack und sprintete vom Gelände.

Für den Rückweg nahm er eine andere Strecke, joggte einen Waldweg entlang, saß wenige Minuten später in seinem Wagen. Es war gerade fünf Uhr siebzehn. So schnell es der unbefestigte Weg zuließ, fuhr Weiden zur Teufelsbergchaussee zurück.

Dabei übersah er den Mann in Bundeswehrtarnkleidung, der sich seitwärts in ein Gebüsch werfen musste, um nicht von dem Peugeot erfasst zu werden. Dafür fiel Roman genau in diesem Moment die Bridge seines Comebackmonsterhits ein. Er johlte sie lauthals. Voller Begeisterung. Immer und immer wieder.

Ich weiß, du wirst mich nie enttäuschen,
dein Herz, das ist aus Gold.
Und die Gefühle explodieren,
wenn du in meine Arme fliegst.
Wenn du in meine Arme fliegst,
weiß ich, dass es den Himmel gibt.

34

Es sah trübe aus. Sehr trübe sogar. Wenn eine Arbeitswoche schon so mies begann, das wusste Nettelbeck aus Erfahrung, würde der Rest meistens noch schlimmer werden. Dabei war das Wochenende nicht schlecht gewesen. Am Samstag hatte er sich mit Roger Delbrück getroffen. Privat. Ein Männerabend. Wie sie ihn seit mehreren Jahren nicht mehr gemacht hatten. Sie hatten sich bestens amüsiert und gerade mal zehn Minuten über ihre Arbeit gesprochen. Wenn überhaupt.

Nettelbeck hatte gekocht. Bœuf en Daube à la Provençale. Eines der wenigen Gerichte, dessen Zubereitung er perfekt beherrschte, das er noch im Halbschlaf kochen konnte. Er hatte einen Riesentopf hergestellt, von dem ein Strohwitwer wie er sich noch tagelang ernähren konnte. Zu viel getrunken hatten sie auch. Vielleicht war Roger deshalb geradezu enthusiastisch gewesen, als Nettelbeck ihm seine definitiven zehn Lieblingsjazzalben vorgespielt hatte.

Erstaunlicherweise kannte Roger die meisten Platten und sogar fast alle Künstler. Nur bei Pharoah Sanders und Eric Dolphy musste er passen. Nettelbeck lernte eine völlig unbekannte Seite an seinem alten Partner kennen und Roger gestand ihm, dass er sich in den letzten zwei Jahren intensiver mit Jazz beschäftigt hatte. Er wollte endlich verstehen, was Nettelbeck so sehr daran faszinierte. Worauf der Kommissar sehr gerührt war und noch eine weitere Flasche Wein geöffnet hatte. Erst als der Morgen anbrach, machten sie Schluss und Roger übernachtete auf der Gästecouch.

So ein wunderbarer Samstagabend und jetzt so ein beschissener Montagmorgen. Der Kommissar zwang sich zu einem Lächeln, als Wilbert Täubner das Büro betrat. Im Gegensatz zu Nettelbeck hatte sein Kollege das Wochenende mit Arbeit verbracht und Irinas eingelagerte Möbel und Umzugskartons zu sich ins Hansaviertel geschafft.

»Gibt es etwas Neues?«, fragte Täubner und sah seine Dienstmails durch.

»Nicht in unserer Ermittlung.«

»Wie wollen wir weiter vorgehen?«

»Keine Ahnung.«

»Ist nicht sehr motivierend das Ganze, oder?«

»Nein, das ist es nicht.«

»Eher deprimierend.«

»Könnte man so sagen.«

Eine Weile schwiegen die beiden Kommissare.

»Ich ärgere mich schwarz, dass ich meinen Flug verschoben habe. Das war völlig umsonst. Ich glaube nicht, dass wir noch mal eine Chance kriegen, an Zekri ranzukommen.«

»Nein. Ohne Druck auszuüben, läuft bei dem nichts.«

»Ich habe nicht die geringste Idee, wie das funktionieren sollte. Du etwa?«

»Keinen blassen Schimmer«, sagte Täubner. »Und was soll jetzt werden?«

»Nach dem Mittagessen habe ich einen Termin bei Jutta Koschke. Ich werde ihr vorschlagen, die Ermittlung abzuschließen. Wir haben alles versucht. Mehr ist nicht drin.«

Täubner nickte. Es war reine Zeitvergeudung, noch weiter an dem Fall zu arbeiten. Ende und Schluss, das war am besten.

35

Das Schönste aber hier auf Erden,
ist lieben und geliebt zu werden.

Der Sinnspruch von Wilhelm Busch stand auf einem gestickten Haussegen, der am Küchenschrank seiner Großmutter hing. Rote Schrift auf Leinen, mit vielen blauen Blumenranken verziert. Als kleiner Knirps hatte Heiner Materna den Haussegen immer bestaunt, auch wenn er seinerzeit die damit vermittelte Botschaft noch nicht ganz begriff.

Jedenfalls hatte der Kriminaloberrat seine Großmutter geliebt, hatte den Sinnspruch geliebt und jetzt war er in Jutta Koschke verliebt. Bis über beide Ohren. Und das Tollste war, dass sie seine Gefühle erwiderte. Sie trafen sich regelmäßig nach der Arbeit, verbrachten die Wochenenden gemeinsam und hatten viel Spaß zusammen.

Bislang hatten sie ihre Beziehung aber vor den Kollegen im LKA geheim gehalten. Obwohl dafür eigentlich keine Notwendigkeit bestand. Es hatte schon etliche Liebesverhältnisse zwischen Polizeibeamten gegeben, auch in der Keithstraße. Aber da sie regelmäßig beruflich miteinander zu tun hatten, schien es beiden angemessen, sich diskret zu verhalten. Nicht, dass man ihnen in einer kniffeligen Situation womöglich Befangenheit unterstellen konnte.

Heiner Materna saß in Jutta Koschkes Büro und besprach mit ihr einen schon länger geplanten Kurztrip an die Ostsee. Während der Kriminaloberrat auf dem Smartphone seine freien Tage checkte, blätterte die Kriminalrätin am Schreibtisch in ihrem ledernen Terminplaner.

»Das dritte Augustwochenende sieht gut aus. Der zwanzigste und einundzwanzigste. Da könnte ich den Montag noch dranhängen.«

»Ist bei mir schlecht«, sagte Materna. »Da feiert ein Freund seinen fünfundsechzigsten. Wir sind beide eingeladen. Kann ich unmöglich absagen.«

»Dann kann ich erst wieder vom neunten bis elften September.«

»Mal sehen …«

Es klopfte an der Tür.

»Herein …«

Ein Bürobote kam mit einem Stoß Akten in den Raum.

»Mahlzeit allerseits.«

»Hallo Herr Sperlich, was haben Sie denn da Schönes?«

Der Bote reichte Koschke den Aktenstapel.

»Arbeit, Arbeit, Arbeit«, sagte der schlaksige Mittdreißiger und lächelte die Kriminalrätin an. Dann warf er Heiner Materna einen Blick zu. »Und bei Ihnen bin ich in spätestens fünfzehn Minuten.«

»Auch nur Arbeit, Arbeit, Arbeit?«, stöhnte der Kriminaloberrat und grinste breit.

»Ich könnte ein paar Akten verschwinden lassen …«, zwinkerte der Bote verschwörerisch.

»Um Gottes willen, geben Sie lieber her …«

Gespielt panisch riss Koschke dem Büroboten die Akten aus den Händen. Dabei fiel die oberste zu Boden.

»Oha«, Sperlich hob die Akte auf und legte sie auf Koschkes Schreibtisch.

»Danke.«

Die Kriminalrätin entledigte sich des Stapels, den sie selbst in der Hand hielt, packte ihn oben drauf.

»Dann noch angenehmes Arbeiten.«

»Ebenso.«

Der Bürobote verließ den Raum.

»Neunter bis elfter September, sagtest du?« Koschke zog ihren Terminplaner heran.

»Ja. Von Freitag auf Sonntag.«

»Das ist perfekt.«

»Dann ist es fest?«

»Unbedingt.«

36

Allmählich wurde es zur Routine. Roman Weiden hatte den Peugeot vor seinem ehemaligen Wohnhaus geparkt und lauerte auf Maximilian Hollweg. In dem unauffälligen Handwerkeroutfit. Im Fußraum vor dem Beifahrersitz lag ein Plastikbeutel mit Rohrbombe Nr. 2 und der Funkfernbedienung. Er war also bereit, fehlte nur noch der Drecksack. Seit zwei Stunden wartete er schon auf ihn. Allmählich bekam Weiden Hunger, überlegte, ob er sich in der Bäckerei am Ende der Straße ein belegtes Brötchen holen konnte. Er beschloss, es zu riskieren, öffnete die Fahrertür.

Da kam der Lancia aus der Tiefgarage und hielt vor dem Hauseingang. Der Turbanfreak stieg aus, verschwand im Haus und kam ein paar Minuten später mit Hollweg im Rollstuhl zurück. Nachdem der Lakai das Dreckschwein in den Wagen verfrachtet hatte, schwang er sich hinter das Steuer und fuhr los.

Weiden startete seinen Peugeot und hängte sich dran. Nach zehn Minuten war ihm klar, wohin die Fahrt ging: zur Wellnessoase. Perfekt.

Der Lancia hielt vor dem Spa und der Ablauf war exakt der Gleiche wie bei dem letzten Besuch. Der Turbanfreak stieg aus und begleitete Hollweg zum Eingang, wo bereits ein Mitarbeiter wartete. Das Dreckschwein wechselte von dem Elektrovehikel in einen leichten Rollstuhl und der Freak schob ihn in das Spa.

Weiden wartete ein paar Minuten. Dann nahm er die Plastiktüte, stieg aus dem Peugeot und betrat das Entree der Wellnessoase. Direkt hinter der gläsernen Doppeltür stand Hollwegs elektrischer Rollstuhl. Weiden ging bis zum Ende des Eingangsbereichs. Sah sich um, horchte, alles war still, kein Mensch zu sehen.

Der Schlagersänger legte sich auf den Boden und suchte unter dem Elektrovehikel nach einer Stelle, wo er die Rohrbombe platzieren konnte. Zwischen dem Motorblock und der Steuereinheit gab es einen größeren Spalt. Weiden fummelte die Rohrbombe hinein und befestigte sie mit Gaffer-Tape. Verklebte sie doppelt und dreifach, machte sie bombenfest. Nicht einmal eine Unterbodenwäsche würde den Sprengsatz jetzt noch entfernen können. No way.

Gegenüber der Wellnessoase kaufte sich Weiden in einem Imbiss eine doppelte Portion Currywurst plus Brötchen. Die Wurst stammte aus Kutte Mackensens Produktion, worauf ein Schild neben der Preistafel hinwies. Und sie schmeckte echt super. *Curry-Love,* dachte Weiden, während er die Wurstscheiben wegschmatzte. *Curry-Love,* der Titel MUSS es einfach bringen. Das wird das größte Comeback aller Zeiten.

Die Haut so kross, pikant die Soße!
Curry-Love! Curry-Love!
Für einige ist es Wahnsinn, für mich bist du ein Muss.

Als er satt war, bezog Weiden erneut Position im Peugeot und wartete darauf, dass die beiden Männer das Spa verließen. Es dauerte und dauerte, er musste gegen seine Müdigkeit ankämpfen, durfte nicht einschlafen. Die Funkfernbedienung lag griffbereit in der Ablage vor der Schaltung. Wartete auf ihren Einsatz.

Endlich kamen der Turbanfreak und Hollweg in seinem Elektrovehikel aus der Wellnessoase heraus.

Roman Weiden ergriff die Fernbedienung. Er gab Hollweg noch eine Sekunde seines sinnlosen Lebens. Dann drückte er den Schalter.

Nichts geschah.

Während der Freak den Lancia öffnete und Hollweg hineinfuhr, drückte Weiden immer wieder auf die Fernbedienung. Hektisch, nervös, mit aller Kraft. Doch die Bombe ging nicht hoch, sie funktionierte nicht.

Er riss die hintere Abdeckung der Fernbedienung auf und sah, dass sich im Innern die Verkabelung vor dem Schalter gelöst hatte. Mit zitternden Händen schloss Weiden die Kabel wieder an, setzte die Abdeckung ein, richtete den Sender in Richtung des Spas …

Der Lancia war verschwunden.

»Verfickte Inzucht!«

War er nicht einmal in der Lage, ein Attentat durchzuziehen? Alle waren gegen ihn. Hollweg das Dreckschwein, seine Exfrau, das Finanzamt. Und jetzt auch noch die Technik! Allmählich verlor er den Glauben an sich selbst.

37

Den ganzen Vormittag hatte Nettelbeck überlegt, wie er bei Jutta Koschke durchsetzen konnte, dass sie die Ermittlungen einstellte. Er hatte sich entschieden, Roger rauszuhalten. Das würde nämlich sofort Juttas Widerstandsgeist wecken und sie eine Entscheidung mindestens um mehrere Tage verzögern lassen. Nein, er musste anders vorgehen. Nach langem Grübeln hatte er endlich eine Idee.

Nettelbeck dachte an die Verleihung des Albert-Mangelsdorff-Preises an den Posaunisten Nils Wogram, zu der Philomena ihn zu Beginn ihrer Liebe mit zwei Karten überrascht hatte. Die Laudatio auf den Jazzmusiker hatte Hans-Jürgen Linke gehalten, Chefredakteur der Zeitung *Jazzthetik*. Es war eine launige Rede gewesen, in der einige kluge Gedanken verpackt waren.

Linke konstatierte, dass die Posaune eigentlich gar kein Musikinstrument sei. Das eigentliche Instrument wäre der Posaunist selbst. Kein Ton käme aus dem Schalltrichter, den der Posaunist nicht selbst mit seinem Körper erzeugt habe – entweder am Kesselmundstück mit Lippenvibrationsgeräuschen oder eben, um die Obertöne zur Mehrstimmigkeit zu verstärken, mit den Stimmbändern, dem Kehlkopf. Die Posaune bringt nichts, auch nicht das kleinste Geräusch, hervor, ohne eine enorme physische Aktivität dessen, der sie spielt.

Es handelt sich um eine Aktivität, bei der Atemmuskulatur, Arm und Schulter, Gesichtsmuskulatur, Lippenspannung und das eigene Gehör miteinander in Beziehung gesetzt werden – eine enorme physisch-zerebrale Koordinations- und Konzentrationsleistung. Das war das Entscheidende – die physisch-zerebrale Koordinations- und Konzentrationsleistung. Und ganz genau die würde Nettelbeck jetzt auf Jutta Koschke bündeln müssen, seine eigene physisch-zerebrale Koordinations- und Konzentrationsleistung, und sie dadurch schlagartig überrumpeln. Wenn er all die ihm zur Verfügung stehenden Mittel geballt zum Einsatz brachte, sämtliche Sinne auf Stufe zehn hochschalten, den Überraschungsmoment noch einbinden würde, und einen Umstand schamlos ausnützte, der ihm in den letzten Wochen aufgefallen war, dann … dann war er vielleicht morgen Abend schon in Ghana.

Eine halbe Stunde vor der verabredeten Zeit klopfte Nettelbeck an die Bürotür der Kriminalrätin und betrat, ohne zu zögern, den Raum.

Jutta Koschke und Heiner Materna lagen halb auf der Besuchercouch und küssten sich stürmisch. Der Kriminaloberrat hatte eine Hand unter Koschkes Bluse geschoben, beide keuchten.

»Oh … ich konnte nicht ahnen …«

Koschke und Materna kamen unbeholfen hoch, richteten ihre Kleider.

»Ist es denn schon so spät?«, fragte die Kriminalrätin verstört.

»Ich bin vielleicht ein bisschen früh dran. Ich gehe in der Kantine was essen und komme später noch mal.«

Nettelbeck zwinkerte Materna zu und verschwand.

Koschke und Materna starrten ihm hinterher. Immer noch perplex.

»Scheiße«, sagte der Kriminaloberrat.

»Ich rede mit Martin. Der wird das schon für sich behalten.«

»Glaubst du?«

»Klar, mit Martin bin ich noch immer fertiggeworden«, die Kriminalrätin lächelte Materna an. »Außerdem ist doch gar nichts passiert.«

»Was nicht ist …«, der Kriminaloberrat nahm Koschke in die Arme und küsste sie erneut.

38

In der Kantine war der mittägliche Ansturm bereits vorbei. Nettelbeck saß allein an einem Ecktisch, hatte nur noch das Dessert vor sich. Er war jetzt bester Laune. Seine geballte physisch-zerebrale Koordinations- und Konzentrationsleistung hatte voll zugeschlagen, Jutta Koschke in ihrem schwächsten Moment erwischt. Wobei seine Skrupellosigkeit auch nicht ganz unwichtig gewesen war. Egal, Jutta würde jetzt keine andere Wahl haben, als seinem Antrag stattzugeben. Dank an seine Chuzpe und den großen Posaunengott!

Während er mit einem Löffel die Karamellkruste bei seiner Crème brûlée aufklopfte, trat Kriminalrätin Koschke mit einem Esstablett in den Händen an Nettelbecks Tisch.

»Darf ich mich dazusetzen?«

»Klar, bitte, bitte.«

Koschke nahm Platz und kostete von ihrer vegetarischen Frühlingsrolle. Sie sah Nettelbeck an, zögerte, das Gespräch zu beginnen.

»Finde ich gut, dass du dich wieder gebunden hast«, sagte Nettelbeck schließlich. »Sehr gut sogar. Dann kannst du endlich wieder das Leben in all seinen Facetten genießen.«

Genüsslich nahm der Kommissar einen Löffel Dessert, leckte ihn selbstvergessen ab.

»Ich finde es auch absolut okay, wenn es ein Kollege ist.

Und Heiner ist ja nun wirklich ein Prachtkerl. Ein super Typ. Allerdings solltet ihr im Dienst vielleicht ein bisschen diskreter sein. Nur so als Tipp.«

Man sah der Kriminalrätin an, dass sie außer Fassung war, nicht wusste, was sie von Nettelbecks Ausführungen zu halten hatte.

»Von mir erfährt jedenfalls keiner ein Wort. Nicht mal Roger. Ich behalte es selbstverständlich für mich.«

Koschke ließ das Besteck sinken, funkelte ihren Kollegen an. »Was willst du, Martin? Spuck es schon aus.«

»Was meinst du?«

»Ich möchte wissen, was du für deine … deine Rücksichtnahme erwartest.«

»Gar nichts.«

»Ach ja …? Wieso wolltest du mich eigentlich sprechen?«

»Wir sollten die Ermittlung gegen Zekri einstellen. Sie ist sinnlos.«

»Da läuft der Hase …«, empört stieß die Kriminalrätin ihre Gabel in die Frühlingsrolle. »Ich befreie dich von dem Fall und du bewahrst dafür Stillschweigen.«

»Das eine hat mit dem anderen nichts zu tun«, sagte Nettelbeck und lächelte Koschke an, sanft wie ein Lamm. »Ich appelliere lediglich an deinen kriminalistischen Sachverstand. Wenn du verstehst, was ich meine.«

»Das eine hat mit dem anderen nichts zu tun. Also dann …«

»Dann bist du einverstanden?«

»Bist du dir sicher, dass ihr alle Möglichkeiten ausgeschöpft habt?«

»Haben wir. Zekri hat Antonia Reseneder getötet. Aber wir werden es ihm nie beweisen können.«

»Das kann ich genau so nach oben kommunizieren?«

»Selbstverständlich kannst du das.«

Jutta Koschke schwieg einen Moment. Dann nickte sie. »Gut, dann stellen wir die Ermittlungen ein. Es wäre hilfreich, wenn heute bis Dienstschluss der Abschlussbericht auf meinem Schreibtisch liegt. Schaffst du das?«

»Natürlich, Jutta. Danke. Und ich werde von jetzt an immer auf ein ›Herein‹ warten, ehe ich dein Büro betrete. Darauf kannst du dich verlassen. Und jetzt hol ich mir noch eine Crème brûlée. Schmeckt einfach zu köstlich.«

Nettelbeck stand auf und ging zur Essensausgabe.

Koschke warf ihm einen wütenden Blick hinterher. Sie hätte ihrem renitenten Untergebenen nur zu gern seine Bitte abgeschlagen. Aber leider … leider hatte Nettelbeck sie jetzt in der Hand. Was für eine grauenhafte Vorstellung.

39

Ganze siebenundneunzig Minuten vergingen, bis der Lancia endlich aus der Tiefgarage kam. Der Turbanfreak verschwand wie üblich im Haus und kam etwas später mit Maximilian Hollweg zurück. Beide Männer trugen Smoking. Der elektrische Rollstuhl wurde mit der Plattform in den Lancia verfrachtet, kurz darauf fuhr der Wagen los. Roman Weiden hängte sich mit seinem Peugeot an ihn dran.

Die Reise ging in Richtung Süden, durch Tiergarten und Wilmersdorf, bis sie schließlich in Dahlem vor einer großen Backsteinvilla stoppten. Der Botschaft des Omans, wie der Schlagersänger auf dem Schild neben der Einfahrt las, während er das Gebäude passierte und dann hundert Meter entfernt auf der gegenüberliegenden Straßenseite anhielt.

Der Lancia parkte unterdessen auf dem Botschaftsgelände. Hollweg rollte mit seinem elektrischen Vehikel eine kleine

Rampe hoch und dann ins Haus. Der Turbanfreak folgte ihm.

Weidens Position war perfekt, von hier aus konnte er unauffällig die Botschaft beobachten. Er klaubte die Funkfernbedienung aus seinem Rucksack und legte sie griffbereit in die Ablage vor der Schaltung. Im Wagen gab es genug Nahrung und Getränke, um eine dreitägige Belagerung durchzuhalten. Weiden lehnte sich zurück, zog die Basecap leicht in die Stirn, setzte die Sonnenbrille auf und begann, seinen Comebackmonsterhit zu summen.

40

Nach Betreten der Botschaft waren die Gäste im Vorraum des Saales mit einem kleinen Umtrunk begrüßt worden. Alle Anwesenden trugen festliche Kleidung, so wie es der Bedeutung des Anlasses entsprach. Man tauschte Höflichkeitsfloskeln aus, machte ein wenig Small Talk. Zwanzig Minuten später wurden die Türen zum Saal geöffnet und die Gäste gebeten, an der Speisetafel Platz zu nehmen.

Die Wände des repräsentativen Raumes waren mit hochwertigen Textilien bespannt, die traditionelle omanische Webmuster wiedergaben. Goldene Leuchten mit purpurroten Glaszylindern tauchten alles in ein geheimnisvolles Licht. Die Möbel waren modern, mit einer dezenten orientalischen Note. Raumhohe Palmen belebten die Stirnseiten des Saals. Die Decke war ein farbiges Glasdach, welches das Wappen Omans in vielfältigen Variationen und Farben spiegelte.

In der Mitte des Tisches saßen seine Exzellenz Dr. Saud bin Hamood Al Hosni und seine Gattin Syyida Al Hosni, ihnen gegenüber Maximilian Hollweg und Jens Todsen. Rechts und links folgten weitere Investoren mit Begleitung, an den Tischenden waren die Attachés Saif Mohamed Zekri, Sulaiman Almahrooqi und Taimur al-Kasbi platziert worden.

Seine Exzellenz hatte alle Gäste namentlich begrüßt, hielt nun die offizielle Festrede. »Ich hoffe, Dr. Hollweg, dass Sie als vielleicht wichtigster Vertreter der deutschen und internationalen Investoren auch weiterhin Ihre besondere Rolle für unser großes Vorhaben entfalten werden. Denn Ihre Arbeit bedeutet nicht nur steigenden Wohlstand für alle Beteiligten, sondern sie wird auch Orient und Okzident einander näherbringen. Die wirtschaftliche und gesellschaftliche Entwicklung des Omans in den vergangenen Jahrzehnten ist reich an Erfolgen. Gerade auch an Erfolgen im Aufeinanderzugehen. Und das ist heute nötiger als je zuvor. Deshalb wird unser einmaliges Projekt starke Impulse in die benachbarten Länder senden. Aber dies bedeutet nicht allein eine positive Entwicklung in der Region. Nein, der Oman und unser wagemutiges Unternehmen werden auch entscheidend zur Aufrechterhaltung des Friedens und der Stabilität in der Welt beitragen. Davon bin ich zutiefst überzeugt«, der Botschafter erhob sein Glas. »Trinken wir deshalb auf das, was uns verbindet.«

Die Anwesenden erhoben die Gläser, lächelten sich zu und nahmen einen Schluck.

»Ich danke Ihnen für die überaus freundlichen Worte, Euer Exzellenz, die ich aus ganzem Herzen bejahe«, sagte Hollweg. »Ich bin sicher, dass für uns und unsere Familien jetzt ein unvergesslicher Lebensabschnitt beginnt, auf den wir dereinst mit den schönsten Erinnerungen zurückblicken werden. Zurückblicken werden auf Ihr Land, die Menschen des Omans und auf Eure Exzellenz«, Hollweg hob nun seinerseits das Glas. »Darauf möchte ich mit allen Anwesenden anstoßen. Nach guter deutscher Art – zum Wohl.«

Erneut griffen alle nach ihren Gläsern, tranken einen Schluck.

»Es ist mir deshalb eine besondere Ehre, Eure Exzellenz, Ihnen im Namen der Investoren als Zeichen unserer Freundschaft und Dankbarkeit eine kleine Aufmerksamkeit zu überreichen.«

Hollweg nickte Jens zu. Der stand auf, nahm einen Aktenkoffer vom Boden hoch und trat zu dem Botschafter. Er drehte der Tischgesellschaft den Rücken zu und öffnete den Koffer, sodass nur der Botschafter den Inhalt sehen konnte. Seine Exzellenz nickte Jens wohlwollend zu. Der stellte den Koffer neben dem Botschafter ab und ging zurück an seinen Platz.

»Ich danke Ihnen, Dr. Hollweg. Ich hatte ja bei Ihrem letzten Besuch versprochen, Sie heute mit einer besonderen Köstlichkeit der Omaner Küche zu verwöhnen. Diese Speise heißt Shoowa, ist unser omanisches Nationalgericht und wird nur zu ganz besonderen Gelegenheiten zubereitet. Zu solch einem Anlass wie heute. Aber alles Weitere erklärt Ihnen besser unser Kulturattaché Dr. al-Kasbi.«

Taimur al-Kasbi erhob sich mit Leichenmiene. Man sah ihm an, dass er sich weit unter seiner Qualifikation missbraucht fühlte. Er räusperte sich kurz, ließ den Blick über die Anwesenden schweifen.

»Wie Seine Exzellenz bereits sagte, wird dieses Gericht nur zu ganz besonderen Anlässen gekocht, wie zum Beispiel zu hohen religiösen Festen. Die Zubereitung ist nämlich äußerst zeitaufwendig. Zuerst wird eine Grube ausgehoben, in der man Holzkohle zum Glühen bringt. Dann schlachtet man eine Ziege, würzt sie, bestreicht sie mit Dattelmus und wickelt sie in Bananenblätter. Man bettet die Ziege auf die glühende Holzkohle und verschließt die Grube mit Erdreich. Nach einem halben bis einem ganzen Tag, abhängig von der Größe des Tieres, wird sie wieder geöffnet. Das Fleisch hat inzwischen ein sehr intensives Aroma bekommen, ist hauchzart und saftig zugleich. Dazu reicht man üblicherweise …«

Jens beugte sich zu Hollweg, flüsterte ihm zu, dass er mal schnell zur Toilette müsse. Sein Chef nickte. Dann heuchelte er weiterhin Aufmerksamkeit zu den Ausführungen des Kulturattachés. Hollweg war schon jetzt klar, dass ihn eine ziemliche ekelige Mahlzeit erwartete. Aber da musste er durch.

Jens verließ den Festsaal und blickte sich um. Niemand zu sehen. Er wartete sicherheitshalber noch zwei Minuten, dann betrat er den Empfangsbereich, stieg leise die Treppe zum Obergeschoss hoch. Von einer großen Diele gingen mehrere Zimmer und Gänge ab. Einen Moment war er unschlüssig, wohin er sich wenden sollte, dann hörte er aus einem der Räume Kinderlachen. Jens trat an die Tür und klopfte.

Es wurde geöffnet und die junge schwarze Frau starrte ihn verwirrt an. Jens legte seinen Zeigefinger auf den Mund, gab ihr mit der anderen Hand einen Zettel, den er auf die Größe einer Briefmarke zusammengefaltet hatte. Er lächelte ihr verschwörerisch zu und ging sofort zurück in den Flur. Er sah sich noch einmal um, doch die junge Frau hatte die Tür schon wieder geschlossen. Leise schlich Jens die Treppe zum unteren Stockwerk hinunter.

Er hoffte, dass die unbekannte Frau Arabisch verstand und seinen Zettel lesen konnte. *Wer bist du?*, hatte er geschrieben. *Was machst du hier? Kann ich dir helfen?* Falls sie auf diese Fragen reagieren sollte, würde er ihr beistehen.

Jens nahm wieder neben Hollweg Platz.

Der Kulturattaché hatte seine langatmigen Ausführungen immer noch nicht beendet. »... in einigen Teilen unseres Landes ist es durchaus üblich, mit den Händen zu essen. Dabei benutzt ein Muslim natürlich ausschließlich die rechte Hand. Wenn Sie vor sich schauen, finden Sie dort allerdings das übliche europäische Besteck ausgelegt. Und das ...«

»Das ist für den heutigen Anlass auch wohl angemessen«, unterbrach ihn der Botschafter mit leicht scharfem Ton.

Jens warf Taimur al-Kasbi einen mitfühlenden Blick zu. Der grazile Mann tat ihm leid. Eigentlich immer, wenn er ihn sah. Er passte so überhaupt nicht in diese kalte, rigide Botschaft.

»Stoßen wir an auf unser wunderbares *Maṣīra Paradies Ferienresort*«, sagte Seine Exzellenz.

Zum dritten Mal erhoben die Gäste ihre Gläser und Jens beeilte sich, es den anderen gleichzutun.

41

Zu seiner Überraschung hatte Nettelbeck für den nächsten Tag noch einen Flug ergattert, konnte schon am Vormittag nach Ghana fliegen. Zwar mit Zwischenstopps in Frankreich und Spanien, aber immerhin. Während der Kommissar seinen Koffer packte, hörte er laut Musik. Passend zu seiner anstehenden Reise hatte er den Sampler *Astral Traveling* gewählt. Zwar ging es bei den Jazzstücken aus den Sechzigerjahren nicht um irdisches, sondern um spirituelles Reisen, aber als Einstimmung fand Nettelbeck die Musik trotzdem optimal.

In den stürmischen Sixtys hatte es nicht nur gesellschaftliche, sexuelle und kulturelle Revolutionen gegeben, auch ein spiritueller Aufbruch fand damals statt. Der Jazz strebte ebenso nach Freiheit, begann gegen Beschränkungen vorzugehen, gegen vorgeschriebene Tempi, die immer gleichen Melodievorlagen und ähnliche Verkrustungen. Die Jazzer beschäftigten sich aber nicht nur mit freieren Formen, sondern waren auch auf der Suche nach einem spirituellen Zentrum, nach der Vereinigung mit dem Göttlichen. So begaben sich die Musiker auf die Reise, um in ihrer Arbeit nach dem Transzendentalen zu suchen. Dafür standen Leute wie John und Alice Coltrane, Sun Ra, Albert Ayler oder Don Cherry.

Reisen macht glücklich, dachte der Kommissar, vor allem im Vorfeld. Denn das Schönste am Urlaub ist bekanntlich die Vorfreude. Das war sogar wissenschaftlich belegt, hatte er erst vor ein paar Tagen gelesen. Im Wartezimmer seines Orthopäden. Eine Gruppe Forscher hatte unterschiedliche Menschen befragt, nach ihren Reiseplänen, ihren Gemütszuständen vor und nach der Rückkehr in den Alltag, wie sie ihren Urlaub im Nachhinein einschätzten. Die Auswertung ergab, dass das Sprichwort *Vorfreude ist die schönste Freude* voll und ganz zutraf. Der Grund lag für die Wissenschaftler glasklar auf der Hand. Wer einen Urlaub schon mal als positiv, beschwingt und lustvoll erlebt hat, freut sich logischerweise auf seinen nächsten Urlaub.

Nettelbeck lachte. Was für eine Binsenweisheit! Da fehlte ihm eindeutig die Transzendenz. Und die Spiritualität. In jeder Beziehung. Er schloss seinen Koffer und konzentrierte sich lieber auf Andrew Hills Stück *Noon Tide,* bei dem der Posaunist Julian Priester gerade ein wunderbares Solo spielte. Traumhaft, dachte Nettelbeck. Und dann dachte er, wie froh er doch war, dass er die dämliche Diplomatengeschichte vom Hals hatte. Und endlich reisen durfte.

42

Nach dem Dinner hatten die Investoren ihre unterzeichneten Verträge Maximilian Hollweg überreicht. Entsprechend aufgeräumt verabschiedete sich der Geschäftsmann bei den Anwesenden und ließ sich dann von Jens in seinem Elektrorollstuhl aus der Botschaft bringen.

»Wenn ich nicht etwas indisponiert wäre, würde ich uns zwei für den Rest der Nacht Berlins bestes Bordell mieten«, sagte Hollweg. »Exklusiv versteht sich.«

»Ein andermal gern«, erwiderte Jens.

»Werden wir jetzt witzig?«

Jens schluckte seine Erwiderung hinunter, trat zum Lancia und wollte die Hebebühne ausfahren. Da sah er, wie die junge schwarze Frau im oberen Stockwerk einen gefalteten Zettel aus dem Fenster warf.

»Sekunde, ich habe etwas vergessen …«

Jens lief zum Haus zurück. Er konnte gerade noch den Zettel in seine Hosentasche stecken, da öffnete sich neben dem Lancia der Schlund zur Hölle.

Dort, wo der Rollstuhl gestanden hatte, brach ein Vulkan aus, der eine Feuersäule sechs Meter in die Höhe jagte.

Die Druckwelle erfasste Jens, er fiel zu Boden, blickte empor.

Auf der Spitze der Feuersäule tanzten Hollwegs Torso, zwei vom Körper getrennte Beine, ein Arm und mehrere Rollstuhlteile.

Dann regneten brennende Gegenstände auf Jens herunter, mit beiden Händen wehrte er alles ab.

Das Dröhnen der Explosion verebbte, Gäste und Botschaftsmitarbeiter kamen aus dem Haus gelaufen, blickten sich verstört um.

Erst jetzt bemerkte Jens, dass er Hollwegs Schädel in den Händen hielt, der ihn mit finsterem Blick anstarrte. Laut gellend schrie er auf.

Mit leuchtenden Augen hatte Roman Weiden im Peugeot alles mit angesehen, die Funkfernbedienung in den zitternden Händen.

»Wow!«, flüsterte er. »Wow, jetzt hast du gerade Gott gespielt.«

Beseelt lächelnd startete Roman den Wagen und fuhr mit gemächlichem Tempo davon. Und zum ersten Mal seit langer Zeit dachte er nicht an seinen Comebackmonsterhit, sondern an etwas anderes, noch Schöneres, an etwas Weiches, rot Leuchtendes, von dem er aber nicht zu sagen wusste, was es war.

43

23:04 Uhr war zwar noch nicht seine gewöhnliche Schlafenszeit, aber Nettelbeck beschloss trotzdem, ins Bett zu gehen und etwas in dem Ghana-Reiseführer zu blättern. Er stellte den Wecker auf 7:00 Uhr. Er wollte gerade unter die Bettdecke schlüpfen, da klingelte sein Smartphone. Mist, ihm fiel ein, dass sein Diensthandy immer noch eingeschaltet war. Gereizt nahm er das Gespräch entgegen.

»Nettelbeck …«

Die Kriminalrätin befand sich im Feierabendmodus. Sie saß im Morgenmantel auf der Couch, neben ihr Heiner Materna, in Boxershorts und T-Shirt. Beide hatten gerötete Gesichter, auf dem Wohnzimmertisch standen eine angebrochene Flasche Rotkäppchen Sekt und zwei Gläser.

»Ich bin's, Jutta, entschuldige die späte Störung ... – Nein, dein Bericht ist völlig okay. – Ich wollte dir auch keine gute Reise wünschen ... – Dann lass mich bitte mal ausreden ... – Danke, also hör zu: Du kannst morgen nicht nach Ghana fliegen. Du wirst hier gebraucht. – Vor der Botschaft von Oman wurde ein Mann in die Luft gesprengt. Tot! – Mehr weiß ich auch nicht. Tut mir leid, dass du den Flug absagen musst ... – Ich weiß deine Kooperation selbstverständlich zu schätzen. – Natürlich will ich dich nicht verarschen. Nichts liegt mir ferner. – Gut. Wilbert Täubner ist bereits unterwegs und holt dich gleich zu Hause ab. – Nochmals danke, Martin.«

Mit einem triumphierenden Lächeln beendete Koschke das Telefonat, legte ihr Smartphone auf den Tisch.

Heiner Materna schaute sie bewundernd an – was für ein abgebrühtes Weib! Und sie gehört mir.

Koschke zog die Beine auf die Couch und kuschelte sich an ihn. »Habe ich dir nicht gesagt, dass ich mit Martin immer noch fertiggeworden bin?«

»Das hast du, meine brutale Geliebte.« Dann küsste er sie stürmisch.

Wieso musste ausgerechnet mir so etwas passieren? Wieso? Nettelbeck saß im Pyjama auf der Bettkante. Fassungslos. Wenn er bloß sein bescheuertes Handy rechtzeitig ausgeschaltet hätte. Koschke hätte ihn niemals zu Hause aufgesucht. Und Täubner hätte er das Versprechen abgenommen, dass er ihn daheim nicht angetroffen hätte. Hätte, hätte, hätte … Jetzt saß er tief drin in der Scheiße, da kam er so leicht nicht raus.

Der Kommissar seufzte und zog sich an. Seine spirituelle Reise war jedenfalls voll im Nirwana gelandet.

44

Vor der Botschaft waren inzwischen eine Phalanx Polizeifahrzeuge und mehrere Rettungswagen eingetroffen, uniformierte Beamte hatten die Gegend abgesperrt. Es gab jetzt kein Rein und Raus mehr.

Ein Notarzt untersuchte Jens Todsen, konnte jedoch nichts Schwerwiegendes feststellen. Wie durch ein Wunder war er mit ein paar Schrammen davongekommen. Jens wurde zurück in die Botschaft geschickt. Er solle sich gedulden, die Kriminalpolizei sei unterwegs.

Die anderen Gäste saßen bereits wieder im Saal und bemühten sich, ihre Fassung zurückzugewinnen. Jens zog sich unauffällig zurück, verschwand in den Waschräumen.

Er hatte Hollweg gehasst, ihn für einen brutalen Scheißkerl gehalten, aber so ein Ende … So einen Tod hatte selbst ein Kotzbrocken wie Hollweg nicht verdient. Niemand sollte so sterben. Das war menschenunwürdig.

Jens klaubte den Zettel aus seiner Hosentasche und faltete ihn auseinander. Auf dem Papier standen drei Sätze, in makellosem Arabisch.

Man hält mich hier als Sklavin. Ich will fliehen. Kannst du mir wirklich helfen?

»Ja, das kann ich und das werde ich auch«, flüsterte Jens entschlossen. Er trat an den Toilettenspiegel. Scheiße, sah er mies aus: Sein Turban war weitgehend zerstört, die Dreadlocks hingen wirr herab, das Gesicht und die Kleidung völlig verrußt. Notdürftig begann er, sich zurechtzumachen und zu säubern. Überlegte, wie er die junge Frau aus der Botschaft rausholen könnte. Der Zeitpunkt war jetzt wahrscheinlich ziemlich günstig. In dem ganzen Chaos hätten sie eine gute Chance, mit einem Taxi zu entkommen.

Er schaute sich im Spiegel an, machte sich Mut. »Du musst ihr helfen. Hol sie da oben raus. Du schaffst das!« Jens drehte den Wasserhahn auf und reinigte sein Gesicht. Dann grinste er sich provozierend an. »Oder willst du ewig mit dieser beknackten Frisur rumlaufen? … Na also!«

Er schlenderte in den Empfangsbereich und stieg die Treppe zum Obergeschoss hoch. Als er die große Diele betrat, kamen ihm die Attachés Almahrooqi und al-Kasbi entgegen.

»Haben Sie sich verlaufen, Herr Todsen?«, fragte der Kulturattaché besorgt.

»Hier oben sind die Privaträume seiner Exzellenz«, ergänzte der Handelsattaché.

»Ja, ich … ich …«, stammelte Jens, tat so, als stehe er immer noch unter Schock. »Es war so schrecklich … die Explosion ….«

Al-Kasbi griff nach Jens' Arm. »Kommen Sie, ich bringe Sie nach unten. Sie müssen sich ausruhen.«

Während der Kulturattaché Jens ins Erdgeschoss geleitete, blickte ihnen Almahrooqi hinterher. Man sah dem Handelsattaché an, dass ihn Jens' Auftritt irritiert hatte. Dann ging er zurück in die Privatgemächer.

45

Nachdem Täubner Nettelbeck in seiner Wohnung am Lietzensee abgeholt hatte, war es ihm nicht gelungen, den Kollegen zum Reden zu bewegen. Nur das Nötigste hatte der Leitende Kriminalhauptkommissar geäußert. Täubner war daraufhin verstummt, ließ Nettelbeck in Ruhe. Er ahnte, was jetzt in seinem Partner vorging. Dass Jutta Koschke ihn wenige Stunden vor seinem Flug nach Afrika zurückbeordert hatte, war brutal. So eine Behandlung hatte sein Kollege nicht verdient. Aber die Kriminalrätin neigte zu Kurzschlusshandlungen. Zum Glück war er selbst bislang noch nie ihr Opfer geworden, wohingegen Martin …

Sie befanden sich mittlerweile auf der Clayallee. Nettelbeck erwachte aus seiner Schweigsamkeit, hielt es offenbar für angebracht, sich mit der vor ihm liegenden Aufgabe zu befassen. »Wer ist dieser Maximilian Hollweg? Weißt du Näheres?«

»Ein Geschäftsmann, der Investitionen auf der Arabischen Halbinsel tätigt. Deswegen hat er sich in der Botschaft aufgehalten.«

»Und sonst?«

»Er war schwerbehindert. Saß im Rollstuhl. Mehr weiß ich nicht.«

Nach vier weiteren Minuten sahen sie die Polizeifahrzeuge, die die Botschaft des Omans abgesperrt hatten. Die Kommissare parkten ihren Wagen, stiegen aus.

Mit portablen Trennwänden aus Stoff hatte die Polizei die Attentatsstelle vor den Blicken der Öffentlichkeit gesichert.

Eine Kollegin des Kriminaldauerdiensts unterhielt sich

mit der Gerichtsmedizinerin Katharina Sprengel, die ebenfalls kurz zuvor angekommen war.

Die vier begrüßten sich und die KDD-Kollegin wiederholte noch einmal, was sie bereits der Gerichtsmedizinerin berichtet hatte.

»Herr Hollweg wurde mitsamt seinem Rollstuhl in die Luft gesprengt. Sein Assistent war noch einmal zum Haus zurückgegangen, als der Sprengsatz explodierte. Die KTUler sind schon bei der Arbeit. Schaut euch alles an. Aber es … es ist kein schöner Anblick.«

»Okay. Danke«, sagte Nettelbeck, verschob eine der Trennwände und schlüpfte durch den Spalt hindurch. Katharina Sprengel und Wilbert Täubner folgten ihm.

In der Garageneinfahrt der Botschaft stand ein dunkler Lancia, ein paar Meter entfernt lagen Leichenteile und Reste des elektrischen Rollstuhls. Der Rasen neben der Einfahrt war mit verbrannten Flecken übersät. Drei Kriminaltechniker beschäftigten sich mit der Sicherung der Spuren. Einer von ihnen war Achim Lebeck, der vor den Teilen des Motorblocks kniete und sie untersuchte. Als er Täubner erblickte, sprang der Kriminaltechniker behände auf, was angesichts seiner korpulenten Figur mehr als erstaunlich war.

»Mensch, Wilbert …«

Täubner blickte Lebeck irritiert an. »Was machst du denn hier?«

»Ich schiebe zwei Wochen Außendienst. Vertretung für die Kollegin Kuhlmeyer. Und gleich am ersten Tag so ein Hammereinsatz. Wow!«

Katharina Sprengel ging neben Hollwegs Torso in die Hocke. In der Nähe lagen zwei Beine, ein Arm und ein Kopf. Der zweite Arm fehlte. Die Gerichtsmedizinerin schaute Nettelbeck an.

»Was soll ich sagen ... Du bekommst morgen Nachmittag den Obduktionsbericht«, sie schüttelte den Kopf. »So etwas habe ich noch nie gesehen. Du etwa?«

Nettelbeck schüttelte den Kopf. »Nein. Kann mich nicht erinnern.« Er wandte sich der KDD-Kollegin zu. »Gibt es Zeugen?«

»Bislang nur einen. Hollwegs Mitarbeiter. Ein Jens Todsen. Er hält sich im Haus auf. Und ist ziemlich neben der Spur.«

»Kann ich mir vorstellen.«

Nettelbeck und Täubner verließen den abgezäunten Bereich und gingen zum Botschaftsgebäude.

Jens saß in einem Büro im Erdgeschoss, in dem tagsüber die Empfangsbediensteten der Botschaft arbeiteten. Neben der Tür stand ein hagerer uniformierter Polizist um die dreißig, der ihn mitleidig ansah. Jens hatte immer noch ein flaues Gefühl im Magen und war froh, dass ihm der hagerere Uniformierte einen Kräutertee gebracht hatte.

Jens dachte an die junge Frau im Stockwerk über ihm. Unmöglich, dass er sie jetzt befreien konnte. Die Botschaftsmitarbeiter waren momentan zu nervös. Bedauerlicherweise. Aber er würde schon einen Weg finden. Wenn nicht heute, dann eben übermorgen, nächste Woche oder in zehn Tagen. Dass er die Afrikanerin hier rausholen würde, stand felsenfest. Davon würde er sich von nichts und niemandem abbringen lassen.

Nettelbeck und Täubner betraten das Büro, stellten sich vor.

»Sie sind ein Mitarbeiter von Herrn Hollweg?«, sagte Nettelbeck. »Was genau ist Ihre Aufgabe?«

»Ich bin sein persönlicher Assistent, kümmere mich hauptsächlich um die privaten Dinge. Alles, was den üblichen Tagesablauf betrifft. Von morgens bis abends. Nur die Körperhygiene und Haushaltspflege fällt nicht in meinen Bereich. Dafür gibt es noch weitere Mitarbeiterinnen.«

»Machen Sie den Job schon lange?«

»Knapp zwei Jahre. An sieben Tagen die Woche.«

»Echt? Keinen einzigen freien Tag?«, fragte Täubner.

»Keinen. Wir haben einen mehrjährigen Vertrag abgeschlossen und ich besitze in seiner Wohnung ein kleines Appartement. Außerdem gibt es auch jeden Tag ein paar Freiräume für mich. Ab und zu jedenfalls.«

»Sie waren dabei, als Ihr Chef in die Luft gesprengt wurde. Wie ist das abgelaufen?«

»Ich wollte gerade die Plattform des Lancias für seinen Rollstuhl herausfahren und bin noch einmal zurückgegangen, da ... da flog Herr Hollweg plötzlich in die Luft. Ich war vielleicht drei, vier Meter entfernt. Ich habe ein Wahnsinnsglück gehabt.«

»Haben Sie jemanden gesehen, bevor Sie zurück zur Botschaft gegangen sind? Also direkt vor der Explosion?«, fragte Täubner.

»Nein, es hat ja alles nur ein paar Sekunden gedauert. Und ich ...«, Jens brach ab, drückte die Hand auf den Magen und stieß laut auf. »Entschuldigen Sie, mein ... Mir geht es nicht gut.«

Nettelbeck nickte. »Das verstehen wir. Fahren Sie jetzt nach Hause. Wir kommen morgen früh in Ihre Wohnung. Dann reden wir weiter. Einverstanden?«

Jens nickte dankbar.

»Also gute Besserung.«

Die beiden Kommissare verließen das Büro.

Jens atmete mehrmals tief durch. Er rieb sich sanft den Magen mit kreisförmigen Bewegungen und spürte, wie die

Übelkeit allmählich abklang. Erleichtert trank er seinen Tee aus.

Der hagere Polizist betrachtete ihn voller Empathie.

»Meinen Sie, es wäre möglich, dass ich ein Taxi kriege?«, fragte Jens.

»Natürlich.«

Der Beamte nahm sein Walkie-Talkie. »Kollegen, könnt Ihr bitte ein Taxi rufen? – Ja, sofort. Für den Zeugen. – Danke.«

Dann schaltete der hagere Polizist das Funkgerät ab, blickte Jens verschwörerisch an und tippte sich an die Uniformmütze. »Ich hatte auch mal so was.«

Jens starrte den Polizisten verwirrt an – wovon redete der bloß?

»Hab sie abgeschnitten, als ich mich für den Polizeidienst beworben habe.«

»Sie meinen … Sie hatten mal Dreadlocks?«

»Aber hallo! Ich bin schon mit sechzehn Jahren Rastaman geworden und gehöre den *Twelve Tribes of Israel* an. Genau wie Bob Marley.«

»Das ist ein Ding«, sagte Jens.

Der Polizist griff in seine Hosentasche und holte ein Plastikbeutelchen heraus, das etwas kleiner als eine Walnuss war und eine dunkle Masse enthielt. Er drückte es in Jens' Handfläche.

»Was ist das?«

»Holy herbs. Komm gut durch die Nacht, Brother.«

Jens nickte und steckte den Beutel ein. Zu erwidern wusste er nichts.

46

Die Kommissare hatten sich die Arbeit aufgeteilt. Während Täubner im Festsaal die Gäste befragte, unterhielt Nettelbeck sich mit Botschafter Al Hosni, um sich danach die drei Attachés vorzunehmen.

Seine Exzellenz saß hinter seinem Schreibtisch und hörte den Ausführungen des Kommissars zu. Dabei dachte er, was für ein Glück es gewesen war, dass er sein Geld bereits vor der Explosion erhalten hatte.

Wenn er sich vorstellte, man hätte Hollweg schon bei der Ankunft vor der Botschaft in die Luft gesprengt, dann … dann wären die ganzen Geldscheine auf die Nachbargrundstücke gewirbelt, womöglich weit darüber hinaus, vielleicht sogar bis in den Botanischen Garten. Und er … er wäre jetzt ein erheblich ärmerer Mann. Betrübt schüttelte Al Hosni den Kopf.

»Glauben Sie nicht, Eure Exzellenz?«, fragte Nettelbeck.

»Doch natürlich, selbstverständlich, Herr Kommissar. Ich dachte gerade nur, was für ein sinnloser Tod das ist. Orient und Okzident sind momentan in großer Gefahr, sich immer weiter voneinander zu entfernen. Die Ideologie nimmt überhand. Obwohl wir alle Brüder und Schwestern sind. Von einem Gott abstammen. Einer der wenigen Menschen, dem das bewusst gewesen ist und der wie ich gegen diese Entfremdung angekämpft hat, war Maximilian Hollweg. Ich werde ihn sehr vermissen.«

Nettelbeck nickte. Obwohl er dem Botschafter kein Wort abnahm und das Gefühl hatte, dass dieser ihm sentimentalen verlogenen Quatsch auftischen wollte.

»Sie standen mit Herrn Hollweg in geschäftlicher Verbindung. Welche Art von Geschäften, wenn ich fragen darf?«

»Gemeinsam mit vielen Investoren aus aller Herren Länder planen wir ein großes Ferienresort vor der Küste Omans. Um den ärmeren Bürgern meines Landes Lohn und Brot zu geben und unsere Völker stärker miteinander zu verbinden. Ich frage mich, wie wir Herrn Hollweg jemals ersetzen sollen … Er war der Motor hinter unserer großartigen Idee.«

»Ist es für Sie vorstellbar, dass jemand Herrn Hollweg wegen seines Engagements für Ihr Projekt getötet hat?«

»Ausgeschlossen. Zumindest kann es dabei nicht um Geld gegangen sein. Das ganze Gründungskapital liegt vollständig auf einem Anderkonto. Bislang sind sämtliche Beteiligten persönlich in Vorleistungen gegangen. Auch Herr Hollweg.«

»Wer könnte sonst ein Interesse gehabt haben, ihn zu töten? Was meinen Sie?«

»Ich weiß es nicht, ich kann nicht einmal spekulieren. Ich denke, es muss sich um ein Versehen handeln.«

»Aus Versehen geht keine Bombe hoch.«

»Sind Sie sicher, dass es eine Bombe war? Könnte nicht der Akku des Elektrorollstuhls explodiert sein? So wie bei diesen koreanischen Smartphones?«

»Ausgeschlossen. Die Wucht der Explosion lässt sich nur durch einen Sprengkörper erklären.«

»Nun, da bin ich überfragt. Aber die omanische Botschaft steht der Polizei selbstverständlich in jeder Art und Weise zur Verfügung.«

»Gut zu wissen, Herr Botschafter. Das hilft uns möglicherweise bei den Punkten, die den Diplomatenstatus betreffen.«

»Ich verstehe, Herr Leitender Kriminalhauptkommissar. Sprechen Sie mich gegebenenfalls unbesorgt an. Auch wenn ich mir nicht vorstellen kann, dass der Oman oder einer seiner Bürger in irgendeiner Weise in diesen schrecklichen Vorfall verwickelt ist. Ich tippe auf etwas anderes ...«

»Und worauf?«

»Sie sollten im privaten Umfeld von Herrn Hollweg ermitteln. Vielleicht gibt es ja eine fallen gelassene Geliebte oder Ähnliches.«

»Das vermuten Sie?«

»Wäre es völlig ausgeschlossen? Maximilian Hollweg hatte viele Seiten.«

»Möglicherweise hatte er die«, nickte Nettelbeck.

47

Das Taxi hatte ihn im Eiltempo durch das nächtliche Berlin gefahren, dabei jeden Geschwindigkeitsrekord gebrochen. Offenbar hatte sein neuer Rastafari-Polizisten-Freund mit den imaginären Dreadlocks dem Fahrer gesteckt, was für eine angeschlagene Person da dringend in die häusliche Zuflucht befördert werden musste.

Es war ein komisches Gefühl, mit dem Wissen in das Penthouse zu kommen, dass der Besitzer tot war und sich nie wieder dort aufhalten würde.

Jens ging durch alle Räume, sah sich um. Als würde ihm das alles gehören. Was natürlich Unsinn war. Er konnte froh sein, wenn er noch einige Wochen hier wohnen bleiben durfte. Wahrscheinlich käme es Timo Hollweg auf ein paar Tage nicht an, aber er sollte sich trotzdem besser schnell etwas Neues suchen.

In seinem Schlafraum fand Jens im Nachttisch ein vergessenes Pfeifchen aus Speckstein und stopfte es mit dem Weed. Er legte sich aufs Bett, zündete es an, inhalierte tief und wow … Reine Cannabisblüten allererster Güte drangen in ihn. Das letzte Mal hatte er so eine Qualität in Eritrea geraucht. Drogenhandel war dort zwar verboten, aber die Regierung betrachtete den Menschenhandel als weit größeres Problem als den Handel mit Cannabis. Außerdem konnte man eine Verhaftung wegen Drogenbesitz in der Regel immer mit Schmiergeld regeln.

Jens dachte an die schöne junge schwarze Frau. Aus welchem Land sie wohl stammte? Er hatte inzwischen so oft auf den Zettel geschaut, dass er die Worte auswendig kannte. *Man hält mich hier als Sklavin. Ich will fliehen. Kannst du mir wirklich helfen?*

Er würde ihr helfen, er würde sie befreien. Auch wenn er noch nicht wusste, wie er vorgehen sollte. Er musste es ohne die Hilfe der Polizei machen. Wegen des Diplomatenstatus' konnte er von denen keine Unterstützung erwarten.

Eine wohlige Entspannung machte sich in ihm breit, ein Gefühl der Leichtigkeit erfasste Jens. Er fragte sich, wie alt die schöne Schwarze wohl war. Zwanzig Jahre … einundzwanzig … oder älter? Jedenfalls war sie atemberaubend. Jens nahm einen weiteren Zug und legte das Pfeifchen beiseite. Er wollte sich seinen euphorischen Gefühlen hingeben, doch dann schlief er ein.

48

Als Nettelbeck und Täubner die diplomatische Niederlassung des Omans um 2:13 Uhr verließen, hatten sie sämtliche Gäste und alle anwesende Botschaftsangehörigen vernommen. Vor dem Haus waren die Aufräumarbeiten großteils beendet. Man hatte die Leichenteile abtransportiert, die

Reste des Rollstuhls in ein KTU-Fahrzeug gepackt, die portablen Trennwände abgebaut.

»Bei mir ist so gut wie nichts rausgekommen«, sagte Nettelbeck. »Die Attachés konnten wenig Relevantes zur Explosion sagen. Zu dem Zeitpunkt haben sie sich alle noch im Saal aufgehalten.«

»Auch Zekri?«, fragte Täubner.

»Ja. Angeblich hatte keiner der drei einen direkten Kontakt zu Hollweg. Dessen Besuche in der Botschaft betrafen nicht ihre Tätigkeiten, sondern galten allein Seiner Exzellenz.«

»Glaubst du ihnen?«, fragte Täubner.

Nettelbeck zuckte die Achseln. »Frag mich was Leichteres. Der Botschafter hat rumgeeiert und ziemlich absurde Theorien entwickelt: ein selbsttätig explodierender Akku, eine gekränkte Exgeliebte ... Na ja, krudes Zeug, als wollte er von etwas ablenken. ... Und bei dir?«

»Null, nichts, nada. Fast alle Gäste waren zum ersten Mal in der Botschaft. Nur wegen der Vertragsunterzeichnung. Ich gehe morgen mal die Personalangaben durch. Vielleicht kommen wir da weiter.«

Die Kommissare wollten in ihren BMW steigen, als Achim Lebeck angelaufen kam.

»Wilbert, kann ich dich mal kurz unter vier Augen sprechen?«

Während Nettelbeck sich in den Dienstwagen setzte, ging Täubner mit dem Kriminaltechniker ein paar Schritte beiseite. »Was gibt's?«

»Ich hätte da eine persönliche Bitte...«

»Schieß schon los«, sagte Täubner, auf alles gefasst.

»Wilbert, du bist ja mein bester Freund ...«

Au Backe, schoss es Täubner durch den Kopf, bitte nicht diese Nummer.

»… mein bester und einziger Freund. Und du hast dafür gesorgt, dass Hanna und ich wieder ein Paar sind.«

Täubner lächelte gequält. Er hatte gleich ein ungutes Gefühl gehabt, als er die beiden im vergangenen Herbst zu einem Beziehungsgespräch in ein indisches Restaurant eingeladen hatte. Was hieß hier EINEM Beziehungsgespräch? Drei ganze Abende hatte er mit Achim und Hanna im *Maharadscha* zusammengehockt, eine Unmenge Tandoori in sich hineingeschaufelt, kein Fenster zum Lüften gefunden, den Fettgeruch ausgehalten, dem servilen Service getrotzt und sich den Mund fusselig geredet. Bis die beiden endlich wieder ein Paar waren. Der dicke Achim und sein hässliches Entlein. Unglaublich.

»Deswegen …« Lebeck verstummte, schaute Täubner wie ein verängstigtes Backenhörnchen an, das gleich zum Schafott geführt wird.

»Deswegen was?«

»Na ja, Hanna und ich heiraten und ich wollte dich fragen … ich wollte dich fragen, ob du mein Trauzeuge sein willst.«

Täubner lief ein eiskalter Schauer den Rücken hinunter – das kann doch nicht wahr sein. Womit habe ich das verdient? Doch dann fügte er sich in sein Schicksal und nickte matt. »Okay, Achim, wenn es zeitlich irgendwie geht, mache ich es.«

Bewegt schlug der Kriminaltechniker seine pummeligen Ärmchen um den Kommissar. »Wilbert, du bist der Allerbeste. Ich verspreche dir hiermit feierlich: Wenn du heiratest, dann bin ich dein Trauzeuge. Das ist Ehrensache. Das versteht sich von selbst.«

Dabei strahlte Lebeck über sein ganzes Vollmondgesicht.

Wohingegen Täubner einen hilflosen Blick zum Himmel schickte. Aber ihm war klar, dass er von dort keine Hilfe erwarten durfte. Schließlich war er bei seiner Verbeamtung prompt aus der Kirche ausgetreten und zahlte seitdem keine Kirchensteuer mehr. Wahrscheinlich war das ein großer Fehler gewesen, den ihm Gottvater niemals verzeihen würde.

49

In der Nacht hatte Roman wunderbar geschlafen. Zwar war sein gottgleiches Machtgefühl schon vor dem Schlafengehen allmählich einer realistischeren Einschätzung gewichen, aber nach wie vor war er stolz auf das, was er getan hatte.

Er hatte das Dreckschwein eliminiert, das Böse aus der Welt geschaffen, Tabula rasa gemacht. Alles in allem war es eine gute Tat gewesen. Und jetzt, wo sein Widersacher beseitigt war, musste er sich schleunigst wieder seiner Karriere widmen.

Auch dort sah alles rosig aus. Er hatte seinen Comebackmonsterhit so gut wie fertig, den Ablauf der nächsten Monate medienmäßig durchgeplant, jetzt fehlten nur noch schlappe achtzigtausend Euro als Sicherheitszahlung, damit er die Mercedes-Benz Arena buchen konnte. Deshalb hatte er sich schon kurz vor neun auf den Weg zu Kutte Mackensens Currywurstimperium gemacht.

Als er auf den Hof fuhr, war dort kaum etwas los. Kein Wunder, um diese Uhrzeit. Zwar verkaufte Kutte den ganzen Tag seine Würste, aber das Stoßgeschäft begann erst kurz vor Mittag.

Der 911er-Porsche stand an der üblichen Stelle und in Roman Weidens Herz zuckte es leicht.

Er stieg aus seinem verschrottungsreifen Peugeot 205 und wollte das Verwaltungsgebäude betreten, als Kutte die Treppe herunterstiefelte.

»Hey! So früh schon auf den Beinen, old boy? Oder hast du durchgemacht?«

»Nein. Ich hab was mit dir zu besprechen.«

Kutte nickte in Richtung des Porsches: »Geht's um den da?«

»Nein. Um mein Comeback.«

»Gut, ich will den Porsche einlagern, bis sich alles beruhigt hat. Nicht, dass das Finanzamt noch auf abartige Gedanken kommt«, grinste Kutte breit.

»Ist auch angebracht bei den Typen.«

»Okay«, Kutte öffnete den Porsche. »Häng dich bei mir ran. Dann fahren wir mit deiner Karre zurück. Spart Kohle.«

Weiden nickte, schwang sich ebenfalls hinter das Steuer.

Kutte hupte laut und schrie noch lauter: »Schwanzvergleich!«

Die beiden Autos fuhren vom Hof.

Der eine mit Blitzstart, der andere mit Spotz-Spotz.

Wie im richtigen Leben eben.

50

Die Nacht war kurz gewesen. Ehe sie ihren einzigen Zeugen vernehmen würden, tranken die Kommissare in einem Café noch schnell einen doppelten Espresso. Täubner hatte bei der Befragung der Dinnergäste zwar nichts direkt Fallrelevantes erfahren, aber zwei von ihnen hatten abschätzige Bemerkungen über den Toten gemacht.

»Offenbar gehörte Hollweg zu den eher ruppigen Businesstypen, was seine Geschäftspraktiken betraf.«

»Das sollten wir verfolgen.«

»Was anderes: Könnte Jens Todsen die Explosion per

Funk herbeigeführt haben, sowie er sich außerhalb der Gefahrenzone befand?«

»Ich weiß nicht«, sagte Nettelbeck. »Da war eine gewaltige Kraft dahinter. So genau kann den Sprengzeitpunkt doch niemand berechnen. Zumindest kein Laie. Den Bruchteil einer Sekunde zu früh gedrückt und er wäre auch in die Luft geflogen.«

»Vermutlich hast du recht …«

»Interessant, dass sich in Saif Mohamed Zekris Gegenwart die Todesfälle häufen.«

»Einmal ein Mörder, immer ein Mörder …?«, grinste Täubner.

»Kannst du ausschließen, dass er sich zu dem Zeitpunkt nicht außerhalb des Saales befanden hat?«

»Ich habe diese Frage bestimmt zwanzig Personen gestellt. Alle haben mir bestätigt, dass er ebenfalls am Tisch saß, als die Explosion erfolgte. Daran ist nicht zu rütteln.«

»Wir sollten trotzdem nach einer Verbindung zwischen den beiden Todesfällen suchen«, sagte Nettelbeck und trank seinen Espresso aus.

»Selbstverständlich.«

»Aber schauen wir erst einmal, was Todsen sagt.«

Nettelbeck und Täubner verließen das Café.

Als die Kommissare zehn Minuten später das Wohnhaus von Maximilian Hollweg betraten, wartete bereits ein junger Mann vor dem Fahrstuhl. Gemeinsam fuhren sie aufwärts. Die drei Männer musterten sich, als sie zusammen im Dachgeschoss ausstiegen.

»Möchten Sie auch zu Hollweg?«, fragte Täubner.

Der junge Mann nickte. »Sie ebenfalls?«, fragte er misstrauisch und klingelte an der Tür.

Täubner präsentierte ihm seinen Dienstausweis. »Nettelbeck und Täubner … LKA Berlin … Und wer sind Sie?«

»Timo Hollweg, der Bruder …«

»Sie wissen schon, dass er …«

»Ja«, unterbrach Timo. »Sein Assistent hat mich vorhin angerufen. Grauenvoll. Ich kann es immer noch nicht fassen.«

Dafür macht er aber einen durchaus gelassenen Eindruck, ging es Nettelbeck durch den Kopf.

Jens Todsen öffnete die Tür. Er kam gerade aus der Dusche, trug einen weißen Bademantel und hatte sich ein großes Frotteetuch um seine Dreadlocks geschlungen.

»Guten Morgen. Tut mir leid, ich habe verschlafen.«

»Kein Problem.«

»Kommen Sie bitte herein.«

Die vier Männer gingen in den Wohnraum.

Nettelbeck trat an das große Panoramafenster, schaute auf den Monbijoupark und dachte einen Moment nach. Dann nickte er Täubner zu.

»Wilbert, sei so nett und sprich mit Herrn Todsen in der Küche. Ich unterhalte mich hier einstweilen mit Herrn Hollweg.«

»Geht klar.«

Täubner und Jens verließen den Wohnraum.

Nettelbeck setzte sich in einen der Cocktailsessel, die vor dem Panoramafenster standen und die bequemer waren, als sie aussahen. Timo Hollweg nahm dem Kommissar gegenüber Platz.

»Erst einmal mein herzliches Beileid.«

»Danke.«

»Ich will Ihnen nicht allzu viele Fragen stellen, in dieser schwierigen Situation. Haben Sie sich mit Ihrem Bruder gut verstanden?«

»Doch, ja ... Ich meine, er war der ältere von uns beiden, da gibt es schon mal die eine oder andere Kabbelei.«

»Auch jetzt noch? Unter Erwachsenen?«

»Klar. So was hört doch nie auf. Haben Sie keinen Bruder?«

»Nein. Was waren das für Auseinandersetzungen?«

»Ich war Maximilian nicht taff genug. In geschäftlichen Dingen. Dabei suche ich lediglich nach Wegen, wie man die Ökonomie neu strukturieren kann. Visionärer gestalten. New Economy gegen Old Economy gewissermaßen, verstehen Sie?«

»Sicher, ein interessantes Problem«, entgegnete Nettelbeck lächelnd, obwohl ihn die Thematik ziemlich kaltließ.

»Mein Bruder hatte manchmal etwas Brutales an sich. Er war der Typ Geschäftsmann, der notfalls über Leichen geht, wenn es dem Business nützt. Da haben wohl einige seiner Geschäftsfreunde Federn gelassen.«

»Haben Sie ein Beispiel dafür? Vielleicht auch Namen?«

»Ich weiß das alles nur vom Hörensagen. Maximilian hat eine Zeit lang auf dem Derivatenmarkt spekuliert. Hochriskante Geschäfte, bei denen einige seiner Partner viel Geld verloren haben. Aber ich habe das verdrängt. Er war mein Bruder. Verstehen Sie?«

Nettelbeck schaute Timo Hollweg ausdruckslos an.

»Stimmt, Sie haben ja keinen Bruder ... Sie können so eine enge Verbindung wahrscheinlich nicht nachvollziehen.«

Täubner und Jens saßen in der luxuriösen Designerküche nebeneinander am Essenstresen, tranken Tee.

»Soll ich Ihrem Kollegen und Herrn Hollweg auch eine Tasse bringen?«

»Nicht nötig. Erzählen Sie mir lieber von der Beziehung zu Ihrem Chef. Wie war er so?«

»Schwierig. Da brauch ich gar nicht drumherum zu reden. Er war ein äußerst komplizierter Mensch. Wenigstens seit seiner Querschnittlähmung. Vorher habe ich ihn ja nicht gekannt.«

»Hatte er Freunde? Gute Bekannte?«

»Niemanden. Da war absolut nichts. Er bekam eigentlich auch nie Besuch. Nur sein Bruder schaute hin und wieder mal vorbei.«

»Das muss doch ein ziemlich einsames Leben gewesen sein.«

»Er hatte ja mich als Ansprechpartner. Ansonsten konzentrierte er sich auf seine Arbeit. Das hat ihm gereicht.«

»Wie ist Ihr Verhältnis zu Timo Hollweg?«

»Super. Ein netter Typ. Bisschen verrückt, aber voll okay.«

»Und wie stand Herr Hollweg zu ihm?«

»Er mochte ihn nicht, hielt Timo für einen totalen Versager.«

»Und ist er das?«

»Keine Ahnung. Vermutlich nicht ... Nein, ist er nicht.«

»Was genau warf Ihr Chef ihm denn vor?«

»Dass Timo nicht so straight war, alles spielerisch anging. Nicht so besessen von seinen Geschäften, wie Hollweg selbst.«

»Und deshalb hat er seinen Bruder abgelehnt?«

»Für Hollweg war alles nur Kampf. Im normalen Leben und im Business. So richtig im darwinschen Sinn. Mann gegen Mann. Survival of the Fittest. Wer nicht für mich ist, der ist gegen mich. Er war durchdrungen von dieser Denke. Manchmal, da ... Egal, man soll über Tote nichts Schlechtes sagen.«

»Helfen Sie uns trotzdem, ein genaueres Bild von ihm zu bekommen.«

»Okay, ich hatte oft den Eindruck, dass er die Menschen hasst. Jeden. Ausnahmslos. Im Grunde war er ein einsamer, verbitterter Mann. Anfangs habe ich versucht, ihm da rauszuhelfen, aber er wollte das gar nicht. Ich glaube, Hollweg hat sich in seiner Einsamkeitshölle sauwohl gefühlt. Schrecklich, nicht wahr?«

Nettelbeck betrachtete Timo Hollweg nachdenklich. Der junge Mann war zwar ein wenig seltsam, aber nicht unsympathisch. Zumindest war er kein Langweiler.

»Haben Sie Einblick in die finanziellen Verhältnisse Ihres Bruders? In seine geschäftlichen Dinge und Ähnliches?«

»Nein. Maximilian hat mir nur mal erzählt, dass er mich in seinem Testament berücksichtigt hat. Er hatte ja sonst niemanden. Aber von seinen Geschäften habe ich nicht viel mitbekommen. Ich weiß gerade mal, dass er irgendwo im Oman eine riesige Hotelanlage bauen wollte.«

»Wissen Sie, wo Ihr Bruder sein Testament hinterlegt hat?«

»In seinem Tresor, vermute ich. Da hinten.«

Nettelbeck schaute zu dem dunkelbraunen Schrank mit Aluminiumeinlagen, der neben dem Schreibtisch stand.

»Wissen Sie die Zahlenkombination?«

»So viel Vertrauen hatte mein Bruder dann auch nicht zu mir«, sagte Timo Hollweg und lächelte traurig.

»Wie sah es denn mit seinen Bekannten aus? Kennen Sie Freunde von ihm? Leute, mit denen er regelmäßig beruflich zu tun hatte?«

»Eigentlich niemanden. Früher, als Maximilian noch im Künstlermanagement aktiv war, habe ich ein paar seiner Klienten kennengelernt. Mit denen ist er regelmäßig essen gegangen. Hat sie zu Galas begleitet und so Zeug. Einige von denen dürften Sie vermutlich auch kennen …«

»Wen zum Beispiel?«

»TV-Moderatoren wie Sandra Merchet und Christian Cramer. Und Schlagerkatastrophen wie Roman Weiden oder

Tanja Bandur. Grauenvolle Typen. Oberflächlich und öde. Ich konnte sie nicht ausstehen.«

»Das geht mir ähnlich«, lächelte Nettelbeck. »Ich mag die auch nicht. Traf sich Ihr Bruder immer noch mit diesen Leuten?«

»Nein. Er hat einen Schnitt gemacht, als er das Künstlermanagement aufgegeben hat. Seine Interessen galten von da an vor allem Geldtypen. Banker, Investoren und so.«

»Dieser Autounfall, bei dem Ihr Bruder querschnittgelähmt wurde ... Wie ist er damit umgegangen? Ich vermute, dass sich seine Persönlichkeit verändert hat.«

»Eigentlich überhaupt nicht. Maximilian war vorher genauso. Rigide und eiskalt. Was sein Verhältnis zu anderen Menschen betraf. Vielleicht war er nach dem Unfall hin und wieder etwas weinerlich. Diese Seite hatte er vor dem Unfall jedenfalls nicht gezeigt. Oder gut verborgen.«

51

Die *Classic Remise Berlin* befand sich in einem ehemaligen Straßenbahndepot am Rande Moabits und richtete sich an betuchte Oldtimerfreunde. Diese konnten ihre Schätze dort dauerparken und bei den angeschlossenen Automobilrestauratoren pflegen lassen. Daneben gab es Veranstaltungsräume, Restaurants, Werkstätten und etliche Serviceeinrichtungen rund um den Pkw. Doch die Hauptsache waren die Einstellboxen, in denen die wunderbarsten automobilen Kostbarkeiten in klimatisierten Glaskästen standen.

Roman Weiden war perplex, als er die ganzen Traumfahrzeuge sah. Ein weißes MG Cabriolet von 1963, einen Triumph TR3 Roadster Baujahr 1960, einen Austin-Healey 100-4 von 1955, einen 1962er Cadillac Sedan und einen Jaguar XK120 aus dem Jahr 1953. Und weitere historische Fahrzeuge von Rolls-Royce, Buick, Mercedes-Benz und anderen Herstellern. Sogar ein Messerschmitt Kabinenroller war darunter.

Der Wagenmeister fuhr den Porsche in eine Box und händigte Mackensen den Schlüssel aus.

»Und jetzt lade ich dich auf eine leckere Currywurst ein«, sagte der und ging mit Weiden in eines der Restaurants. Es war ein vornehmes französisches Lokal mit weiß eingedeckten Tischen und dezenter Beleuchtung.

»Die haben hier Currywurst?«, fragte Weiden.

»Wenn nicht, dann nimmst du eben den Knurrhahn im Sesam-Mantel oder das Karreé vom Salzwiesenlamm. Kann ich beides wärmstens empfehlen. Wie gesagt, du bist eingeladen.«

»Danke.«

Sie setzten sich an einen freien Tisch und bestellten. Nachdem der Kellner gegangen war, prostete Mackensen seinem Kumpel zu.

»Also, was wolltest du mit mir besprechen?«

»Meine Comebackshow in der Mercedes-Benz Arena. Ich habe die Halle für den 25. November gebucht. Ist ein Freitag.«

»Prima. Dann reservier mir gleich mal vierzig Tickets.«

»Geht klar. Ich muss morgen den Vertrag unterschreiben.«

»Das wird bestimmt eine Riesensache. Du wirst wieder ganz vorne mitmischen.«

»Wäre schön. Allerdings gibt es noch ein kleines Problem …«

»Hast du den neuen Hit noch nicht fertig?«

»Aber sicher«, Weiden lächelte geheimnisvoll. »Hör dir mal den Chorus an …«

»Bin ganz Ohr, Alter.«

Weiden stand auf, nahm eine Pfeffermühle, hielt sie wie ein Mikrofon. Er ging auf und ab, bewegte sich dabei rhythmisch zu einer imaginären Musik – eine Privatvorstellung, nur für Kutte Mackensen.

»Die Haut so kross, pikant die Soße,
die Currywurst ist ein Gedicht.
doch du, du bist mein Leibgericht.
Die ungezählten Tränen, der Schmerz so ganz am Schluss.
Für einige ist es Wahnsinn, für mich bist du ein Muss.«

Mackensen klatschte begeistert: »Das ist der helle Wahnsinn. Echt. Total abgefahren.«

»Der Song heißt *Curry-Love*.«

»Echt? Wahnsinn! Ein absoluter Knaller. Der bringt dich in den Charts auf Position eins. Jede Wette!«

Weiden nahm wieder Platz. »Es gibt, wie gesagt, nur noch ein kleines Problem ...«

»Welches? Wenn ich irgendwie helfen kann ...«

»Ich muss bei der Mercedes-Benz Arena eine Sicherheitszahlung hinterlegen. Sonst unterschreiben die nicht.«

»Ist nicht unüblich. Wie viel wollen sie denn?«

»Achtzigtausend Euro. Und ich habe im Moment gerade mal zwölftausend flüssig.«

»Verstehe. Und du möchtest, dass ich das Geld für dich hinterlege?«

»Damit wäre ich aus dem Schneider.«

»Warte mal ...«, Mackensen öffnete die Calculator-App auf seinem Smartphone, stellte einige Berechnungen an.

Angespannt sah Weiden seinem Freund zu. Nach einer gefühlten Ewigkeit ließ Mackensen das Handy sinken.

»Okay, ich kann die Sicherheitsleistung für dich übernehmen. Achtzigtausend. Im Gegenzug überlässt du mir *Curry-Love* exklusiv für meine Werbekampagnen. Ist das ein Deal?«

Weiden lächelte erleichtert. »Das ist mehr als ein Deal, Kutte. Das ist wunderbar. Echt großartig. Tausend Dank.«

»Nicht der Rede wert.«

Mackensen winkte den Kellner heran.

»Bringen Sie uns den besten Champagner, den Sie auf Eis liegen haben. Wir haben nämlich was zu feiern. Oder, Kumpel?«

»Und ob wir das haben.«

Roman Weiden lachte – endlich Licht am Ende des Tunnels.

52

Auch Jens Todsen kannte nicht die Zahlenkombination, mit der sich Maximilian Hollwegs Tresor öffnen ließ. Also hatte Täubner Achim Lebeck angerufen. Spezialauftrag. Es gelte, einen komplizierten Geldschrank zu knacken.

»Ist die Leiche schon freigegeben?«, fragte Timo Hollweg die Kommissare, was Nettelbeck nach einem Telefonat mit dem LKA bejahte.

»Hervorragend. Sehr gut. Ich möchte die Bestattung nämlich so schnell wie möglich abwickeln. Das ist mir wichtig.«

Während sie auf den Kriminaltechniker warteten, führte Timo mehrere Telefonate. Gleichzeitig mit Smartphone und Laptop hantierend, legte er mit seinen Gesprächspartnern nach und nach die verschiedenen Eckpunkte fest.

»Am schnellsten geht also eine Erdbestattung, verstehe. – Eine See- oder Baumbestattung setzt voraus, dass mein Bruder zuerst verbrannt wird? – Ausgeschlossen, das dauert zu lange. – Nein, nein, keine Trauerfeier, keine Aufbahrung, keine Bewirtung. Mein Bruder hatte kaum Freunde. – Ganz schlicht, wie es seiner Natur entsprach. Auch keine Musik und keine Trauerreden. – Dezenter Blumenschmuck ist okay. – Doch, ein Sterbegewand und ein Sarg mit Innenausstattung sollten schon sein. – In Berlin natürlich. Könnte ja sein, dass ich sein Grab mal besuchen möchte. – Also abgemacht. Ich kaufe die Grabstelle. – Richtig, für dreißig Jahre. – Wann kann die Beisetzung frühesten stattfinden? – So lange kann ich unmöglich warten. – Allerspätestens übermorgen muss es über die Bühne gehen. – Gut, dann setzen Sie die Beerdigung auf elf Uhr an. – Nein, wir verschicken keine Einladung per Trauerkarte. Es läuft ausschließlich über E-Mails und Social Media. Wie mein Bruder es sich gewünscht hätte. – Ich komme heute Nachmittag zu Ihnen. Ciao.«

Befriedigt schloss Timo Hollweg seinen Laptop und lächelte Nettelbeck an.

»Das hätten wir geklärt. Fehlt nur noch Ihr Tresorspezialist …«

In diesem Moment klingelte es an der Tür.

»Das dürfte er sein«, sagte Nettelbeck, der von Timo Hollweg zunehmend fasziniert war. Ein Getriebener, den sogar der Tod des eigenen Bruders nicht ins Schwanken brachte. Der seine Idée fixe mit der schnellstmöglichen Sofortbestattung erbarmungslos durchzog. War das Genie oder milder Autismus? Der Kommissar tippte auf Letzteres. Und das aus Erfahrung. Nettelbeck hatte bei der Arbeit schon einige Autisten getroffen, die es trotz ihres Handicaps ganz schön weit gebracht hatten.

Auch im Jazz gab es bemerkenswerte Musiker mit autistischer Wahrnehmungsschwäche, die es trotz ihrer Gehirnstörung und der damit einhergehenden Informationsverarbeitungsproblemen zu herausragenden Leistungen gebracht hatten. Das jüngste Beispiel war der Jazzpianist Matt Savage, der bereits als Kind betörende Jazzalben eingespielt hatte.

Menschen mit Autismus zeigen zumeist eine hohe Affinität zur Musik. So reagieren sie auf gesungene Worte nachdrücklicher als auf gesprochene. Die Musik ermöglicht es den Autisten zugleich, Gefühle ohne Worte zu äußern. Durch Musik können simultan aggressives Verhalten und hyperaktive Auffälligkeiten normalisiert werden. Nettelbeck hatte sich gefragt, ob dieser Prozess auch bei nicht autistischen Menschen zum Tragen kam. Bei den vielen merkwürdigen Gestalten, mit denen er täglich zu tun hatte.

An der Universität der Künste gab es einen Musiktherapeuten, der auf dem Gebiet der Autismus-Spektrum-Störungen arbeitete und zudem ausgebildeter Posaunist war. Also die perfekte Voraussetzung, um für Nettelbecks Gedanken aufgeschlossen zu sein und sie vielleicht sogar beantworten zu können. Obwohl die Arbeitsstätten des Kommissars und die des Musiktherapeuten nur einen Kilometer voneinander entfernt waren, hatte Nettelbeck es bislang noch nicht geschafft, den Hochschullehrer zu kontaktieren. Vielleicht lag es daran, dass einfach zu viel gemordet wurde in Berlin, versuchte er, sich selbst freizusprechen.

Täubner führte Achim Lebeck ins Wohnzimmer. Der Kriminaltechniker war bester Laune, wuchtete seinen Arbeitskoffer auf den Schreibtisch.

»Tag allerseits. Außendienst ist ja so viel geiler, als immer in einem muffigen Büro rumzuhocken. Ich glaube, ich werde einen Antrag auf Versetzung stellen, Wilbert.«

»Überleg dir das gut.«

»Okay, wir reden noch mal drüber. Wo ist denn das Schätzchen?«

Nettelbeck deutete auf den dunkelbraunen Schrank.

»Kriegst du den auf, Achim?«

Lebeck betrachtete den Tresor mit einem fast schon zärtlichen Blick. »Ein deutsches Fabrikat ... Scherbarth & Monhoff würde ich sagen. ... Aus ihrer Janus-Serie ... Oberstes Preissegment ... Sicherheitsklasse VI. Darüber gibt es im Homebereich nichts mehr. ... Die Safes werden übrigens für jeden Kunden speziell nach Wunsch verkleidet.«

»Ob du den aufkriegst, Achim?«, fragte Nettelbeck geduldig.

»Gebt mir ein paar Minuten Verschnaufpause. Ich habe schließlich den ganzen Morgen damit verbracht, die Reste eures Sprengstoffattentats zu untersuchen. War bereits um Viertel nach sechs im LKA.«

»Echt? Alle Achtung«, sagte Täubner, um gute Stimmung bemüht.

Lebeck schaute in die Gesichter von Jens Todsen, Timo Hollweg und Martin Nettelbeck, die alle weniger beeindruckt waren.

»Okay, ich leg ja schon los ...«

Der Kriminaltechniker holte Messgeräte und Werkzeug aus seinem Arbeitskoffer und begann, den Tresor zu untersuchen.

»Fünfundvierzig Sekunden. Hält jemand dagegen?«

»Eine Palette Energydrinks«, sagte Täubner und warf Nettelbeck einen entschuldigenden Blick zu.

»Aber nur der gute Biostoff. Mit Guarana aus ökologischem Anbau.«

»Geht klar, Achim.«

»Top, die Wette gilt.«

Als wäre er die Göttin Kali und hätte nicht zwei, sondern gleich zehn Arme, begann Achim Lebeck am Tresor zu hantieren, machte sich wieselflink an dem Zahlenkombinationsschloss zu schaffen. Nach dreiundvierzig Sekunden sprang die Tür auf.

»Bingo.«

»Hast gewonnen, Achim.«

Täubner öffnete die Tür, sodass alle Anwesenden hineinschauen konnten – der Tresor war bis auf zwei magere Geldbündel leer.

»Scheiße! Wo ist die Kohle geblieben?«, schrie Timo Hollweg. »Der war doch noch vor ein paar Tagen bis obenhin vollgepackt.«

»Liegt da ein Testament drin, Wilbert?«, fragte Nettelbeck.

Täubner durchsuchte die Fächer. »Kein Testament … Nichts.«

Zum ersten Mal seit zehn Minuten meldete sich Jens Todsen zu Wort. »Vielleicht liegt das ja bei seinem Anwalt. Wäre doch naheliegend …«

»Und die Asche? Weißt du auch, wo das Geld geblieben ist?«, sagte Timo leicht panisch. »Ich brauche es dringend.«

Jens zuckte mit den Achseln. »Keine Ahnung. Echt nicht. Leider.«

Dann legte er Timo beide Hände auf die Schultern und sah ihn traurig an. Und Timo blickte ebenso bekümmert zurück.

Der Anblick zerriss Nettelbeck fast das Herz. Aber auch nur fast.

53

Vor der Botschaft tauschten zwei Gärtner die angesengte Rasenfläche gegen neuen Rollrasen aus. Ein Mitarbeiter eines Reinigungsunternehmens entfernte mit einer großen

Bürstenmaschine in der Einfahrt die Brandflecken auf den Steinplatten.

Die Attachés Saif Mohamed Zekri und Sulaiman Almahrooqi standen im Botschaftseingang und rauchten. Zigaretten mit Orienttabak, die sie sich einfliegen lassen mussten, da der Verkauf von der EU schon vor Jahren verboten worden war.

In der letzten Dreiviertelstunde hatten sie das Sprengstoffattentat auf Maximilian Hollweg in allen Richtungen durchleuchtet. Jeden einzelnen Aspekt beurteilt und abgewogen. Alle Argumente hin- und hergewälzt. Doch sie kamen einfach zu keinem Ergebnis. Der Anschlag erschien ihnen völlig sinnlos, er konnte unmöglich in Zusammenhang mit dem Ferienresort stehen.

Sie waren so weit, das Thema ergebnislos fallen zu lassen, als sich der Handelsattaché an die Begegnung mit Hollwegs Assistenten Todsen erinnerte.

»Zehn Minuten nach dem Anschlag habe ich ihn in den Privatgemächern Seiner Exzellenz erwischt. Beziehungsweise davor, in der großen Diele«, sagte Almahrooqi.

»Und was wollte er dort?«

»Konnte er mir nicht sagen. Todsen war ziemlich neben der Spur. Hatte sich offenbar im Haus verirrt. Na ja, er wäre ja fast selbst in die Luft geflogen.«

»Hast du ihm geglaubt? Dass er sich bei uns verirrt hat?«

»Ich glaube niemandem, Saif. Solange ich ihn nicht überprüft habe. Das solltest du eigentlich wissen«, sagte der Handelsattaché.

Der Militärattaché zeigte ein wölfisches Grinsen. »Dann sind wir ja Brüder im Geiste, Sulaiman.«

»Wie schön«, erwiderte der dickliche Diplomat. »Daraus sollten wir etwas machen.«

»Das sollten wir.«

»Schwebt dir zufällig etwas vor?«

»Wir könnten Seiner Exzellenz vorschlagen, dass wir gerne Maximilian Hollwegs Anteil an dem Resort übernehmen würden.«

»Eine wunderbare Idee, Saif. Das sollten wir unbedingt angehen.«

»Das werden wir.«

Die beiden Attachés tauschten einen verschwörerischen Blick aus, dann schnippten sie ihre Zigarettenstummel auf den frisch verlegten Rollrasen.

54

Der Besuch der Kommissare in dem distinguierten Notariat am Branitzer Platz in Westend gestaltete sich nicht besonders fruchtvoll. Gregor Breitenbach, der langjährige Anwalt von Maximilian Hollweg bestätigte zwar, dass sein Mandant ein Testament hinterlegt hatte, aber bei ihren Fragen nach wirtschaftlichen Dingen musste der alte Herr passen. Er sei lediglich Hollwegs Familienanwalt, mit geschäftlichen Angelegenheiten nicht betraut gewesen.

Gregor Breitenbach war vom Scheitel bis zur Sohle ein vollendeter Grandseigneur. Leicht gehbehindert versuchte er, sein Gebrechen durch einen eleganten Maßanzug zu kaschieren. Die grau melierten Haare waren nach hinten gekämmt, seine Gestik kontrolliert und sparsam. Er wirkte überaus seriös und vertrauenerweckend. Doch Breitenbach hatte nicht immer als Familienanwalt gearbeitet.

Fünfundzwanzig Jahre zuvor, als er noch voller Biss gewesen war, geldgierig und skrupellos, war ein ehemaliger

Kommilitone aus der juristischen Fakultät der University of Oxford an ihn herangetreten. Alessandro D'Amico entstammte einem uralten Anwaltsgeschlecht aus Palermo, das schon seit ewigen Zeiten für die Mafia arbeitete. Und für all ihre verzweigten Organisationen. Egal, ob die Gabelloti, die Cosa Nostra, die Stidda, die Camorra, die 'Ndrangheta oder die Sacra Corona Unita. Irgendwann hatten die Avvocati D'Amico mit allen zu tun gehabt.

Alessandro hatte Gregor nach Sizilien eingeladen, zeigte ihm die Schönheit seiner Insel und bot ihm Ausblick in eine verlockende Zukunft. Die Mauer war gerade gefallen und Investoren begannen, die Ostseeküste als zukünftiges Urlaubsparadies zu entdecken. Die vielen verkommenen Ferieneinrichtungen und vernachlässigten Fischerdörfer, die ruinösen ehemaligen Seebäder boten immense Möglichkeiten. Wenn man über das nötige Geld für die Renovierung verfügte. Alessandros Klienten verfügten über diese Mittel.

In den nächsten zwanzig Jahren agierte Gregor Breitenbach als der maßgebliche Vertreter der Kanzlei D'Amico an der Ostseeküste. Zielstrebig verwandelte er Milliarden von Schwarzgeld in saubere Anteile an Ferienresorts, Heilkliniken, Appartementkomplexe und Luxushotels. Bis fast ein Drittel der Küstenregion der Mafia gehörte. Und Gregor Breitenbach einen Fehler beginn. Wegen einer jungen Frau aus Rostock, mit der er seinen zweiten Frühling erlebte.

Der Anwalt betrog – äußerst geschickt, wie er meinte – eine Mafiainvestmentgruppe aus Turin, um seiner kleinen Freundin eine schicke Fünfraumwohnung in Binz zu schenken. Der Betrug fiel jedoch auf. Mit entsetzlichen Konsequenzen. Seine Geliebte wurde mit einem Kopfschuss aufgefunden, Breitenbach selbst behielt ein steifes Bein zurück. Seitdem war er ausschließlich als Familienanwalt tätig. Immerhin erfolgreich.

Er habe mit Maximilian Hollweg höchstens zwei- bis dreimal im Jahre Kontakt gehabt, erklärte Breitenbach den Kommissaren. Vor zwei Tagen habe er angerufen, um sein Testament zu ändern. Sie hatten einen Termin für die nächste Woche ausgemacht, aber dazu würde es ja jetzt nicht mehr kommen. Welchen Passus Maximilian Hollweg in dem Testament hatte ändern wollen, die Frage konnte der Anwalt nicht beantworten. Er wisse es wirklich nicht.

Als die Kommissare das Notariat verließen und zu ihrem BMW gingen, mutmaßte Täubner, dass Hollweg möglicherweise die Absicht gehabt hatte, seinen Bruder Timo als Erben auszuschließen. Das könnte ein Grund gewesen sein, dass der jüngere den älteren Bruder getötet habe, um so doch noch an dessen Vermögen zu kommen.

Nettelbeck schüttelte den Kopf.

»Glaube ich nicht. Die sind beide noch ziemlich jung. Wann hätte Timo Hollweg normalerweise das Erbe angetreten? In dreißig, vierzig Jahren? Eine ungünstige Testamentsänderung kann man auch wieder rückgängig machen, wenn sich die Gemüter beruhigt haben.«

»Und was vermutest du dann?«

»Ich glaube eher, wir haben es mit jemanden zu tun, der aus Hollwegs geschäftlichem Umfeld stammt. Eine Person, die durch seine riskante Spekulationen Geld verloren hat.«

»Gut, dann lass uns morgen früh in diese Richtung ermitteln«, sagte Täubner und schloss den Wagen auf.

»Ich gehe zu Fuß nach Hause«, antwortete Nettelbeck. »Tut mir ganz gut, wenn ich mir noch ein bisschen die Beine vertrete. Schönen Feierabend.«

Der Kommissar überquerte die Fahrbahn, zog im Gehen sein Jackett aus und betrat dann das grüne Rondell, das inmitten des Platzes lag.

Einen Moment hatte Täubner das Gefühl, sein Kollege würde sich gleich Schuhe und Strümpfe ausziehen, um barfuß über die Rasenfläche zu springen. Doch dann sah er, dass Nettelbeck sich mit dem Rundweg begnügte, der um den Platz angelegt war.

Erleichtert gab Täubner Gas.

55

Am nächsten Morgen kam Nettelbeck erst kurz vor neun Uhr ins Büro. Der Grund war ein längeres Telefonat mit Ghana. Philomena und die Kids hatten alles gut angetroffen, jetzt fehlte nur noch er zu ihrem Urlaubsglück. Der Kommissar erneuerte sein Versprechen, dass er in wenigen Tagen nachkommen werde. Natürlich musste er nach dem Gespräch mit Philomena auch noch mit Mark Kojo und Efua Marie telefonieren, sodass er seine Wohnung erst zwanzig Minuten später als geplant verließ.

Im Büro hatte Täubner bereits mit der Recherche über Maximilian Hollweg begonnen. Nettelbeck stieg ein. Bis kurz vor dem Mittagessen arbeiteten sie konzentriert und trugen dann alle Information zusammen:

Maximilian Hollweg war 1977 in Pankow geboren worden. Nach dem Abitur studierte er ab 1995 Volkswirtschaftslehre. 1997 beteiligte er sich parallel zum Studium an der Platzierung von Firmenaktien am Neuen Markt. Bis zum Herbst 1999 hatte er so seine erste Million verdient.

Da Hollweg den Zusammenbruch dieser von Glücksjägern dominierten Spielwiese der Deutschen Börse frühzeitig voraussah, zog er sich bereits im Sommer 2000 aus dem Emissionsgeschäft zurück. Er schloss sein Studium ab, promovierte Ende 2002. Danach spezialisierte er sich auf Finanzberatung und Künstlermanagement.

Vielen seiner Klienten gab Hollweg den Tipp, in den geschlossenen Investmentfonds *Hamburg Wheel Fonds Invest* zu investieren. Doch nach wenigen Jahren kam es zum Zusammenbruch des Fonds. Hollweg unterstützte seine Klienten zwar bei ihren Verhandlungen um Vergleichszahlungen, verwies ansonsten aber auf das fast schon kriminell agierende Management der *Hamburg Wheel.* Für die meisten war der Zusammenbruch auch nicht existenziell, trotzdem begann Hollweg sein Betätigungsfeld zu verlagern.

Er konzentrierte sich auf Investitionsberatung im arabischen Raum. Auch dieses Engagement war erfolgreich. Im Sommer 2013 schloss er zum ersten Mal mehrere wichtige Geschäfte für das Sultanat Oman ab. Privat lief es für Maximilian Hollweg ebenfalls perfekt. Er kaufte sich ein luxuriöses Penthouse in Berlin-Mitte und plante mit seiner Freundin Kristýna Winterová, einem tschechischen Model, im Mai 2014 eine kostspielige Hochzeitsfeier in Venedig.

Da wurde er im November 2013 von einem unbekannten Autofahrer überfahren. Der beging Fahrerflucht, wurde nie gefasst. Seitdem war Hollweg querschnittgelähmt. Seine Verlobte verließ ihn, als feststand, dass er den Rollstuhl nie mehr verlassen würde.

»Interessanter Typ«, sagte Täubner.

»Zumindest tatkräftig und skrupellos«, erwiderte Nettelbeck.

»Wieso skrupellos?«

»Er hätte seine Mandanten rechtzeitig warnen können. Hat er aber nicht. Das wurde ihm verschiedentlich vorgeworfen. Auch vor Gericht. Aber er konnte wohl alle Prozesse außergerichtlich beenden.«

»Dann lass uns mal die entsprechenden Akten anfordern.«

»Unbedingt. Vielleicht ist ja jemand dabei, der durch Hollwegs Beratung mehr als ein paar Peanuts verloren hat.«

56

Jens Todsen und Timo Hollweg saßen im Wohnraum vor dem großen Panoramafenster und schauten auf den Monbijoupark. Es herrschte mittäglicher Hochbetrieb. Leute aus den benachbarten Büros und Geschäften saßen auf den Bänken und aßen ihr mitgebrachtes Essen.

»Wen würdest du denn zur Beerdigung einladen?«, fragte Timo. »Max hatte doch gar keine Freunde.«

»Aber viele wichtige Geschäftskontakte …«

»Die sind aber jetzt egal.«

»Meinst du? Es könnte ja sein, dass du als sein Erbe einige der Unternehmen weiterführen willst. Manche sind extrem erfolgreich und gewinnbringend.«

»Stimmt. Du hast recht. Könnte sein. Dann nenn mal ein paar von denen …«

Jens reichte Timo einen USB-Stick. »Ich habe dir eine Liste zusammengestellt.«

»Super.«

Timo schob den Stick in seinen Laptop, übertrug die Daten und studierte die Liste.

»Gregor Breitenbach ist sein Anwalt, ja?«

»Ist für die privaten Dinge zuständig. Bei ihm liegt vermutlich das Testament.«

»Ja, der ist wichtig. … Und wer ist Prof. Alfred Dobschütz?«

»Der ehemalige Präsident der deutsch-omanischen Gesellschaft. Einer der wichtigsten Kontaktleute deines Bruders bei dem Ferienresortprojekt.«

»Okay, wird eingeladen.«

Timo fragte noch weitere Namen ab, wollte hin und wieder diskutieren, akzeptierte letztendlich aber jede von Jens vorgeschlagene Person.

Doch je länger der Vorgang dauerte, desto angespannter wurde Jens. Die wichtigsten Personen hatte er nämlich ganz am Ende aufgeführt.

»Seine Exzellenz Dr. Saud bin Hamood Al Hosni nebst Gattin Syyida Al Hosni ... Militärattaché Saif Mohamed Zekri ... Handelsattaché Sulaiman Almahrooqi ... Kulturattaché Taimur al-Kasbi ... Willst du die halbe omanische Botschaft einladen?«

»Immerhin ist dein Bruder vor ihrer Botschaft ermordet worden.«

»Hast ja recht. Kriegen auch eine Mail«, ein Schmunzeln erschien auf Timos Gesicht. »Und uns beide hast du an den Schluss gesetzt. Da gehören wir auch hin. Ich bringe übrigens Estrella mit. Kommst du auch mit einer Freundin?«

»Bin im Moment solo.«

»Echt? Könnte vielleicht an deinem Outfit liegen. Dreadlocks sind ja dermaßen out.«

»Meinst du?«

»Klar. Soll ich dich mal zu meinem Friseur mitnehmen?«

»Wenn der nicht zu teuer ist ...«

»Den Haarschnitt schenke ich dir, für ... für deine Beratung und so.«

»Prima.«

»Okay, dann schicke ich die Einladungsmail an alle raus.«

»Und ich mache uns zwei leckere Iced Matcha Green Tea Latte. Die haben wir uns verdient, oder?«

»Du sagst es.«

Jens verschwand in der Küche und stopfte erleichtert das Pfeifchen mit dem restlichen Weed.

»Läuft doch alles«, dachte er. »Jetzt nur cool bleiben.«

Er zündete das Pfeifchen an und nahm einen tiefen Zug. Herrlich. Herrlich cool.

57

»Sie können uns die Akten morgen früh zuschicken«, sagte Täubner mit dem Hörer in der Hand. »Dann haben wir sie allerspätestens am Mittag. Reicht das?«

Nettelbeck nickte.

»In Ordnung, das passt. Ich sage am Empfang Bescheid, damit alles gleich hochgeschickt wird. – Danke und noch einen angenehmen Tag.«

Täubner legte den Hörer auf. Sofort klingelte das Telefon erneut. Ein Anruf für Nettelbeck.

»Grüß dich, Roger. – Nein, ist uns irgendwie entgangen. – Sicher, ich kümmere mich sofort darum. – Das sollten wir. Aber erst, wenn ich aus Ghana zurück bin.«

Der Kommissar legte auf. »Roger Delbrück hat mir gerade gesagt, dass es am Sonntagmorgen auf dem Teufelsberg einen Sprengstoffanschlag gegeben hat, Wilbert. Der Staatsschutz ermittelt in der Sache.«

»Zwei Anschläge innerhalb von zwei Tagen. Wenn es da keinen Zusammenhang gibt …«

»Ich spreche mit Jutta Koschke. Vielleicht weiß sie ja mehr.«

58

Seit er sie und Heiner bei ihren Zärtlichkeiten überrascht hatte, war das Verhältnis der Kriminalrätin zu ihrem Kollegen Nettelbeck noch zwiespältiger als zuvor. Als wäre das überhaupt möglich. Sie fragte sich die ganze Zeit, ob er es bewusst darauf angelegt hatte, sie in einem schwachen Moment zu erwischen. Zuzutrauen wäre es ihm. Hinter Nettelbecks freundlichem Antlitz lauerte ihrer Meinung nach ein Abgrund an Häme und Missgunst. Im Volksmund auch Niedertracht genannt.

Kriminalrätin Koschke jedenfalls hatte schon ein paar Mal in diesen Abgrund blicken müssen und fragte sich, was Nettelbeck jetzt wohl wieder im Schilde führte. Gerade schaute er überaus interessiert den Eisfisch an, den ihr Heiner vor ein paar Tagen geschenkt hatte und der jetzt an einer besonders schönen Stelle hinter ihrem Schreibtisch hing. Als wenn Nettelbeck sich für Fische interessieren würde. Alles nur aufgesetzt, alles nur Fassade.

»Da hängt er sehr gut, der Cottoperca gobio«, sagte der Kommissar und lächelte.

»Du hast dir die lateinische Bezeichnung gemerkt?«, fragte Koschke fassungslos.

»Das gehört zu meiner Arbeit. Mir möglichst viele Informationen zu merken. Sogar die scheinbar unwichtigsten Dinge können, in einem anderen Licht betrachtet, eine ungeheure Relevanz entfalten.«

Was will er, dachte Koschke, was hat er vor?

»Denkst du nicht, Jutta?«

»Doch, natürlich, selbstverständlich.«

»Ich habe … ich habe per Buschfunk erfahren, dass es möglicherweise einen Tag vor der Explosion an der Botschaft in Berlin einen ähnlichen Bombenanschlag gegeben hat. Auf dem Teufelsberg. An der Abhörstation *Field Station*. Weißt du davon?«

»Ich …?«

»Du stehst in der Hierarchie bekanntlich über mir, du bekommst so was als Erste auf den Schreibtisch.«

Auf den Schreibtisch …

Der Kriminalrätin lief ein heiß-kalter Schauer über den Körper. In Zeitlupe sah sie die Akte des Büroboten zu Boden segeln. Mit aller Kraftanstrengung zwang sie sich, einen kühlen Kopf zu behalten.

»Ich arbeite die Akten je nach Wichtigkeit ab. Das Dringendste kommt zuerst. Warte mal …«

Sie durchsuchte den Aktenstapel auf ihrem Schreibtisch. Schließlich fand sie die Akte. Ganz zuunterst.

»Das könnte sie möglicherweise sein …« Mit leicht zitternden Fingern reichte die Kriminalrätin die Akte an Nettelbeck weiter.

Der Kommissar studierte den Aktendeckel und blickte seine Vorgesetzte konsterniert an. »Jutta … der Vorgang kommt vom Staatsschutz. Die ermitteln in der Sache. Und so was stufst du als unwichtig ein?«

Aus Koschkes Gesicht wich alles Blut. Sie suchte nach Worten, um auf diesen Vorwurf etwas zu erwidern, doch sie fand keine.

59

Der Bericht des Staatsschutzes war eindeutig: Am Sonntagmorgen hatte es gegen 5:40 Uhr eine Detonation am Teufelsberg gegeben, direkt in der *Field Station Abhörstation.* Es waren Reste einer Rohrbombe sichergestellt worden, die in einem aufgelassenen Nebengebäude explodiert war und einen Teil des Daches weggesprengt hatte.

Täubner hatte die Analyse der Bombenreste sofort zu Achim Lebeck gebracht und ihn gebeten, die Ergebnisse möglichst schnell mit den Spuren des Botschaftsanschlags zu vergleichen. Der Staatsschutz hatte zwar keine Augenzeugen ermitteln können, aber in der Akte wurden drei Personen aufgeführt, die die Detonation gehört hatten. Zwei von ihnen konnten keine weitergehenden Hinweise liefern, eine dritte namens Rupert Draeger hatten die Kollegen bislang noch nicht befragen können. Das würden Nettelbeck und Täubner jetzt übernehmen.

Die Kommissare brauchten eine ganze Weile, bis sie ihr Ziel am Stadtrand erreicht hatten. Draeger wohnte in einem einsam gelegenen Haus im Teufelsbruch, einem zugewachsenem Sumpfgebiet im Spandauer Forst. Der Sage nach stand hier vor langer Zeit einmal ein Dorf, das aber durch Machenschaften des Teufels versunken war. Das Gebäude war vollständig von Efeu zugerankt, sodass die Fenster kaum noch zu sehen waren, auch im Garten herrschte der totale Wildwuchs. Das Ganze hatte etwas Verwunschenes.

Nettelbeck und Täubner schellten, doch nicht passierte. Sie versuchten es ein zweites, dann ein drittes Mal. Plötzlich schoss ein schwarzes Ungetüm um das Haus herum, baute sich vor den Kommissaren auf, knurrte bedrohlich. Zwar nicht der Teufel persönlich, aber eine riesige furchteinflößende Dogge, die Anstalten machte, sie jeden Augenblick zu zerfleischen.

In extremer Slow Motion ging Täubner hinter Nettelbeck in Deckung. Zog ganz langsam seine Pistole aus dem Halfter und nahm sie in den Anschlag.

»Argon aus!«, dröhnte eine Stimme in Täubners Rücken. »Keine Panik, die Herren, entspannen Sie sich. Er ist das reinste Schoßhündchen.«

Der Mann umrundete die Kommissare und tätschelte den Kopf der Dogge, die sich sofort zu seinen Füßen hinlegte.

»Herr Draeger? … Rupert Draeger?«, fragte Nettelbeck.

»Bin ich. Seit meiner Geburt.«

Draeger war ein Meter neunzig groß, sehnig und auffallend blass, hatte tiefliegende dunkle Augen, eine ausgeprägte Adlernase mit scharf gebogenem Rücken. Seine Stirn war hoch, das dunkle Haar schulterlang und blauschwarz gefärbt, die Hände zart und schmal. Er trug Bundeswehrtarnkleidung und wirkte alterslos.

»Wir sind vom Landeskriminalamt … Nettelbeck … mein Kollege Täubner. Es geht um den Sprengstoffanschlag am vergangenen Sonntag.«

»Ach so. Dann kommen Sie rein. Aber Vorsicht, ich habe nicht aufgeräumt.«

Draeger klopfte seinem Hund auf den Kopf und der folgte ihm lammfromm ins Haus.

Nicht aufgeräumt war reinster Euphemismus. Das schwach beleuchtete Zimmer, in das Draeger die Kommissare führte, war eine Mischung aus Werkstatt, Bibliothek und Wohnraum. Überbordende Bücherregale, ein ungemachtes Bett sowie mehrere Arbeitstische, die einerseits an Werkbänke in Fabrikhallen, andererseits an Computerlabore aus dem Hightechbereich erinnerten. Überall lagen Kleidungsstücke herum, in einer Ecke stand ein Dutzend leere Weinflaschen.

Draeger setzte sich an einen der Computerarbeitsplätze, deutet auf zwei Stühle. »Was wollen Sie wissen?«

»Erzählen Sie uns bitte, was Sie am Sonntagmorgen am Teufelsberg gesehen haben.«

»Von der Explosion?«

»Ja.«

»Die habe ich nur gehört. Ich muss zu dem Zeitpunkt etwa hundert Meter entfernt gewesen sein.«

»Was haben Sie denn um die Uhrzeit dort gemacht?«

Draeger drückte einige Knöpfe an einer Computerkonsole und man hörte ein Stakkato von Geräuschen, die weder Nettelbeck noch Täubner einzuordnen wussten. Knackende, klickende, singende Töne.

»Raten Sie mal, was das ist.«

Beide Kommissare mussten passen.

»Die Kinder der Nacht. Was für eine wunderbare Musik sie machen.«

»Fledermauslaute?«, fragte Nettelbeck.

»Richtig. Ich bin Biologe und zeichne die Ortungsrufe dieser hochinteressanten Tiere auf. Schon seit zwanzig Jahren. Ich versuche, sie zu interpretieren und auszuwerten.«

»Wie geht das? Fledermäuse benutzen doch Frequenzbereiche, die für den Menschen nicht wahrnehmbar sind«, sagte Täubner.

»Schon, aber mittels eines Detektors kann ich ihre hochfrequenten Rufe in hörbare Laute umwandeln. Ich forsche seit einigen Monaten über eine seltene Fledermausspezies, die in der Ruine auf dem Teufelsberg heimisch geworden ist.

Die Nymphenfledermaus, die kleinste Art in ganz Europa. Gerade mal vier Zentimeter groß und nur viereinhalb Gramm schwer.«

»Deswegen waren Sie so früh unterwegs …«

»Ja, um meine Batcorder einzusammeln. Die Explosion habe ich zwar nicht gesehen, aber im Wald hätte mich kurz danach fast ein Wagen umgefahren. Ich konnte mich nur durch einen Sprung in ein Gebüsch retten.«

»Haben Sie die Person gesehen, die am Steuer saß? Oder sich das Autokennzeichen gemerkt?«

»Nein, ging alles zu schnell. Aber es war ein uralter Peugeot 205 Lacoste. Weiße Farbe mit einem Krokodilemblem am Heck. War auf tausend Fahrzeuge limitiert und wurde nur ein gutes Jahr lang gebaut. Von 1985 bis 1986.«

»Da sind Sie sich sicher?«

»Absolut. Das gleiche Modell habe ich zehn Jahre lang gefahren.«

»Ein guter Wagen?«

»Ein sehr guter.«

»Haben Sie sonst noch irgendetwas bemerkt?«

»Nein, das war alles.«

Nettelbeck und Täubner standen auf.

»Danke. Falls wir noch etwas haben …«

»… melden Sie sich. Geht klar«, unterbrach Rupert Draeger. »Und viel Glück. Hoffentlich fangen Sie den Typen.«

Der Forscher drückte auf einen Knopf und wie zur Unterstreichung seiner Worte schallten den Kommissaren aus den Lautsprechern zischende Töne entgegen: Fledermäuse auf nächtlicher Jagd.

60

Auf dem Weg zu ihrem Büro legten die Kommissare noch schnell Zwischenstation in Achim Lebecks Arbeitsraum ein.

Täubner wuchtete eine Palette Energydrinks auf den Schreibtisch.

»Wow, Wilbert! Hatte ich gar nicht mit gerechnet.«

»Wettschulden sind Ehrenschulden, Achim. Selbstverständlich mit Guarana. Aus biologischem Anbau.«

»Hast du dir verdient, Kollege«, sagte Nettelbeck.

»Danke. Ich habe übrigens auch was für euch.«

Lebeck drehte seinen Monitor um fünfundvierzig Grad, sodass Nettelbeck und Täubner einen besseren Blick hatten. Er rief zwei Dateien auf, die Fotografien der sichergestellten Bombenreste zeigten, sowohl vom Teufelsberg als auch von der Botschaft. »Ich habe alles sorgfältig miteinander verglichen. Die Rohrbomben wurden beide aus den gleichen Materialien hergestellt. Absolut identisch. Sogar der Prozentgehalt des Kaliumnitrats beim Schwarzpulver stimmt noch auf der fünften Nachkommastelle.«

»Bist du dir sicher?«, sagte Täubner. »Ist es nicht schwierig, sich die Sachen zu besorgen?«

»Sollen wir zum Baumarkt am Wittenbergplatz fahren? In fünf Minuten habe ich alles zusammen, um euch so ein Ding zu bauen.«

»Und das Schwarzpulver?«

»Auch da gibt es Wege …«

Nettelbecks Smartphone summte, er zog es aus seinem Jackett. Eine Mail war eingegangen. Der Kommissar trug den Inhalt laut vor:

Sehr geehrter Herr Nettelbeck,
sehr geehrter Herr Täubner!

Niemand kennt den Tod, es weiß auch keiner,
ob er nicht das größte Geschenk für den Menschen ist. – Platon

Wir nehmen Abschied von

Dr. Maximilian Hollweg,

der unerwartet unserer Mitte entrissen wurde.

Die feierliche Beisetzung erfolgt am
Donnerstag, den 04. August 2016 um 11:00 Uhr
in Berlin-Schöneberg
auf dem Friedhof Stubenrauchstraße.

In dankbarer Erinnerung
Jens Todsen i. V. für Timo Hollweg

»Wollen wir da morgen hingehen, Martin?«

»Das sollten wir.«

»Denkt ihr, dass Hollwegs Mörder sich auch blicken lässt?«, fragte Lebeck und bot seinen Kollegen vergeblich einen Energydrink an.

»Schwierig. Manche Täter berauschen sich an ihren Verbrechen, wollen diese Euphorie durch die Rückkehr an den Tatort noch einmal auslösen. Aber erstens ist der Friedhof nicht der Tatort. Und zweitens stellt sich die Frage, ob wir es überhaupt mit so einem Typus zu tun haben. Ich weiß es nicht.«

61

Der III. Städtische Friedhof Stubenrauchstraße in Friedenau war auch unter der Bezeichnung *Friedhof der Künstler* bekannt. Er war gegen Ende des 19. Jahrhunderts angelegt worden, zahlreiche Schriftsteller, bildende Künstler, Musiker und Schauspieler hatten hier ihre letzte Ruhe gefunden. Nicht nur Marlene Dietrich und Helmut Newton waren dort begraben worden, auch Malerinnen wie Jeanne Mammen hatten hier ihr Grab, Filmpioniere wie Ottomar Anschütz, Komponisten wie Ferruccio Busoni.

Nettelbeck und Täubner trafen als Letzte auf dem Friedhof ein, wo sich eine überschaubare Anzahl von Trauergästen eingefunden hatte: Timo Hollweg, der neben einem Bestattungsredner vor dem offenen Grab stand, der Botschafter Al Hosni mit Gattin, die Attachés Zekri und Almahrooqi, Hollwegs Anwalt Gregor Breitenbach sowie neun weitere Männer und Frauen, die den Kommissaren unbekannt waren. Jens Todsen und der Kulturattaché Taimur al-Kasbi fehlten.

Der Botschafter und der Handelsattaché Almahrooqi nickten den Kommissaren kurz zu, während Militärattaché Zekri sie ignorierte.

Auch Timo Hollweg registrierte die Ankunft der Kommissare und gab dem Bestattungsredner ein Zeichen. Es war eine nicht konfessionelle Beisetzung. Der Redner begrüßte die Anwesenden und sprach anschließend einen besinnlichen Text, sagte ein paar Worte über den Verstorbenen. Er lobte Maximilian Hollweg als tapferen Mann, der trotz seines tragischen Schicksals den Lebensmut nicht verloren und frohgemutet in die Zukunft geblickt habe. Es folgte eine

Passage, die sich um das Leben in der Ewigkeit drehte und die Hinterbliebenen trösten sollte.

Vier uniformierte Träger brachten Hollwegs Sarg zur Grube und senkten ihn mit Seilen hinab.

Der Redner bat die Anwesenden um fünf Minuten des stillen Gedenkens. Dem kamen zumindest die Kommissare nicht nach. Sie studierten die Gesichter der ihnen unbekannten Anwesenden, versuchten, sich bestimmte Merkmale einzuprägen, fragten sich, ob sie vielleicht schon mal einen gesehen hatten. Ein mittelalter schwarzhaariger Mann kam Nettelbeck irgendwie bekannt vor, er konnte allerdings nicht sagen, woher.

Es setzte Nieselregen ein und Nettelbeck fluchte leise. Wenn es gerecht auf der Welt zugehen würde, läge er jetzt mit Philomena und den Kids am Ufer des Voltasees und ließe es sich gut gehen. Aber die Welt war nicht gerecht. Wer wusste das nicht besser als ein Kriminalhauptkommissar, der sich nicht nur mit Nieselregen herumschlagen musste, sondern mit Mördern, Räubern, Dieben und sonstigem Gesindel. Nein, gerecht war die Welt nun wirklich nicht.

62

Jens Todsen parkte den Lancia vor der Botschaft. Dort galt zwar ein absolutes Halteverbot, aber bei dem, was er jetzt vorhatte, war das ein eher lässliches Vergehen. Er stieg aus, ging zum Eingang. Heute war die Botschaft zwar offiziell geschlossen, aber Jens läutete Sturm.

Es dauerte trotzdem eine ganze Weile, bis ihm schließlich der Kulturattaché Taimur al-Kasbi öffnete. Er schaute ihn irritiert an. »Herr Todsen …? Sind Sie nicht auf der Beerdigung?«

»Nein. Sie doch auch nicht ... «

»Ich wurde zum Bereitschaftsdienst verdonnert. Für Notfälle.«

»So einer bin ich. Darf ich hereinkommen?«

Ohne die Antwort abzuwarten, schob sich Jens an dem Omaner vorbei in die Eingangshalle.

»Ist sie da?«, fragte er.

»Wer? Von wem reden Sie?«

»Von der jungen schwarzen Frau.«

»Zeudi Tinga? Was wollen Sie von ihr? Ich habe Ihnen doch gesagt, dass Sie sie zufriedenlassen sollen. Bitte. Sie spielen mit dem Feuer.«

Jens baute sich vor dem Kulturattaché auf, schaute ihn bekümmert an. »Herr al-Kasbi, ich wollte Ihnen schon längst einmal sagen, wie sehr ich Sie schätze. Ich bewundere außerordentlich, wie Sie sich bemühen, die arabische und die westliche Welt einander näher zu bringen. Durch Freundschaft, Verständnis, Nachsicht und Geduld. Das sind auch die Werte, die mich bewegen.«

»Wie schön, Herr Todsen ...«

»Deshalb tut es mir unendlich leid, dass ich ... dass ich Sie ... Entschuldigen Sie bitte ...«

Jens glitt hinter al-Kasbi, legte den linken Arm um seinen Hals, platzierte die rechte Faust an dessen Schläfe. Er holte aus, schlug zu und der Kulturattaché sackte bewusstlos zusammen.

Jetzt musste es schnell gehen, Jens wusste, dass der Omaner nach etwa dreißig Sekunden wieder zu sich kommen würde. Behutsam zog er den Bewusstlosen zu einem Heizkörper, holte ein paar Kabelbinder aus der Jackentasche hervor und fesselte Taimur al-Kasbis Arme und Beine an die Heizkörperrippen.

»Es tut mir aufrichtig leid. Wirklich.«

Dann ging Jens die Treppe zu dem oberen Stockwerk hoch.

63

Das Kinderzimmer war nicht irgendein zusammengestoppeltes buntes Durcheinander, vielmehr hatte ein britischer Innenarchitekt die Ausstattung entworfen, ein Spezialist für Rich Kids. Seine Philosophie sah das Kinderzimmer als geheimnisvollen Ort zum Spielen, Lesen, Träumen und Lernen. Darin hüteten die Kleinen ihre Schätze, den ersten verlorenen Milchzahn, die selbst gefundenen Kastanien und Muscheln, die Bilder der besten Freundin.

Der Innenarchitekt schnitt jedes Kinderzimmer individuell auf die Psyche der kindlichen Bewohner zu, führte mit jedem der Kleinen mehrere Vorgespräche. Deshalb konnte sich nur eine äußerst zahlungskräftige Klientel seine Dienste leisten. Hollywoodschauspieler und Fußballer, russische Oligarchen oder eben ein Botschafter des Omans. Auf hartnäckiges Drängen seiner Frau Syyida hatte Saud bin Hamood Al Hosni achtundneunzigtausend Euro für ihren Kinderzimmertraum bezahlt.

Vor allem die Spielecke war beeindruckend. Eine Hightech-Spielekonsole mit einem riesengroßen 78 Zoll Full HD Flachbildschirm für den Stammhalter Hamida, ein begehbares Luxuspuppenhaus für die Tochter Sahar. Doch bei den Schlafmöbeln hatte der britische Innenarchitekt sich selbst übertroffen: Der Junge schlief in einem hochglanzlackierten roten Bett, das einem Ferrari LaFerrari nachgestaltet war, das Mädchen in einer mit funkelnden Swarovskikristallen besetzten Cinderella-Kutsche.

Zeudi Tinga saß mit verschränkten Beinen auf dem Boden und bewachte den Mittagsschlaf ihrer Schützlinge. Sie mochte die Kinder, obwohl sie deren Mutter hasste. Wie nichts sonst auf der Welt. Erneut fragte sie sich, ob der unbekannte junge Mann ihr wirklich helfen würde. Er hatte einen netten Eindruck gemacht, obwohl er etwas komisch aussah mit seiner bleichen Haut und dem großen Turban. Aber sie würde ihm vertrauen. Dazu hatte sie sich entschlossen. Er war ihre einzige Chance.

Sahar murmelte im Schlaf Unverständliches, träumte wohl gerade etwas Aufregendes. Sie hatte sich freigestrampelt und Zeudi Tinga stand auf, um sie wieder zuzudecken.

Die Tür wurde geöffnet und Jens betrat das Kinderzimmer.

»Ich bin gekommen, um dich hier herauszuholen«, flüsterte er auf Arabisch.

Obwohl sie sich diese Situation in den vergangenen Tagen etliche Male vorgestellt hatte, brauchte Zeudi Tinga einen Moment, bis sie nicken konnte. »Ich bin bereit.«

»Musst du noch irgendetwas Wichtiges mitnehmen? Was ist mit deinem Pass?«

»Den hat der Botschafter in seinem Tresor eingeschlossen.«

»Das ist schlecht.«

»Ich kenne die Zahlen, wir können ihn öffnen.«

Jens lächelte: »Dann komm.«

In diesem Moment erwachte Sahar, schaute Jens mit großen Augen an. »Wer bist du?«

Zeudi Tinga strich ihr über die Haare. »Ein guter Freund. Und jetzt schlaf noch ein bisschen, süße Sahar.«

Dann verließ die junge Schwarze mit Jens das Kinderzimmer.

Der Tresor befand sich im Büro des Botschafters hinter einem erdfarbenen Wandbehang aus Ziegenhaar. Jens hatte die Zahlenkombination nach Ansage von Zeudi Tinga eingegeben und den Safe geöffnet. Im Innern fanden sie den Reisepass und eine größere Anzahl Geldbündel. Jens gab Zeudi Tinga den Pass und sie steckte ihn ein.

»Das ist eine Million Euro. Die hat mein Chef kurz vor seinem Tod dem Botschafter übergeben.«

Jens sah sich um, entdeckte eine Sporttasche neben dem Schreibtisch. Er schüttelte sie aus, Sportkleidung fiel zu Boden. Er warf alle Geldbündel hinein.

»Was machst du da?«, fragte Zeudi Tinga erschrocken.

»Hat dir der Botschafter ein Gehalt gezahlt?«

»Nein.«

»Dann ist das jetzt dein Geld.« Jens verschloss die Tasche und griff nach ihrem Arm. »Wir müssen uns beeilen.«

In der Eingangshalle war der Kulturattaché inzwischen wieder zu sich gekommen. Er überlegte, was er tun sollte. Außer ihm waren nur noch Zeudi Tinga und die Kinder im Haus. Die Putzfrau hatte vor fünfzehn Minuten das Gebäude verlassen, um in ihrer Mittagspause etwas zu erledigen. Also war Schreien sinnlos. Taimur al-Kasbi hörte Schritte auf der Treppe und schloss die Augen. Tat so, als wäre er noch immer bewusstlos.

Jens und Zeudi Tinga kamen in die Eingangshalle, knieten sich neben dem Attaché nieder.

»Ich weiß, dass Sie schon längst wieder wach sind«, sagte Jens sanft auf Arabisch. »Ich habe den Druck des Schlages vorhin genau berechnet. Es tut mir wirklich leid, dass ich Sie so schrecklich behandelt habe, aber ich muss Zeudi Tinga helfen. Kein Mensch darf als Sklave gehalten werden.«

»Sie haben recht«, flüsterte Taimur al-Kasbi.

»Ich werde mich in zehn Tagen melden und Sie um eine Kontonummer bitten. Dann überweise ich Ihnen hunderttausend Euro. Sagen Sie nur, dass Sie den Mann nicht gekannt haben, der die Sklavin des Botschafters befreit hat. Wollen Sie das tun?«

Der Kulturattaché nickte. »Ja, aber ich brauche das Geld nicht. Und kontakten Sie mich nicht. Das ist für uns alle viel zu gefährlich.«

Zeudi Tinga küsste die Hand des Kulturattachés. »Danke ... Danke!«

»Viel Glück. Und jetzt gehen Sie. Schnell.«

Die junge Schwarze nickte und rannte dann mit Jens aus der Botschaft.

64

Die Trauergäste traten nacheinander an das offene Grab, warfen Blumen, Blütenblätter oder Erde auf den Sarg. Danach kondolierten sie Timo Hollweg. Mittlerweile regnete es immer stärker. Da kein Leichenschmaus vorgesehen war, löste sich die Versammlung schnell auf und die Menschen beeilten sich, zu ihren Fahrzeugen zu kommen.

Auch die Kommissare machten sich auf den Weg zum Friedhofsausgang. Nettelbeck lief direkt hinter dem schwarzhaarigen Mann, der ihm irgendwie bekannt vorgekommen war. Als sie den Parkplatz vor dem Friedhof betraten, sah der Kommissar, dass im Nacken des Mannes ein dünnes schwarzes Rinnsal herablief und unter dem Hemdkragen verschwand. Was war das? Ein ausgewaschenes Haarfärbemittel?

Nettelbeck wurde von dem Handelsattaché abgelenkt, der auf Arabisch wütend in sein Handy schrie. Dann sprach er hastig mit Seiner Exzellenz und Saif Mohamed Zekri. Die Botschaftsangehörigen stiegen eilig in ihre Fahrzeuge und fuhren los.

Aus den Augenwinkeln sah Nettelbeck, wie ein alter weißer Peugeot ebenfalls abfuhr, mit dem schwarzhaarigen Mann am Steuer. Der Kommissar konnte sich gerade noch die ersten Ziffern des Kfz-Zeichens merken, ehe der Peugeot von einem großen SUV verdeckt wurde.

Täubner saß bereits in ihrem Dienstwagen, doch der war von zwei anderen Pkw zugeparkt worden. Bis sie ihn freibekommen hatten, war an eine Verfolgung nicht mehr zu denken.

Nettelbeck stieg in den Wagen, nahm das Funkgerät aus der Halterung.

»Nettelbeck, ich brauche mal einen Fahrzeughalter. – Berliner Kennzeichen, Xanthippe Richard Eins. Mehr habe ich nicht. – Peugeot 205, Baujahr 85 oder 86 – Farbe Weiß.«

65

In einem Bekleidungsgeschäft in der Französischen Straße hatten sie Zeudi Tinga neu eingekleidet und ihre verwaschene Kittelschürze entsorgt. Die junge Frau entschied sich für ein Kleid und eine Hosen-Jacken-Kombination von Ann Demeulemeester. Dazu ein paar Oberteile, Sandalen und hochhackige Stiefeletten.

Die Sachen standen ihr ausgezeichnet, gaben ihr eine avantgardistisch-intellektuelle Aura und Jens kam sich neben Zeudi Tinga in seinem Indiendress samt Turban wie ein Trottel vor. Er kaufte für sich selbst also noch einen Anzug von Alexander McQueen mit passenden Sneakers und einem weißen Hemd.

Sie parkten den Lancia in der Tiefgarage und fuhren mit der Geldtasche zum Penthouse hoch. Jens ging in die Küche und machte Kaffee. Er setzte sich mit Zeudi Tinga an den Essenstresen, sie tranken und schwiegen eine Weile. Jeder ließ die vergangenen neunzig Minuten Revue passieren. Schließlich drückte Zeudi Tinga Jens' Hand.

»Danke. Ich kann dir gar nicht sagen, wie sehr. Du hast mich gerettet. Ich dachte, ich würde nie wieder ein freies Leben führen können.«

»Das kannst du jetzt aber. Wer hat dich denn nach Deutschland gebracht? Der Botschafter?«

»Nein, die Schwester seiner Frau. Ich habe in unserer Hauptstadt für sie als Hausmädchen gearbeitet, in Asmara. Ihr Mann kauft Rohstoffe auf, Kupfer, Nickel und Zink, und exportiert sie. Nach kurzer Zeit schlug sie mir vor, für ihre Schwester in Oman zu arbeiten, die gerade ihr zweites Kind bekommen hatte.«

»Du hast ihr vertraut?«

Zeudi nickte traurig. »Ich war sehr dumm, ich kannte nur mein Dorf. Ich wusste noch nicht, wie schlecht Frauen sein können.«

»Dann bist du zu dieser Schwester gezogen? Zur Frau des Botschafters?«

»Ja, aber ich war nur kurz im Oman. Da war sie noch sehr nett. Sie hat mir das Kleid geschenkt, das wir vorhin weggeworfen haben. Eines Tages sagte sie, dass ihr Mann als Botschafter nach Berlin gehen wird und ob ich nicht ihre Familie begleiten wolle.«

»Wann war das?«

»Vor drei Jahren. Ich bekam einen Pass und bin mit der

Familie nach Berlin geflogen. So wie wir in der Botschaft waren, hat sie mir den Ausweis abgenommen. Seitdem war ich eingesperrt, durfte mich nur im Haus und im Garten aufhalten.«

»Du hast von Berlin sonst nichts gesehen?«

»Nein. Und wenn ich einen Fehler gemacht habe, hat sie mich sofort geschlagen. Einige Male bin ich bewusstlos geworden und ein Arzt musste kommen.«

»Und der Botschafter ... seine Mitarbeiter ... haben die denn nichts unternommen?«

»Nein. Nur Taimur al-Kasbi hat ab und zu etwas Nettes zu mir gesagt. Aber er war viel zu ängstlich, um mir zu helfen.«

»Heute war er ein mutiger Mann.«

Zeudi Tinga nickte. »Warum hast du das gemacht? Mir geholfen?«

»Ich habe ein Gelübde abgelegt. Das ist schon ein paar Jahre her. Als Student war ich in Indien und habe gesehen, wie in einer Kohlenmine Kinder als Sklaven gehalten wurden. Bereits achtjährige Jungen mussten dort Schwerstarbeit machen. Einer von ihnen starb dabei, aber das war dem Besitzer egal. Ich konnte dem Jungen nicht helfen, das hätte vermutlich meinen Tod bedeutet.«

»Dann brauchst du dir keine Vorwürfe zu machen.«

»Doch, ich hätte es wenigstens versuchen müssen. Ich habe damals geschworen, dass ich das nächste Mal etwas unternehmen werde. Egal, auch wenn ich mich dadurch selbst gefährde«, Jens deutete auf seinen Turban. »Deswegen trage ich auch diese dämlichen Dreadlocks ...«

»Wieso das denn?«

»Erst wenn ich mein Gelübde erfüllt habe, darf ich sie abschneiden.«

»Der Moment ist gekommen.«

Jens nickte. »Willst du das für mich machen?«

Zeudi Tinga lächelte und griff nach einer großen Haushaltsschere.

66

In dem offenen Tresor lag lediglich ein dünner Stoß Akten und aus der Jugendzeit Seiner Exzellenz ein altes abgegriffenes Fotoalbum. Von dessen Existenz jedoch niemand wusste. Die Geldbündel und Zeudi Tingas Pass hingegen waren verschwunden. Der Botschafter betrachtete erleichtert das Album, dann mit traurigem Blick die Leere drum herum.

Der Militärattaché Zekri und der Handelsattaché Almahrooqi hatten den Kulturattaché al-Kasbi zwischen sich genommen, hielten ihn fest an den Armen gepackt. Der zarte Mann wirkte zwischen den beiden noch zerbrechlicher als sonst schon.

»Es stimmt, Eure Exzellenz, die Putzfrau hat ihn nach ihrer Mittagspause entdeckt und befreit«, erklärte Almahrooqi.

»Ich habe die Täter nicht gekannt«, sagte al-Kasbi mit schwacher Stimme.

»Du lügst doch, du Hund!«, herrschte Zekri ihn an.

»Genau«, sagte Almahrooqi. »Wie kann ein Unbekannter Eure Sklavin entführen und dazu noch den Tresor öffnen, ohne ihn zu beschädigen?«

»Du steckst mit der Schwarzen unter einer Decke. Gib schon zu, dass ihr gemeinsam geplant habt, seine Exzellenz zu bestehlen«, sagte der Militärattaché.

Als al-Kasbi nicht antwortete, hieb Zekri ihm mit aller Kraft die Faust in den Magen.

»Rede endlich, du räudiger Hund.«

Der Kulturattaché brach stöhnend zusammen.

Almahrooqi trat dem Wehrlosen mit Wucht in den Rücken: »Sag die Wahrheit, sonst schlagen wir dich tot.«

Taimur al-Kasbi wimmerte leise.

Syyida Al Hosni kam in den Raum gelaufen. Außer sich, mit furienhaft funkelnden Augen. »Sahar hat beim Mittagsschlaf Hollwegs Assistenten gesehen. Er war hier in der Botschaft!«

»Jens Todsen?«, fragte der Botschafter.

»Er hat diese schwarze Missgeburt entführt.«

Saud bin Hamood Al Hosni drehte sich zu Zekri und Almahrooqi.

»Jetzt können Sie beweisen, was wirklich in Ihnen steckt. Bringen Sie mir mein Geld zurück. Jeden einzelnen Euro.«

»Und schafft mir diese Ausgeburt einer arglistigen Hyäne herbei«, schrie die Botschaftergattin.

»Selbstverständlich, Eure Exzellenz«, antwortete Zekri, beugte unterwürfig sein Haupt. »Und Sie legen ein Wort für meinen Bruder Almahrooqi und mich ein, dass wir Hollwegs Anteile an dem Resort übernehmen können? Würden Sie das für uns tun, Eure Exzellenz?«

»Darüber reden wir später«, sagte Botschafter Al Hosni. Und dachte, dass die Beduinen alle verschlagene Nattern waren, nur auf ihren Vorteil bedacht. Seine Frau Syyida vielleicht ausgenommen. Obwohl …

67

Jens Todsen war nicht wiederzuerkennen. Nachdem die Dreadlocks auf dem Boden lagen, hatte Zeudi Tinga seine hellblonden Haare mit einem Bartschneider auf eine Länge von anderthalb Zentimeter gekürzt. Die Nickelbrille lag in einer Schublade, stattdessen trug er zum ersten Mal seit Jahren wieder Kontaktlinsen. Und er hatte den Alexander-McQueen-Anzug angezogen. Zeudi Tinga fand, dass er jetzt erheblich besser aussah. Richtig gut. Genauso toll wie ihr Lieblingsvetter Semere. Nur eben schneeweiß.

»Hast du schon Pläne, Zeudi? Möchtest du zurück in deine Heimat?«

»Nein. Nicht sofort. Am liebsten würde ich in Deutschland bleiben und einen Beruf lernen. Das kann ich in Eritrea niemals schaffen.«

»Dann musst du hier Asyl beantragen.«

»Und der Botschafter? Und seine Leute? Werden sie mich nicht jagen? Zekri ist ein ganz böser Mann. Er hat schon mehrere Menschen getötet. Ein Teufel.«

»Ich werde dich beschützen. Weißt du, Zeudi, ich bin auch ein Kämpfer. Ein sehr guter sogar. Ich habe mich früher mit den besten Männern gemessen. Du brauchst keine Angst zu haben, wenn ich in deiner Nähe bin.«

»Das habe ich auch nicht. Ich vertraue dir.«

Zeudi lächelte ihn an und Jens bekam einen Kloß im Hals. Er wandte sich ab und schenkte Kaffee nach. Zeudi hatte aber seine Befangenheit bemerkt und schmunzelte.

»Wie geht das denn mit diesem Asylantrag?«

»Du musst ihn persönlich stellen. Am besten bei einer Außenstelle des Amtes für Migration und Flüchtlinge. Die gibt es überall in Deutschland.«

»Ich möchte möglichst weit weg von Zekri und der Botschaft …«

»Das ist sicher das Beste. Hast du schon einmal von einem Ort namens Glücksburg gehört?«

»Nein.«

»Glücksburg ist meine Heimatstadt. Sie ist die nördlichste

Stadt Deutschlands und liegt an der Flensburger Förde. Direkt an der Grenze zu Dänemark. Dort kann Zekri dir nichts tun. In Dänemark ist er kein mächtiger Attaché, sondern nur ein erbärmlicher Krimineller.«

»Und da könntest du mich hinbringen?«

»Ja. Meine Mutter wohnt in Glücksburg, direkt am Meer. Von ihrem Haus aus ist man mit dem Boot in zehn Minuten in Dänemark.«

»Und sie würde mich einfach so aufnehmen, Jens?«

»Das täte sie, Zeudi. Das weiß ich.«

»Dann würde ich da sehr gern hingehen. Meinst du, ich mag die Stadt?«

»Bestimmt, sie ist nicht sehr groß, aber ziemlich hübsch. Weißt du, was der Name ›Glücksburg‹ bedeutet?«

»Nein.«

»Ein Ort, an dem das Glück zu Hause ist.«

»Wirklich?«

»Ja.«

»Dann ist es gut, wenn ich dort meinen Asylantrag stelle. Und nirgendwo anders.«

68

Auf der Fahrt ins LKA Keithstraße kam über Funk die Meldung, dass es in Berlin drei Halter mit einem Peugeot 205 und dem Kfz-Kennzeichen »B – XR Eins et cetera« geben würde. Eine fünfundsiebzigjährige Frau aus Lübars, eine zwanzigjährige Studentin aus Rummelsburg und ein Roman Weiden aus Neukölln. Von Beruf Sänger und Entertainer.

Nettelbeck und Täubner tauschten einen Blick aus: Der Schlagersänger Roman Weiden, der durch Maximilian Hollweg Millionen verloren hatte ... Beide wussten, was das bedeutete.

»Wenn wir Glück haben, können wir die Ermittlung vielleicht noch heute abschließen und du kannst morgen nach Ghana fliegen«, sagte Täubner.

»Falls wir Weiden zum Singen bringen ...«, nickte Nettelbeck und lächelte. »Eigentlich eine gruselige Vorstellung ...«

Beide Kommissare hatten schon beruflich in der Mahlower Straße zu tun gehabt. Martin Nettelbeck Ende 1998, als er gemeinsam mit Roger Delbrück und Jutta Koschke eine Gruppe Bulgaren festgenommen hatte, die einen Handel mit osteuropäischen Prostituierten aufziehen wollten. Sie hatten in einer verkommenen Souterrainwohnung gehaust und waren mit ihren großen Plänen an der örtlichen Konkurrenz gescheitert, die alles der Berliner Polizei gesteckt hatte.

Wilbert Täubner hingegen hatte während des zweiten Semesters an der Hochschule für Wirtschaft und Recht bei einem Berufspraktikum in der Mahlower Straße zum ersten Mal Fingerabdrücke abgenommen. Sein erster polizeilicher Einsatz, ein irres Gefühl. Aber das musste er seinen Kollegen ja nicht unbedingt wissen lassen.

Nettelbeck ging auf ein gepflegtes Mietshaus zu, das vor Kurzem renoviert worden war und den grauen Einheitslook der Straße etwas durchbrach. Eine typische Berliner Mietskaserne, die gegen Ende des 19. Jahrhunderts erbaut worden war, mit Vorder-, Garten- und Hinterhaus.

»Bei der Riesenkohle, die der mit seiner Horrormucke gemacht hat, sollte er sich eigentlich etwas Besseres leisten können«, sagte Täubner.

»Früher war die Gegend hier schlimmer. Hat sich richtig gemacht.«

Die Haustür stand offen und die Kommissare betraten den Durchgangsflur.

»Weiden wohnt im Hinterhaus. Erster Stock«, sagte Täubner.

Die Kommissare erreichten den Hof und gingen auf das Hinterhaus zu.

69

Die schwarze Farbe ließ sich leichter auswaschen, als er gedacht hatte. Die Verkäuferin in dem Zauber- und Scherzartikelladen hatte nicht zu viel versprochen. Roman Weiden rubbelte sich die Haare trocken und zog ein Sweatshirt an.

Es klingelte an der Tür.

Er schaute durch den Spion und sah zwei Typen, die auch auf der Beerdigung des Dreckschweins gewesen waren – scheiße, scheiße, scheiße! Wer war das? Bullen? … Abhauen – hau ab!

Hektisch schmiss Weiden ein paar Sachen in seine Sporttasche und stieß das Küchenfenster auf. Er lief noch mal in den Wohnraum, nahm die dritte Rohrbombe und die Fernbedienung vom Schreibtisch. Dann rannte er zurück in die Küche, warf seine Tasche in den Hof und sprang hinterher. Er kam unglücklich auf, sein rechter Fuß knickte um – scheiße, scheiße, scheiße!

Die Kommissare standen im Treppenhaus. Nettelbeck klingelte zum wiederholten Mal.

»Scheint nicht da zu sein …«

Durch das Flurfenster sah Täubner, wie Weiden im Hof seine Sporttasche vom Boden griff und loshumpelte.

»Der haut ab …«

Täubner rannte ins Erdgeschoss.

Mit schmerzverzerrtem Gesicht schleppte Roman Weiden sich durch den Eingangsflur, als Täubner ihn erreichte.

»Bleiben Sie stehen!«

Der Schlagersänger drehte sich um. In einer Hand die Rohrbombe, in der anderen die Fernbedienung.

»Haut ab, sonst sprenge ich das Haus in die Luft.«

»Herr Weiden, es ist vorbei. Das ganze Viertel ist umstellt. Wir haben alle Straßen abgesperrt, auf den Dächern sind mehrere Scharfschützen platziert. Geben Sie auf, es ist zwecklos.«

»Ihr kriegt mich nicht. Niemals.«

»Wo wollen Sie denn hin? In Deutschland kennt Sie doch jedes Kind, Herr Weiden. Ihre Lieder waren Riesenhits …«

»Waren … Sie sagen es … alles Vergangenheit.«

»Unsinn, ich kenne fast jeden Ihrer Songs. Hören Sie …«

Laut singend, tänzelte Täubner sich mit kleinen Bewegungen an Weiden heran:

»Die Frage aller Fragen, du musst die Antwort sagen
und jedes Wort muss ehrlich sein.
Denn sagst du ja zu mir, dann sag ich ja zu dir,
und sag ich ja zu dir, dann sagst du ja zu mir!«

Perplex verfolgte der Schlagersänger die grenzwertige Vorstellung des Kommissars. Täubner nutzte Weidens Überraschung, machte einen Ausfallschritt und entriss ihm die Fernbedienung.

Nettelbeck kam dazu, nahm dem Sänger die Rohrbombe ab. »Ich verhafte Sie wegen Verdacht des Mordes an Maximilian Hollweg.«

Roman Weiden war klar, dass er verloren hatte. Er wusste, dass die Vorstellung beendet war, der letzte Vorhang gefallen. Ein Da capo nicht mehr drin. Aber jetzt rumzujammern, das kam nicht infrage. Ausgeschlossen! Wenn ein großer Sänger von der Bühne geht, schoss es Roman durch den Kopf, dann bitte mit Bravour und Grandezza!

»Den Verdacht können Sie gleich mal streichen. Selbstverständlich habe ich das Dreckschwein getötet. Ich allein! Das hätte ich schon viel früher machen sollen. Es war wahrscheinlich das Größte, das ich in meinem Leben gemacht habe, die Welt von dieser Schmeißfliege zu befreien. Das können Sie der Presse genauso mitteilen. Eins zu eins. Und jetzt wäre es nett, wenn sich ein Arzt um meinen Knöchel kümmern könnte.«

Roman Weiden war notärztlich versorgt worden und die Kommissare sahen zu, wie der Mannschaftswagen abfuhr, um den Sänger zum Verhör ins LKA zu bringen.

»Wilbert, hilf mir auf die Sprünge: Seit wann stehst du auf deutsche Schlager? Und noch dazu auf solch einen Irrsinn?«

»Ich hatte doch vor vier Jahren diesen Stress mit meinem Telefonprovider. Ich habe wochenlang bei denen in der Warteschlange rumgehangen. Und weißt du, welche Warteschleifenmusik die hatten?«

»Sag es mir nicht, lass mich raten«, grinste Nettelbeck. »Etwa: Denn sagst du ja zu mir, dann sag ich ja zu dir …«

»… und sag ich ja zu dir, dann sagst du ja zu mir! – Ich habe diesen grottigen Schwachsinn bestimmt gefühlte zweitausend Mal gehört. Das härtet einen ab für das restliche Leben.«

Nettelbecks Smartphone klingelte. »Ja? – Herr al-Kasbi, ich kann Sie kaum verstehen … – Um Gottes willen! – Zeudi

Tinga? Eine Sklavin aus Eritrea? – Hören Sie, fahren Sie sofort in ein Krankenhaus. – Mein Kollege und ich, wir kümmern uns um die Sache. Ich melde mich später.«

Nettelbeck steckte das Handy wieder ein. »Der Kulturattaché … Er wurde von Zekri und Almahrooqi zusammengeschlagen. Es geht um eine Million Schmiergeld und eine junge Afrikanerin, die in der Botschaft als Sklavin gehalten wurde. Jens Todsen soll sie aus der Botschaft entführt haben.«

»Und wo sind die beiden jetzt?«

»In Hollwegs Appartement, vermutet al-Kasbi.«

»Und die beiden Attachés wollen mit ihnen abrechnen …«

Nettelbeck nickte.

70

Neben der Eingangstür stand Jens' Trekkingrucksack, mit dem er monatelang in Afrika und Asien unterwegs gewesen war. Er hatte alles reingepackt, was sich irgendwie verstauen ließ und eine Bedeutung für seine Zukunft besaß: seine anthropologischen Bücher, die elektronischen Geräte und Gadgets, die Unterwäsche und das Sportzeug. Dazu ein paar Sachen, die er sich von Hollweg ›geliehen‹ hatte, der brauchte sie ja jetzt nicht mehr und schuldete ihm noch was. Vor allem das SturdyBook extrem 3001, ein äußerst stabiles Notebook, zu dessen Kauf Jens seinem Chef im Hinblick auf dessen regelmäßige Tätigkeit im Oman geraten hatte. Das dreizehntausend Euro teure Gerät war für den Einsatz unter extrem hohen Temperaturen entwickelt worden, staub-, wasser- und erschütterungsfest.

Ein ideales Gerät also für Reisende, die häufig in arabischen oder asiatischen Ländern unterwegs waren. Und Jens hatte die Absicht, sehr bald schon wieder auf Reisen zu gehen. Von seinen Kleidern würde er nichts mitnehmen. Die Rastaman-Phase war abgeschlossen. Wie auch sein Leben als Mädchen für alles.

Zeudi Tinga kam aus dem Bad. Außer ihren neuen Kleidungsstücken hatte sie nichts einzupacken. Ihr Pass steckte in der Jackentasche, das war das Wichtigste. Jens hatte Zeudi seinen Plan erläutert. Sie würden mit dem Taxi zum Hauptbahnhof fahren und den ICE nach Hamburg nehmen. Von dort aus würden sie noch ungefähr drei Stunden bis nach Glücksburg brauchen. Seiner Mutter hatte er Bescheid gesagt.

»Ich dusche auch noch schnell. Dann gehen wir los. Okay?«, sagte Jens.

Zeudi nickte und es war unverkennbar, dass sie sich auf die vor ihr liegende unbekannte Zukunft freute.

71

Der Dienstwagen mit den Kommissaren fuhr mit Höchsttempo durch die Innenstadt.

Nettelbeck fragte sich, ob er den omanischen Botschafter falsch eingeschätzt hatte. Saud bin Hamood Al Hosni war offensichtlich genauso skrupellos wie sein Militärattaché. Hätte der Kommissar das früher erkennen müssen? Hatte er vielleicht einen Fehler gemacht? Nettelbeck dachte an die alte Jazzmusikerweisheit, die da lautete: Wenn du beim Spielen einen Fehler machst, dann wiederhole den Fehler noch einmal, damit alle denken, es sei bewusst geschehen. Wenn das bei der polizeilichen Arbeit doch genauso einfach wäre …

Der Kommissar überlegte, wie sie in der Sache weiter verfahren sollten. Viel Spielraum hatten sie nicht.

Jutta Koschke meldete sich auf Nettelbecks Smartphone, gratulierte den Kommissaren zu Roman Weidens Verhaftung. Dann fragte sie, warum Nettelbeck und Täubner die Vernehmung des Schlagersängers auf den nächsten Tag verschoben hätten. Der Kommissar erwiderte, dass sie unterwegs zu Jens Todsens Wohnung seien. Hollwegs Assistent habe in der Botschaft Schmiergeld gestohlen, das sich die Attachés Zekri und Almahrooqi zurückholen wollten. Koschkes Ton wurde plötzlich rauer. Sie schärfte Nettelbeck erneut ein, trotz einer möglicherweise vorliegenden Strafwürdigkeit auf keinen Fall die diplomatische Immunität der Omaner zu verletzen.

»Und was ist mit der Sklavin?«, zog Nettelbeck seine Trumpfkarte.

»Welche Sklavin? Wovon redest du?«

Der Kommissar informierte seine Vorgesetzte über den Umstand, dass Botschafter Hamood Al Hosni seit mehreren Jahren eine junge Frau aus Eritrea in der omanischen Gesandtschaft als Sklavin gehalten habe. Jutta Koschke war geschockt, konnte es nicht glauben, doch Nettelbeck wiederholte die Aussage des Kulturattachés.

Daraufhin schwanden bei der Kriminalrätin alle diplomatischen Befürchtungen. Der Kommissar hatte sie an der richtigen Stelle getroffen. Empört gab Koschke ihrem Untergebenen mehr oder weniger Carte blanche.

72

Auf dem Platz vor Hollwegs Wohnhaus, an dem sonst immer Roman Weidens alter Peugeot geparkt hatte, stand jetzt ein riesiger schwarzer SUV. Hinter den dunkel getönten

Scheiben lauerten Saif Mohamed Zekri und Sulaiman Almahrooqi.

»Lass uns reingehen«, sagte Zekri. »Die sind da drin. Das spüre ich.«

»Glaubst du wirklich, dass Todsen die Sklavin in seiner Wohnung versteckt hält? Der kann sich doch ausrechnen, dass wir ihm auf den Fersen sind.«

»Vermutlich denkt er, dass al-Kasbi ihn nicht verrät. Wahrscheinlich hat er unserem Kollegen einen Anteil von dem Geld versprochen. Deswegen hat der die Schläge auch so tapfer weggesteckt.«

»Oder du hast ihn nicht hart genug angepackt«, grinste Almahrooqi.

»Du hättest nicht so lange durchgehalten«, sagte Zekri. »Das garantiere ich dir.«

»Okay, gehen wir rein und überraschen sie in ihrem Liebesnest«, sagte Almahrooqi. »Hast du deine Pistole dabei?«

»Sicher. Und noch ein paar andere nette Dinge.«

Der Handelsattaché sah seinen Kollegen fragend an, doch Zekri lächelte nur vielsagend. Dann stieß er die Wagentür auf.

Zwei Jahre ... Eine lange Zeit! Jens sah sich noch einmal in dem Penthouse um, in dem er so viele unangenehme Momente erlebt hatte. Es tat ihm nicht leid, zu gehen, das war überfällig. Jens schulterte seinen Trekkingrucksack und nickte Zeudi zu.

Die junge Afrikanerin nahm den Jutebeutel, in den sie das Geld umgepackt hatten und der mit dem Spruch *Young, Wild & Free* bedruckt worden war. Er stammte aus einer alten Werbeaktion der Berliner Verkehrsbetriebe, die plötzlich wieder Relevanz bekommen hatte. Für Zeudi und Jens jedenfalls. Die beiden verließen das Penthouse.

Zekri und Almahrooqi betraten den Hausflur. Die Anzeigeskala über dem Fahrstuhl zeigte an, dass die Kabine zum obersten Stockwerk fuhr und dort hielt. Nach einer Weile begann sie, wieder abwärts zu fahren.

»Das müssen sie sein. Sonst wohnt niemand im Dachgeschoss.«

»Wir schaffen die Sklavin in unseren Wagen und bringen sie in die Botschaft zurück«, sagte Zekri und zog seine Pistole.

»Und Todsen …?«, fragte Almahrooqi.

»Wird sich zeigen. Hängt von dem Geld ab.«

Die beiden Attachés warteten angespannt. Wie zwei Raubtiere, bereit, sich jeden Moment auf ihre Beute zu stürzen.

Die Fahrstuhlkabine kam im Erdgeschoss zum Stehen.

Saif Mohamed Zekri trat einen Schritt zur Seite, während Sulaiman Almahrooqi sich direkt vor der Kabine aufbaute.

Die Fahrstuhltüren glitten auf, Jens und Zeudi blickten in das Verächtlichkeit ausstrahlende Gesicht des Handelsattachés.

»Schau an, der Abschaum des Universums …«, sagte Almahrooqi.

Jens rammte ihm seinen Trekkingrucksack in den Magen, durch die Wucht wurde der Omaner zu Boden geschleudert.

Hollwegs ehemaliger Assistent griff nach Zeudi Tingas Hand. »Los …«

Saif Mohamed Zekri sprang vor, hieb mit dem Pistolenkolben mehrmals auf Jens' Schläfe. Der verlor das Bewusstsein und sackte zu Boden.

Der Militärattaché entriss Zeudi Tinga den Jutebeutel und warf einen Blick hinein. Er lachte erfreut auf, während Almahrooqi sich hochrappelte.

»Schaff sie raus, ich habe noch was mit Todsen zu klären …«

Der BMW mit Nettelbeck und Täubner hielt in der Einfahrt vor Hollwegs Wohnhaus. Die Kommissare sprangen heraus, liefen zur Haustür.

Genau im richtigen Moment – sie stießen mit Sulaiman Almahrooqi zusammen, der Zeudi Tinga aus dem Haus zerrte.

Nettelbeck versperrte dem Attaché den Weg. »Die Frau bleibt bei uns, Almahrooqi.«

»Wer sagt das …?«

»Ich«, antwortete Nettelbeck und schlug sein Jackett zurück, sodass der Omaner sein Pistolenhalfter sah.

Almahrooqi überlegte, ließ schließlich die junge Frau los.

Täubner trat hinter den Handelsattaché und legte ihm Handschellen an.

Nettelbeck brachte Zeudi Tinga zum Dienstwagen.

Verängstigt deutete die Afrikanerin zum Hauseingang. »Jens … Jens …!«

»Keine Angst. Um den kümmern wir uns«, versuchte Nettelbeck, die junge Frau zu beruhigen, doch ihr Gesicht war von Panik gezeichnet. Behutsam setzte er sie auf den Rücksitz des BMW.

Vor dem Fahrstuhl kniete der Militärattaché neben dem blutüberströmten Jens Todsen und zog ihm die Hose herunter.

»Wir Beduinen kastrieren einen Mann, wenn er unser Eigentum schändet. Verabschiede dich also von deinem Testikel, Ungläubiger.«

Täubner kam ins Haus, erfasste die Situation sofort. »Zekri, zurück!«

Der Omaner wirbelte empor und erst jetzt erkannte der Kommissar, dass der Attaché einen Krummdolch in der Hand hielt.

Ehe der Kommissar reagieren konnte, drückte ihm Zekri die Waffe an den Hals. »Soll ich dich abstechen, du Auswurf einer räudigen Hündin?«

»Lassen Sie den Scheiß!«

Täubner versuchte auszuweichen, doch der Militärattaché stieß ihn gegen die Wand.

»Du hältst dich für einen Superbullen, was? Aber das bist du nicht. Du bist nur ein jämmerlicher Polizeiclown!«

Nettelbeck betrat das Wohnhaus. »Lassen Sie den Dolch fallen, Zekri. Sofort.«

»Erst wird er mir Blutzoll zahlen.« Der Militärattaché drückte Täubner erneut die Waffe an den Hals.

Nettelbeck hob seine Waffe. »Ich warne Sie …!«

Zekri lachte überheblich. »Du kannst mir nichts, Bulle! Ich bin Diplomat! Für mich gelten deine Gesetze nicht!«

Brutal schnitt er in Täubners Hals, das Blut begann, heftig zu fließen.

Nettelbeck drückte ab und die Kugel durchschlug die Stirn des Militärattachés. Eine Sekunde schaute Saif Mohamed Zekri ungläubig, dann brach sein Blick.

Die Gegend um Hollwegs Wohnhaus war großräumig abgesperrt worden. Sulaiman Almahrooqi mussten die Kommissare laufenlassen – diplomatische Immunität. Gerade wurde die Leiche abtransportiert.

Jens saß in einem Notarztwagen und ein Mediziner sicherte mit einer Klammer die Bandage, mit der er die verletzte Stirn verarztet hatte.

»Sie haben vielleicht noch ein, zwei Tage Kopfschmerzen. Sonst dürfte es keine weiteren Komplikationen geben.«

»Danke, Doktor.«

Zeudi Tinga stand mit Nettelbeck neben dem Hauseingang. Der Kommissar hielt den Jutebeutel mit dem Schmiergeld in der Hand.

Jens hatte den Notarztwagen verlassen und kam zu ihnen.

»Frau Tinga spricht keine westliche Sprache, oder?«, fragte Nettelbeck.

»Nein, nur Arabisch.«

»Können Sie das?«

»Ja.«

»Das ist gut. Man hat mir gesagt, dass Frau Tinga in der omanischen Botschaft mehrere Jahre als Sklavin gehalten wurde. Trifft das zu?«

Jens nickte: »Ich habe ihr geholfen, sich zu befreien. Scheiß drauf, ob das mit dem exterritorialen Status Omans vereinbar ist.«

»Jemand sollte sich um Frau Tinga kümmern«, lächelte Nettelbeck. »Wollen Sie das tun?«

»Das würde ich sehr gern.«

Nettelbeck gab Jens den Jutebeutel. »Dann werden Sie das hier vermutlich brauchen können. Ach ja, melden Sie sich morgen doch mal in meinem Büro. Falls Sie es einrichten können.«

»Werde ich machen, falls ich es einrichten kann.«

»Genau. Falls Sie das können. Ansonsten …«

»Danke.«

Nettelbeck nickte Zeudi Tinga aufmunternd zu und gesellte sich zu Täubner, der zwanzig Meter entfernt mit anderen Einsatzkräften sprach. Der Hals des Kommissars war ebenfalls mit einem Verband versorgt worden.

Ein freies Taxi kam die Straße entlanggefahren, Jens winkte es heran. Dann gab er Zeudi den Jutebeutel und schulterte seinen Trekkingrucksack.

»Und was wird nun?«, fragte die junge Eritreerin.

»Was ich dir versprochen habe. Jetzt bringe ich dich nach Glücksburg.«

Zeudi strahlte. Dann beugte sie sich vor und gab Jens einen Kuss.

73

Aufgrund von Roger Delbrücks Intervention war die Schusswaffenkommission der Berliner Polizei noch am selben Tag im LKA Tempelhofer Damm zu einer Beratung zusammengekommen. Es lag dem leitenden Kriminaldirektor viel daran, dass der tödliche Schusswaffeneinsatz seines Expartners Martin Nettelbeck möglichst schnell und umfassend geklärt wurde. Und das nicht nur aus Gründen, die die diplomatische Immunität des Toten betraf. Seine anderen Motive behielt Delbrück jedoch für sich.

Martin Nettelbeck hatte noch nie zuvor einen Menschen getötet. Obwohl Saif Mohamed Zekri zu den übelsten Personen gehörte, denen er je begegnet war, hatte er dabei keine Befriedigung verspürt. Er musste schießen, um seinen Partner zu retten. Das war der einzige Grund. Er war kein Richter, sondern Polizist. Die Urteile mussten Andere fällen. Das war das Gesetz und es war gut.

Während der Kommissar im Flur vor dem Sitzungszimmer saß und auf das Ergebnis der Schusswaffenkommission wartete, beschlich ihn das Gefühl, am falschen Ort zu sein. So etwas hatte er schon häufig gespürt. Vor allem auf Partys, bei denen er sich als ziemlicher Exot vorgekommen war. Wie oft hatte er in irgendwelchen Wohnzimmern, auf Balkonen, in Küchen oder Gärten gestanden und die Jazzposaunisten gegen die Arroganz der Rockfans verteidigt. Das Wort ›Rockmusikliebhaber‹ zu benutzen, lehnte Nettelbeck in diesem Zusammenhang strikt ab. Angegrauten Rockfans, die ihre abzählbaren Lebenshöhepunkte ausschließlich in Begleitung von E-Gitarren erlebt hatten, stand diese Qualifizierung nicht zu. Schon allein nicht wegen den ganzen grauenvollen E-Gitarren-Solos. Schlichtweg unerträgliches Zeug.

Aber er war ja nicht wehrlos. Geschickt brachte er das Gespräch jedes Mal auf das Thema Fusion. Den Musikstil konnten die Rockfans schlecht ablehnen, schließlich hatten sie Jazzrock in ihrer Jugend ziemlich okay gefunden. Und dann hatte Nettelbeck sie, dann konterte er mit Blood, Sweat & Tears, Chicago und The Mothers of Invention. Lässig ließ er die Namen der Posaunisten Dave Bargeron, Bruce Fowler und James Pankow fallen. E-Gitarren … Ha! Da waren Bargeron, Fowler und Pankow doch eine andere Klasse, ein ganz anderes Kaliber, die das E-Gitarren-Rockgehampel geradezu veredelt hatten.

Der Kommissar wählte auf seinem Smartphone den Song *A Hit by Varèse*, den Chicago 1972 bei einem Konzert in der Osaka Festival Hall aufgenommen hatten. *Live in Japan* war zweifellos das beste Album der Band und das Stück enthielt ein fulminantes Posaunensolo von James Pankow.

Nettelbeck gab sich den irrwitzigen Klängen hin, als ihm plötzlich Kriminalrat Guido Kaube, der Leiter der Schusswaffenkommission, auf die Schulter klopfte. Mit leichtem Bedauern stoppte der Kommissar die Musik, sah den Kriminalrat fragend an.

»Die Kommission spricht dir einstimmig ihr Vertrauen aus, Martin. Du hast völlig richtig gehandelt. Das war ganz klar ein finaler Rettungsschuss. Ohne deine schnelle Reaktion wäre der Kollege Täubner jetzt tot.«

»Dann muss ich keine weiteren Untersuchungen abwarten?«

»Nein, du bist ein freier Mann«, lächelte Kaube. »Du kannst machen, was du willst.«

Nettelbeck nickte. Genau das würde er auch tun.

74

Jutta Koschke hatte die morgendliche Besprechung noch am vergangenen Abend angesetzt, sofort, nachdem ihr von Kriminalrat Kaube der Beschluss der Schusswaffenkommission mitgeteilt worden war.

Martin Nettelbeck saß der Kriminalrätin an ihrem Schreibtisch gegenüber. Nicht nur von ihr argwöhnisch beäugt, sondern von einer ganzen Phalanx missmutiger Fischungetüme.

»Roger Delbrück kann leider nicht kommen, Martin. Er hat vorhin kurzfristig abgesagt.«

»Schade«, antwortete Nettelbeck scheinheilig. Obwohl er das schon seit dem gestrigen Abend wusste. Schließlich war Rogers Nichterscheinen seine Idee gewesen.

»Die Kommission hat dich ja nun wirklich von jeder Schuld freigesprochen. Du hast dich in der schwierigen Situation ganz hervorragend verhalten, sagen sie.«

Nettelbeck zuckte die Achseln. »Das hättest du auch gemacht, Jutta.«

»Vermutlich, ja ... So oder so hast du der Gerechtigkeit zum Sieg verholfen. Den Fall Antonia Reseneder können wir jedenfalls abschließen.«

Der Kommissar nickte vage, enthielt sich jeglichen Kommentars.

»Was ist denn nun mit der Afrikanerin?«, fragte Koschke. »Wollen wir diese Angelegenheit mit der Sklaverei weiterverfolgen?«

»Macht das Sinn? Zeudi Tinga wurde letzte Nacht aus Berlin fortgebracht. Außerhalb jeglicher Reichweite der Botschaft. Es gibt engagierte Menschen, die sich nun um sie kümmern werden.«

»Das ist gut. Sehr gut sogar«, sagte die Kriminalrätin erfreut. »Und das entwendete Geld? Wo ist es geblieben? Ich hatte deswegen heute Morgen schon mehrere Anrufe aus der Botschaft.«

»Keine Ahnung, Jutta. Da muss ich passen.«

»Habt ihr euch denn nicht darum gekümmert?«

»Gestern herrschte das totale Chaos. Wilbert und ich waren froh, dass wir die Omaner gestellt haben. Allerdings kommt Hollwegs Assistent zur Vernehmung in unser Büro. Falls er es einrichten kann. Vielleicht weiß er ja Näheres.«

»Wunderbar. Dann kann ich dem Botschafter entsprechend antworten. Wann wirst du denn Roman Weiden vernehmen?«

»Überhaupt nicht. Das überlasse ich Wilbert.«

»Pardon? Du leitest schließlich die Ermittlungen …«

»Nicht mehr. Roger hat mir gemailt, dass ich den Fall abgeben kann. Auf Anordnung des Polizeipräsidenten.«

»Ja, aber … Wenn es jetzt wegen des fehlenden Geldes diplomatische Verwicklungen gibt … Du kannst mich doch nicht einfach so im Stich lassen.«

»Da musst du durch, Jutta. Ich revanchiere mich aber mit einem Chiloglanis voltae.«

»Was soll das denn sein?«

»Ein Fiederbartwels aus dem Voltasee. Natürlich von ghanaischen Fischereifachkräften sachkundig ausgestopft. Dafür garantiere ich.«

Koschke starrte Nettelbeck verwirrt an, suchte nach einer Erwiderung. Es klopfte an der Tür.

»Ja, bitte …«

Wilbert Täubner betrat den Raum. »Martin, wir müssen los. Dein Flieger wartet nicht.«

Im Gesicht der Kriminalrätin arbeitete es, sie kam sich überrumpelt vor. Fast hatte es den Anschein, als wollte Koschke Protest einlegen, doch dann lächelte sie säuerlich. »Also dann … ich wünsche dir einen schönen Urlaub, Martin.«

»Danke, Jutta. Den werde ich haben. Bis in fünf Wochen oder so.«

Nettelbeck ließ den Blick noch einmal über die präparierten Fischungetüme an den Bürowänden schweifen. Er war überzeugt, dass ein Chiloglanis voltae sich unter ihnen ganz hervorragend machen würde. Und sei es nur als sein persönlicher Agent Provocateur.

Dann stand der Kommissar auf und begann den River-Kwai-March zu pfeifen. Die Hymne aller geschundenen Kreaturen gegen ihre sie erbarmungslos unterdrückenden Gebieter, Vorgesetzten, Chefs und wer immer sich noch so auf der Despotenseite tummelte.

Mit der festen Überzeugung, dass man sich niemals in das vermeintlich Unvermeidliche fügen darf, verließ Nettelbeck das Büro. Und schaute nicht noch mal zurück.

Danksagung

Mein ausdrücklicher Dank geht an Helge Kain, Rechtsanwalt und Polizeibeamter a. D., der auch diesen Roman – wie schon die ersten vier Bände der Reihe – von Anfang an begleitet hat. Fachkundig, kritisch und ausgesprochen leidenschaftlich. Nettelbeck und ich stehen tief in seiner Schuld.

Ebenfalls danke ich Roland Spiegel, engagierter Jazzredakteur beim Bayerischen Rundfunk, für seine posaunenfachmännischen Hinweise und den fruchtbaren Austausch – nicht nur über musikalische Themen.

Und last but not least gebührt Claudia Chiecchi eine besondere Anerkennung für ihre Ratschläge in Fragen der Mode und Kulinarik.